安之若树

AN ZHI
RUO SHU

张秀云◎著

安徽师范大学出版社
ANHUI NORMAL UNIVERSITY PRESS

· 芜湖 ·

图书在版编目(CIP)数据

安之若树 / 张秀云著 . — 芜湖：安徽师范大学出版社，2020.10

ISBN 978-7-5676-4710-7

Ⅰ.①安… Ⅱ.①张… Ⅲ.①散文集 – 中国 – 当代 Ⅳ.①I267

中国版本图书馆CIP数据核字(2020)第149021号

安之若树
AN ZHI RUO SHU

张秀云◎著

责任编辑：陈 艳　　责任校对：谢晓博
装帧设计：丁奕奕　　责任印制：桑国磊
出版发行：安徽师范大学出版社
　　　　　芜湖市九华南路189号安徽师范大学花津校区　　邮政编码：241002
网　　址：http://www.ahnupress.com
发 行 部：0553-3883578　5910327　5910310(传真)
印　　刷：江苏凤凰数码印务有限公司
版　　次：2020年10月第1版
印　　次：2020年10月第1次印刷
开　　本：700 mm×1000 mm　1/16
印　　张：19.75
字　　数：307千字
书　　号：ISBN 978-7-5676-4710-7
定　　价：58.00元

芳菲心与锦绣文

◇李汉荣

张秀云，我一直把她叫小张，见过她的文，没见过她的人，也没有去百度一下，我就相信感觉，也想保护这个感觉，就"小张小张"称呼着，十年了吧？

数年前读过她的一本散文集，写得那么好，一边读着，一边对也爱读书的家人说，安徽自古出文人，尤盛产性灵文章，看看这个小张，满纸都是灵性，字字都有灵光。家人称是。我又追加几句：到底是灵山秀水之地，又是文章之乡，灵气是自带的，心口上放一张纸，佳思妙文就在纸上长出来了。好的文章好的诗，都是灵性的庄稼。好作家就是好农夫，种养自己的心田，收割精神的作物，自种自食也兼济天下，营养自己的心魂，也供养有缘的心灵。

前些时小张又发给我一部书稿《安之若树》，打开文件，一看，上百篇文章三十万字。这小张，灵气还那么足。我知道小张文字的质地，若是不连续一篇篇读，而是像择菜那样东一苗西一苗的，那对我来说是阅读的亏欠，是自己折损了福气，因为我认为能读到好的灵秀文字是读书人的福气。我就按顺序读下来，每一次读十来篇，过几天又接着往下读。她的好文章

太多了，竟不忍心一次读得太多，就像吃饭，好东西不宜一次吃得太多，多了不易吸收。民间有言：福不重享。苍天苦海红尘，芸芸众生，生老病死，苦是家常便饭，福是稀罕物，是奢侈品，所以我们要惜福。文字也是这样，漫天锦绣云，偶或一见，但那是神的原创；可是谁见过满地锦绣文？能读到锦绣文字，真是不易，可遇而不可求。先得有芳菲心，才有那锦绣文。

我就这么分了好几个"时间单元"，一篇篇按顺序读下来，没有一篇不好，没有一篇辜负了阅读的期待。读着，就觉得与数年前读过的那些文字有了不一样，除了充沛的灵气没有丝毫损减外，感觉多了凝重、深刻、广阔、思辨的东西，也似乎多了苦涩、慈悲的体悟。文字的曲折河床上，还沉淀着学问的金沙，摇曳着思想的芦苇，使得我一路读下来——从她灵性的河流里一路游下来，不只领略了清流倒影，呼吸了天地之氧，也感受了因生命体验的繁复和学养涵摄的饱满而呈现的文本的厚重和已经出现的某种博大气象——充沛的灵性里注入了学养、见识、思想的能量，这就是灵性与智性、人性与天性的化学反应，它完成着或正在完成着一颗文心的演化和升华，从这颗文心里生长的文字，也就由小我感受进入了大我感悟，甚而渐入俯仰天地的博大境界了。

哎，这小张怎么长大了，变成大张了？

前天，百度了一下，才知道张秀云是大学中文系毕业，博览古今中外经典书籍，每天工作之余，还坚持苦读深思慢写，过的还是博学慎思勤勉的书生生活。一间书房除了越来越多的书，就是几枝莲荷、数挂绿藤、一杯清茶，再就是远天的几道星河、几抹流云、几声鸟鸣——书、大自然、生灵，这构成了一颗文心单纯却繁盛的人文背景和宇宙背景。然而，这就是一颗文心的全部资产了吗？未免有一点小资情调和中产趣味了吧？不是的，我的话没说完。张秀云是媒体工作者，于农村出生、长大，先读了工科，后来读大学中文系，后来做了媒体人，一直读着走着思着写着。好了，这告诉了我一颗文心演化升华的路径和秘密——我一直认为，一个人，尤其是一个文学写作者，与农村、泥土、山河、草木和大地有血缘关系且始终保持这种血缘关系是太重要了。不管你后来置身何处，你的记忆里、感情里、念想里、牵挂里、忧患里，你的情感、痛感、苦感、美感里，你的精神世界里，总有一个发源处、牵连处、停靠处和返回处，那里积淀着万万年生命生灵的骨殖和气息，储存着万万年生存生活的艰辛和苦难，生长着万万种短暂的或恒久的物象和意象——这构成了一个人内心的深沟大壑和草木风月，对一颗文心，则堆叠成了它想象力的泉涌、悲悯的底蕴、审美的背景和意象的原型，也使这颗文心和从它生长出的文字总能保持着深刻性和广延性。那种痛痒、那种悲喜、那种思悟，不只来自自我感触，也来自大地和众生，关乎无穷的远方和无数的人们，甚至关乎宇宙。

小张，不，应该是大张，她的文字是灵性的，越到后来，灵性里又灌注了学养的能量、思想的能量，甚至哲学的能量、信仰的能量和宇宙的能量，也都有不同剂量的源源注入。灵动的文心诗思里，有着浑厚天地的背景衬托和悠远古今的能源供给，渐渐地正在走向深远和辽阔之境。

她的文字是朴素的，干净的，有的则是华美的——这里我想说说华美。华美是一种高端之美，人根本不应该拒绝华美之美。这样的华美之美不是谁都可以遇见和拥有的。在人的精神世界里，华美之美从来就是稀缺之物。有时，人的内心会升起一种彩虹般的豪华情思（特别是青春年华），大自然的万千景象和宇宙的无边幻象，会激起人的奇思妙想，你恍然闯进了高贵宝石镶嵌的浩瀚的心灵宇宙，浩瀚的心灵就应该居住在这样的宇宙里——难道心灵的宇宙是几根朽木枯株、几句陈词滥调能够建筑起来的吗？这时候，内心的高贵情感、高洁情怀和高尚情操，渴望与之对应和对等的意象和语言将它呈现出来，内质之华美与修辞之华美的对称呈现，形成华美文本——一座用大理石建筑的心灵殿堂，就这样成了时间之城的地标建筑，也让有信仰的人和没有信仰的人，同时看见了一座不朽的心灵的建筑，而只有这样不朽的精神殿堂，才能让我们一闪而逝的生命能够抵抗时间激流的冲刷和掩埋，而得以留下生命和心灵曾经存在的证据。

除了朴素、干净、华美，她的文字也是精准的，无论抒情状物记事，都很少有泛泛之笔，我以为，那种泛泛之笔多出于心智的简陋和情怀的

浅薄，以及文字的粗糙、偷懒和敷衍。而她无论写什么，都是情深思密，文字则精湛精准精细，这样的文字后面，一定有一颗深远湛澈微妙的心智——这样的心智，既得自血脉天赋，也有后天的涵养修行之功。前人讲修身养性，强调熔铸和涵养，风骨需熔铸才成，情怀需涵养才成。我感觉她一直在熔铸和涵养自己，老师是天地山河，榜样是古今圣贤。她一直在读天下奇书，也一直在法古今完人。她有芳菲心，方有锦绣文。

写于庚子年正月初五夜

目 录

// **第二辑 节气生花**

第一辑　月下调笙

│　凭　栏

　　城市里没有真正的栏杆，楼挨楼楼挤楼，阳台还被玻璃窗防盗网层层围困着，你站在那里，根本生不出凭栏的诗意。能生出诗意的栏杆，怎么也得开阔些，放眼望出去，云水茫茫，江碧如练，再不然，有远山也行，有大漠孤烟也行，反正不能太逼仄，狭促的空间有碍诗意萌生意念驰骋。凭栏的心，也不能太跌宕，像辛弃疾那样"怒发冲冠"不行，磨好了剑喂好了马，就等着去沙场拼命，又偏偏捉不到机会，气呼呼登上楼头，栏杆拍遍，拍得手心肿老高，那样不好，心火太胜，不宜凭栏，尤其是危栏，若想不开，一头扎了下去，毁了青山，哪里还能指望有柴烧？哪里还能驱逐胡虏？他那凭栏里，无人会意的孤独感也太盛，可这世间，伯牙常有而子期不常有，要不怎么说"千金易得，知己难求"呢？不如干脆下楼来，醉饮去吧，一醉能解千般愁，凭栏只能愁上愁。

　　稍微带点惆怅倒是可以的。登上楼头，凭栏远眺，天那么高，水那么长，心里总会有些不同，总会有一点惆怅，生一些虚无出来是人之常情。看那青山常在绿水长流，宇宙如此宏阔苍茫，这其中，人算什么呢？人生算什么呢？不过隙中驹、石中火、梦中身，蜗牛角那么丁点大的场地，还抢抢夺

夺拼拼杀杀。为了何事？这么思量一下，也没什么不可，本来如此嘛，不过浅尝就行，有三分怅惘够了，别太深思，深究就没意思了，就不愿回到那个纷扰繁杂却也温暖的人世间了。还是想想别的吧，比如故乡。凭栏很适合思乡。故乡的佳人，多久没见了呢？此刻，或许，她也正妆楼凝望呢，斜倚栏杆独自愁，我思君处君思我，那天际的归舟，她都误认了好几回呢。这么想着的时候，恰好一只燕子飞过去，丢下几粒呢喃，恰好一片柳丝拂过来，新绿直逼人眼，凭栏的你心就软了，就思归了，快点回家吧，来时陌上花如锦，今朝楼头柳又青，春信转眼好几度，再不回家，她都要老了。

月光下凭栏，窃以为是最有诗意的。最好是秋月，秋不太深，凉意不太重，夹层的青衫还受得住。圆月东升，冷露霏霏，木栏杆和扶栏杆的手都带着露的微潮，月色溶溶，把衣裳把眉毛都染白了。当是深山古刹，夜静山空，远方重峦的弧线依依稀稀，钟声适时地敲那么几下，秋虫适时地嘀哝那么几声，桂花适时地袭一点暗香过来，这时候，你捧一盏热茶，小口小口地喝，什么也不想，只看看楼头的明月，看看栏杆外这个皎白的世界，在这个宁静的世界里放空自己，放松自己。如此滋味，细细体察，当是人间清欢也。若嫌它太素太寂寥，就来一点笛声——一定得是笛，而且得是那种慢拍的舒缓的曲子，宁静的抒情的那种。不能是箫和埙，箫和埙都太沉太暗了，只有笛声够亮，清且亮，压得住秋月和危栏的那一层薄凉。吹笛之人，还得离得远一点，退一步为听，最好隔着一条溪或一片林，让音乐隐隐地飘过来，才不致喧宾夺主。贾府里的那个老太太懂享受，记得有一回，好像是中秋赏月吧，她就让戏班里的小孩子去吹笛，且指定位置，要到远处一片桂花林里去吹。凭栏闻笛，有月有香有团圆，这样的好日子，怎不让人恋念呢？只可惜，只可惜，月要落，曲要终，人要散，最后的大观园，只剩下白茫茫一片大地了……

还是别找什么栏杆了，没事凭什么栏呀。吃罢晚饭，在阳台小站一会，看看前楼那两口子有没有又对孩子进行"混合双打"，就去洗那堆脏衣服吧，还得准备明天的早餐，花生黄豆泡上，香肠胡萝卜切丁，木耳切丝，预防禽流感鸡蛋得洗干净，明个早点起，吃蛋炒饭饮豆浆吧。

雪拥门

这个冬天似乎特别暖，小雪节气没飘小雪，大雪节气也是暖洋洋的，没有风又晴好的日子，那感觉真像春天。这不，后天就是小寒了，气温才断崖似的直跌下来，北风打在脸上有了刀刃的锋利，行人戴上帽子裹紧围巾，棉靴长袄，包得如同粽子，"小寒大寒，冻成一团"，终究还是应验了。雪也终于来了，昨日飘了一天的雪屑，到了夜晚，越来越密集，虽则雪花仍不是撕棉扯絮那样大，却架不住太密，架不住不停歇，在风里你追我赶地狂舞着，熄灯欲睡之时，窗外已是一片银白了。

似乎被憋坏了，在没人看守的深夜，雪把憋了一冬的气力全撒了出来，不晓得飘得多么恣意。早上起来，快七点了，天还没有放亮，只见窗台上、地上、房顶和汽车上，全是厚厚一层洁白的花，蓬蓬松松的，干干净净的，世界披了银裹了素一般，单元门被盈尺大雪拥着，一推，哗地铲到台阶下跌作一片，而车窗车门，都被严严实实地盖住了。大街上，积雪被早起的人踩踏得凌乱不堪，雪纷纷扬扬地，还在下。朋友圈里，各种雪景图渐渐多起来，雪中的月季花枇杷花，雪中的桥和树，雪中戴着红围巾的雪娃娃。有人竟然还去了野外，晒出一张张宏阔的雪景，千里冰封万里雪

飘的宏阔。

是的，要看雪，城里肯定不行，人群拥挤的地方，雪的手脚不能施展，得到山里，起码是郊外才行。小时候在农村长大，现在想来，那时候的雪其实真是好看的，只是当时还不懂得欣赏。家乡是平原，方圆千百里一马平川，冬天的田野，几乎是清一色的麦田和只剩枝条的乔木林子。麦田上的雪一望无垠，枯树铁枝银钩，那样宏阔的场景里，村庄几乎是被雪埋没、可以忽略不计的。一场大雪下来，真个是千林鸟飞绝，万径人踪灭，眼中能见的，只是长空雪乱飘，改尽江山旧，是千万里冰封雪罩。而在这样的大背景下，你把镜头拉近、拉近，进入一户小院，会看到堵门的大雪被扫开了，篱笆门到堂屋也扫出了一条小路，积雪被清理到压水井旁的垃圾坑里，堆得老高，鸡在有雪的地方，踩出一片一片的"个"字，小狗不出来，躲在屋里偎在主人身旁取暖，而一家人，都围在火炉子旁边，炉台子上的烤花生吱吱叫着，红薯也在红彤彤的炉火旁做着软烂香甜的梦。只有煤炉上的导烟筒嫌烫，把身子从门上头的花窗上探出去，去大雪里哈着热气。

儿时乡下的房舍，在大雪里是很耐看的，不似高楼大厦，都谦卑地伏在地上，顶着鱼鳞一样整整齐齐的青瓦或小瓦，或者干脆就是茅草，檐下齐齐地垂着长长的一排冰挂，待太阳出来，积雪消融，房顶上的雪水就从越来越瘦小的冰挂上流下来，成串地，嘀嗒嗒地，让冰层下的土地变得黝黑膏润。而屋顶上的瓦，被洇得黑乎乎泛着油光，与残雪黑白相衬，如同画中水墨。

这是平原。若是山高水长，雪中自另有一番景象。巍巍峨峨，苍苍莽莽，雪压千山，玉填万壑，皎洁明艳，不可方物。天地间兽迹断绝，鸟踪不现，这时候，如明人张岱者，夜晚兴致来临，穿上皮草，揣个手炉，就出门看雪了。那时候张岱就在杭州西湖附近居住，寒夜赏雪，西湖的湖心亭自然是好去处，西湖好大雪，雾凇沆砀，天与云与山与水上下一白，"湖上影子，惟长堤一痕，湖心亭一点，与余舟一芥，舟中人两三粒而已。"那样的夜晚，西湖沿岸笙歌全息，雪的簌簌脚步应当清晰可闻，而划小舟行进，船尖犁破薄冰的脆响，叮叮当如玉碎琼乱。

想来古人真是风雅，别说三更半夜涉水看雪，这样的寒夜，就是到公园湖畔流连一番，恐怕也难有勇气吧，能黄昏时分呼朋引伴到饭店里小酌几杯，已经可以微信上炫耀一把，秀一句"绿蚁新醅酒，红泥小火炉"了。而你看张岱《湖心亭看雪》所记，"到亭上，有两人铺毡对坐，一童子烧酒炉正沸。见余大喜，曰：'湖中焉得更有此人！'拉余同饮。"他半夜跑到湖心亭上，没想到，那儿已经有人在野餐了，人生何处不相逢，这样的知己不可错过，来来来，就着如此大雪，咱们同饮几杯！

已经一天一夜了，雪还在不停地下，气象部门已经发布橙色预警，雪还是没有停止的迹象，而且未来几天，气温还将一低再低，雪还将一下再下，等待我们的，更是不一般的银世界玉乾坤。我没有湖上看雪的勇气，就捧一盏热气腾腾的红茶，看拥堵在窗玻璃上的白雪吧。

那时有约

那时候，约会是一件多么隆重和郑重的事。他说，明年重阳节，还来就菊花，次年秋天就真的来了。而发邀请的人，早早地养肥了鸡豚，春好了小米，酿好了谷酒，天天眼巴巴地去村口盼望着迎接着。远方那个人，也许提早半年就动身了吧，跋过一重重山，涉过一道道河，披着霜雪挂着飞蓬，千层底布鞋磨穿了好几双，如果经济条件好一些，可能会骑一头驴，这一路风霜下来，驴都累得瘦骨嶙峋了。你说，这样相见，当事双方会是什么样的心情？什么也别说了，咱喝酒吧！

那是一个"言必信、行必果"的年代，是一个重情重义的年代，情义比金子比时间重要，甚至比生命重要。《喻世明言》里有这样一个故事：汉朝秀才范式与另一个秀才张劭分别时，也是相约于重阳佳节，鸡黍之约，两年后的重阳节，范式去张家畅叙旧谊并拜望老人。可是，日子艰难忙于生计，加之隔得太久，范式就把约会忘了，直到重阳当日才想起来，怎么办？千里之遥，没有飞机没有高铁没有汽车，显然是赶不到了，又没有微信和电话，怎么办？人家一跺脚，还真想出一个法子来——自杀，让灵魂去赴约！人不能一日行千里，灵魂能，灵魂有翅膀。此君与家人交代了后事，立马抹了脖子。也果真当夜就到了，见了烹好的鸡倒好的酒，见了守着一桌子菜一直候着不肯去睡的朋友。你说，这样的情谊，要如何报答呢？也只能舍命相陪了。于是，张劭急赴范处奔丧，并杀了自己，与他葬在一处，生生世世同穴而居。

兄弟如手足，恋人也不尽如衣服，尾生的存在，就是为了证明古训之谬。君子一诺千金，对女人同样适用。春秋时期的那个男青年尾生，与女孩相约于城外桥下，山洪来了，淹了脚踝，淹了小腿，淹了胸口，他仍然死死地抱着柱子不肯离开，直到把自己变成洪水里一条不能呼吸的鱼。这种苦等，现代人看起来嗤之以鼻，可它就是那个年代君子的信条，生命里有了失信的污点，言而无信，以后还如何立于世间？即使私奔只是两个人的秘事，不会有第三人知晓，但，信用到底是内心的自律，它流在血液里，是无需人监督的自我约束。又何况见面不易，离了那桥柱，她来了寻不见怎么办？别骂尾生他死心眼，要怪就怪音讯难通吧，搁现在，只是一个电话的小事。

太容易做到的，也就少有人珍惜了，现在的约会太容易，爽约也就成了寻常事。一个电话，临时变动，见怪不怪。约会再也没有那么惊心动魄了，即使是千里之约，车次和航班明了，几时抵达毫无悬念，甚至中途一直都发着小视频直播现场呢，那厢里等待的人，想要魂不守舍都难。没有悬念没有难度的约会有点寡淡，有点枯燥，更甚至，有些邀约，你出场都不必了，礼物捎过去或者礼金转账过去就行，礼到人不差。

约好了今天来家里下棋，黄昏了你还没有到，晚饭后你还没有到，外面梅雨连绵，池塘里蛙声阵阵，天黑路滑，你肯定是找间酒店住下了，肯定是手机没电了，我困欲眠，不等了，卿自便吧。可赵师秀不同意，他还要等，手执着一个黑子敲打着棋盘，灯花敲落了一颗又一颗……

以天地为书房

"三日不读书，便觉得语言乏味，面目可憎。"窃以为此言虽然有些夸张，却颇有道理。对于读书人来说，阅读是最正常的状态，几日没能读书，肯定是被什么琐事绊住了，心情大抵是不佳的。没有书本的滋养，言谈之间就少了灵气与机锋，语言乏味是自然的。状态不佳，揽镜自照，面目虽不至于可憎，却也肯定不会光彩照人。倒不是说阅读有多高雅，只是，读书人多不善于应酬和游乐，兴趣多在那些文字里，不读书，要向何处寻觅快乐呢？

每个读书人都想拥有一间自己的书房，书房可大可小，但一定得是幽静的，得是一个独立的空间，容得下书橱、书桌、电脑，如果要求再高点，可以添置一架琴，几盆花木，几块灵璧石，如果还可以好一些，再添个大几案用来写字画画，如果仍可以奢侈，那么就来个大院子，搭一架花棚，养花种草，放鹤养鸟……欲望无尽，每个书生心里，理想中完美的书房大抵都是相同的，即如明朝人李日华所言："在溪山纡曲处择书屋，结构只三间，上加层楼，以观云物。四旁修竹百竿，以招清风；南面长松一株，可挂明月。老梅寒蹇，低枝入窗，芳草缛苔，周于砌下……"

印象中，清朝嘉庆年间有个余姚人，好像叫黄澄量，就在四明山建了一个私人藏书楼，周围有七十二座山峰环绕，据说藏书六万余卷。想一想，在这样的大书房里读书，脚下流云簇拥，耳畔松风鸟语，溪流淙淙，早晨红日满窗，夜来月照半墙，靠在一张躺椅上，看几行书，就几眼明霞，嗅几鼻子野花，真是要醉死人的！远离闹市，山路难行，那些来寻访的朋友，一定都是知己，都是鸿儒，竹林之下，调个弦弄个笙，溪流之旁，品个茶流个觞，再畅谈个读书心得……噫！这才叫快意人生！

可是，这么好的书房，几百年也没有一个，就连设想一下，大概都觉得太奢侈了，哪里能指望变成现实？眼下的现实是，我那不足十平方米的小书房，已经改成了老人的卧室，我只能坐在自己卧室的飘窗上看书了。这种状态已经持续五六年，最初时很是懊恼，似乎无法读书了，但慢慢沉静下来，发现书还是那书，文字还是那样的味道。常常，我把飘窗外面的那层白纱窗帘拉上，再把墙上的内层厚窗帘拉上，那不足两平方米的小空间，就成了我独立的书房。我坐在那儿看张潮，看张岱，看蒋勋和叶嘉莹，好多书，都是在那个小小空间里看完的。读张岱的《梅花书屋》时，他那岁开三百余朵的西瓜瓤大牡丹，那积三尺香雪的西府海棠，就如同在我身边一样，我甚至能感觉到牡丹的滑软，能闻到海棠的清香，沉浸其中，竟然丝毫感觉不到飘窗的狭促。

也很少再买书。书橱里大大小小的空隙都塞满之后，我就办了个借书卡，到图书馆借书看了。图书馆走得熟门熟路了，竟觉得，那幢楼就是我的大书房，是我的私家藏书楼，我要找哪本书，往手机里一输，它的编码和详细位置就噌地跳出来。每每拿到一本心仪的书，都觉得好快乐：看我的藏书楼，专门有人替我管理，防霉防蛀都不让我操心，添置新书还不让我出钱，简直太幸福了吧？想想从前还沮丧于书橱的狭小，真是燕雀不识鸿鹄的天地！

那天，仍是坐在小小的飘窗上，读刚从我的"藏书楼"里取来的《幽梦影》，张潮说，"善读书者，无之而非书：山水亦书也，棋酒亦书也，花

月亦书也……" 猛然觉得，鸿鹄的格局也还是太小了，世界原本就是案头之书，如果胸中有丘壑，那么天地就是你的书房，山川河流、诗酒油盐，都是你手中书卷。

想象权贵

对付年度工作总结的方法，就是把去年的拿出来，改改日期。一个小小的文字编辑，年年压金线，替她人做嫁衣裳，越女一样，绣一针恨一声，数年如一日，一日如数年，那总结，还不得是岁岁花相似？"估计领导们也都这样，拿去年的文档修改。"我话一出口，惹得同事哄然大笑——领导还用亲自写工作总结，要秘书干吗的！皇帝根本不打柴，哪里用什么金斧子，他老人家喝着小米粥还有人摇扇子呢！

那时候，没有狗仔队没有娱乐小报，权贵的生活，普通老百姓还真想象不到，摇着扇子喝小米粥，已经是想也不敢想的神仙过的日子了。此番情境，与"野老献曝"里的贫叟异曲同工，他衣衫单薄又褴褛，在数九天的西北风里冻得哆哆嗦嗦，那天突然幸福地晒了一个闲暇的太阳，才知道，原来阳光照在背上这么暖和呀，这样的惊天发现，一定得给亲爱的皇帝分享，可不能让他冻坏了龙体。别笑话这个乡野老人，他哪里能想到，连风都有雌雄，吹进皇家的是薰笼风脂粉风酒酿风，完全不同于他家的冰凌风破絮风猪圈风？

隔着一个阶级，就隔着十万八千里。蝼蚁藏于窟中，哪能想象猛虎蹯

深山啸森林的威猛？晋朝那个相貌俊朗能文能武的王敦，已经是如假包换的王公贵族世家子弟了吧，他入赘皇室当了驸马，不也被公主的丫头耻笑吗？笑他是乡巴佬呢。王敦从前在自己家里如厕，哪见过这样的阵势，美若天仙穿锦着绣的侍女捧着金盏玉碗，又是红枣又是豆粉又是热水的。如厕还要进餐，皇家真讲究养生！他这样思量着，就把红枣一颗颗吃完了，又把豆粉用热水冲了，喝个精光。哪知道，那小干枣只是塞鼻孔挡气味的，豆粉只是洗手的。侍女们想笑又不敢笑，当时肯定憋坏了，这糗事后来被八卦到《世说新语》里，最初的爆料人肯定是她们，新闻现场的第一目击人嘛。还好，当时作肥皂用的豆粉，也叫澡豆，确实就是大豆磨粉做成的，当然里面还添加丁香、陈皮、木瓜花等香料，但都是纯天然食材，味道该不比咱们超市里的豆奶粉差，喝了也没啥，要换成当今洗衣的皂粉，王驸马喝到肚子里，后果是什么，你就想想吧。

别笑王敦蠢笨，毕竟豪华单人卫生间里，没人给做示范。刚进贾府的林黛玉就比他幸运。那时候黛玉当是十岁左右吧，相当于现在小学四年级的年龄，贾家的排场比林家大，用饭前，丫环们金碗银盆地端水伺候着，这水干什么用的？情况不明，但是她会察言观色，随机应变。很快明朗，这水不是喝的，是漱口的。谁说林妹妹不通世故娇嗔小性只会掉眼泪？人家上小学时就如此成熟练达了，只是为了"还泪"这个曹公布置的"任务"，不得不一直"昵昵儿女语"罢了。

托网络和各种传媒的福，而今的我们，已经没大有人会闹"野老献曝"的笑话了，我们知道富人贵人们嫌西装束缚嫌皮鞋累脚，也布衣布鞋挂个计步器走路去了，知道他们也怕血压血脂血糖尿酸飚高，早不敢吃鲍鱼海鲜了，殊途同归，和我们一样的呢。不一样的只是，我们刚刚跳出农门奋斗到城里做了市民，人家已经把汽车开到乡下，躬耕南山养鸡东篱，种田流汗吸氧去了。以后剧情如何发展，媒体还没有报道，姑且想象着吧。

负暄闲话

一股短暂的寒流过去，这几天，气温忽地回升，一口气上升至两位数，阳春似的，在大雪节气里实在难得。今天格外晴好，白亮亮的暖阳泼下来，照在已经含苞的玉兰树上，照在还开着的几朵月季花上，似乎有哗哗剥剥的声响。人定定地看着，一时间竟有些恍惚——这样的晴光，竟是在严冬里？

如此晴光，不可辜负。把飘窗收拾干净，铺上厚垫子，一杯茶，一本书，坐下来，背倚窗墙。一丝风也没有，防盗窗银亮亮的，窗内人也银亮亮的，一杯茶下去，细汗都冒出来了。冬日"负暄"，真是难得的享受。

"负暄"这个词有点书面，说成白话也就是"晒太阳"。冬日难得艳阳天，阳光不可辜负，所以记忆里，这样的冬日，乡亲们都在"负暄"。找一处背风的土墙根，坐下或者蹲下来，拣捡粮食、补衣服、择菜、听大鼓书，或有老人家解开大襟棉袄挠痒痒。那几年，毕业在家等待分配工作，这样的晴日，我几乎每天都在堂屋门前坐着，倚着门，看一本书，或者打毛衣。书少得可怜，一本毕业时程冉送的《宋词鉴赏辞典》，一本作文获

奖得到的《中国现代散文鉴赏辞典》，来回地读，读够了，就打毛衣。那时小外甥女刚牙牙学语，我给她织各种图案的毛衣毛裤，不锈钢针引着白亮亮的光线在织孔里穿梭来去，脚边盒子里的线团一跳一跳地舞蹈。我给她打过各式的帽子、围嘴、袜子和毛衣毛裤，而今，那个当年的小不点，已经出落成身高一米七四的美少女，粉面桃腮亭亭玉立，做了一名飞翔蓝天的空姐。

我织毛衣的时候，偶尔一只芦花鸡跑过来，一定是看中了母亲簸箕里金灿灿的玉米，它扇着两翅阳光跳起来，咕咕咯咯地要去偷嘴，母亲撮着口轻啸一声驱逐，它才不舍地张着翅膀跑开。那样的年月里，母亲成天低着头择拣，拣留种的黄豆、花生，拣磨面的小麦、玉米，弄得颈椎常常不适。而如今，这样的晴光里，她一定拎个小马扎子，和几个老姐妹去运粮河公园"负暄"去了，也许坐在一株含苞的梅花旁，也许倚在一棵笔直的银杏下，迷离着眼唠今朝或者忆当年。而揣着收音机听评书的父亲，也可能遇到了棋友，正在那个镀满阳光的石头棋盘上厮杀吧。两个老人，都已经适应了城市生活，今朝风日，早与从前不同了。

昨天，也是这样的好风日，陪一个朋友去看涉故台。到大泽乡时朝阳刚升，遍野白霜融化成露珠，广阔的碧绿的麦田里，无数叶尖在阳光下银光闪闪，满目璀璨。涉故台上枯草漫漫，一片荒凉，两千多年前，陈胜、吴广就是在此台上振臂高呼，掀起了中国历史上第一场农民起义。如今，穿越时光隧道的喊杀声犹响在耳，鱼腹丹书、篝火狐鸣的典故犹在纸间，世事却早已不同了。立在荒台上，放眼四周，晴光如洗，麦田如毯，村庄如画，整齐的柏油马路四通八达，此情此景，真容易让人生发古今兴亡之叹，"吴宫花草埋幽径，晋代衣冠成古丘"，历史湮没，当年的大泽成了良田，世界崭新，除了阳光，什么都变了。

身上防盗窗的影子悄悄移动着，移动着，一个上午过去了，手里的一本《人间词话》，也就翻了几页，每天可以这样闲读慢读，实在是我梦想中的生活。求学的那几年，整天抱着厚厚的《电气设备》《材料力学》记数据背公式，真是痛苦不堪，啥时候能读闲书闲读书，读自己喜欢的书？没想到，这个梦想竟然真的实现了，我抚摸着映着窗影的雪白的纸漆黑的字，满足地一声长叹……

小姐呀你多风采

　　作为一个没志向没出息的小女人，素来不喜欢这个时代的女汉子，每天耍着大脚片子，放下方向盘抱电脑，和男人一样横刀立马厮杀疆场，窃以为，不如做个小姐的好。

　　做个小姐，不一定要出生在侯门贵族，但必须是诗书礼仪之家，深闺之中，每天弹弹琴读读书写写字绘绘画，和丫鬟一起绣绣花，兴致来了，逗逗鹦鹉也不错，纺纺纱也不错。纺纱不要太较真，无须刘兰芝那样"三日断五匹"，业余水准，玩玩就行。这些都倦了，就去后花园捕捕蝴蝶逮逮蚂蚱，秋千架上也可以荡几下。若被隔墙的书生窥见，传了情诗扔了折扇过来，切莫要理他，什么"隔墙花影动，疑是玉人来"，咱根本不去接那茬，《西厢记》里莺莺姐姐的教训要记住，婚姻大事，还是让爹爹作主吧。

　　那爹爹，自然得像于谦那样慈爱开明，闺女作得了五分主，比武招亲或者抛绣球选夫那一套可以不必用，但一定得挑个好儿郎，好才好貌好品质，最好是谢家子弟那样的，比如谢玄吧，文能琴棋书画，武能阵前厮杀，更重要的，还那么钟情，一辈子连个妾也不纳，又那般体贴温柔，千里之外前线杀敌，休息时还要去钓鱼，娘子喜欢吃鱼嘛，钓上来让仆人一一腌好，快马送回家。小姐——不，这时候该称夫人了，夫人收到他送来的咸鱼，那种小幸福，呵呵，不可言喻，不可言喻，相比之下，受点分离苦又算什么！

那些命运多舛的小姐，多是没投生到好人家。投生的事是修行，实在没办法，没摊到好爹爹，没有良媒，这辈子只好自伤只好认栽，而闹自由恋爱遇人不淑的，就只能怪自己了。其实自由恋爱也多是编剧们编出来的，真正的千金小姐，都是庭院深深帘幕重重，哪那么容易抛头露面呢？即便是寺庙寄居上香还愿那样的特殊场景，也都被爹娘严防死守着呢，岂由得红娘这等小丫鬟穿针引线胡作非为——"小姐呀小姐你多风采，君瑞呀君瑞你大雅才，风流不用千金买，月移花影玉人来"。真正给轻薄子弟机会的小姐，都是家道败落下来的，像王府里的霍小玉，没办法，为了生活，卖曲卖唱。这样的女子，被那负心汉一折腾，往往都没有好结局。

年轻时一直不解，一个欢蹦乱跳的生命，怎么会因为相思一下就死掉呢？现在明白了，忧思伤脾，气郁伤肝，体内气血逆窜，整个的乾坤颠倒功能失调，用今天西医的眼光来看，那是抑郁症和植物神经紊乱，吃不下睡不着，能熬得下去才是咄咄怪事呢。杜丽娘春天游园，在梅树下打了个盹，做了个春梦，梦里的书生好温情，醒来后，不见梦中人，她就病了，什么病？自然也是相思病，她思念那个书生，而作为一个深闺少女，一个十六岁的相府千金，她不能把这种心事说出来，如何能示人呢？"转过这芍药栏前，紧靠着湖山石边。和你把领扣儿松，衣带宽，袖梢儿揾着牙儿苫也。则待你忍耐温存一响眠……"你看，你看看，这场景，可与谁诉？谁可与诉？就只好枕上潜垂泪，就只好花间暗断肠，更甚至，垂泪也不能，只能忍泪装欢，于是就害了抑郁症，卿卿性命一呜呼。

当然，《牡丹亭》的作者很善良，很快就安排那个书生出场了，杜丽娘于是起死回生，比崔莺莺的那个原型可幸运多了。其实莺莺的原型还是比较聪明的，元稹去后，她并没有在"始乱之，终弃之"这个怪圈里纠结多久，很快就摆脱抑郁把自己嫁了，那负心人几年后又登上门来，冒充表兄

之身份递名刺求见，她看了一眼，一丝留恋都没有一下，直接拒于千里之外——往事成风，夫复何言！

镜　鉴

　　用手机广播听书，这两年几乎是上了瘾的，《资治通鉴》《二十四史》，当然还包括四大名著等，有原文朗读也有名家讲解，行走坐卧、锻炼、吃饭间皆可听，受益匪浅。这几日，又重听《红楼梦》，不知是不是看过几遍原著的原因，觉得这样听着，细节比读纸质的书本更拎得真切，品咂起来也更有味道。今早起来，刷牙洗脸间，正听到贾瑞病倒在王熙凤设的相思局里奄奄一息，恰此时，疯跛道人送来风月宝鉴——宝鉴，也就是宝镜，古时这个"鉴"字，作名词"镜子"用时居多。那时候玻璃还未普及，这镜子估计是青铜磨成的，反正两面都可照人。

　　道人对贾瑞说，这镜子你只能照反面，千万别照正面，照三天病就好了。可是，贾瑞没遵"医嘱"。他一看反面，里面立着一具骷髅，吓得毛骨悚然，再看正面，美貌如花的王熙凤正巧笑倩兮朝他招手，他应声而进，就可以圆了相思梦，于是情不自禁地频繁与美人约会，于是很快一命呜呼。我想想，觉得这跛足道人也不够仗义，既然知道他得的是"邪思妄动"之症，正被相思之火烤炙得死去活来，里面还装了个意中人来引诱他，他怎么能抵抗得了？

只能说，这原就是作者的意图，《红楼梦》初稿时，书名就叫《风月宝鉴》，一面镜子，鉴贪嗔痴念，鉴世间"好""了"，曹雪芹和那疯跛道人做的一样，都只是在点化。既然是点化，就是点到为止，结局如何，看个人修行，你若有那灵气，一点就透，才是有缘人，才可造化。人生是一面巨大的镜子，小说是人生的浓缩和升华，是"风月宝鉴"，曹公的初衷就是若干年后人们端起它来，能照见自己的各种"邪思妄动"，做一番自赎自救。

所以，正衣冠是最浅表的"镜鉴"，照人生照灵魂，才是镜子的本意和深意。传说中曾经就有这么一面镜子，可以照见人的五脏，帝王拿它来在朝堂上一放，哪个大臣是耿耿衷心，哪个长着一副贼肚肠，都一清二楚。可惜这面神镜，后来好像也没用到正确的地方，而是被拿到后宫里照美人的心肝去了。

我老家旧屋里挂着一面镜子，只是寻常的玻璃镜子，照不见肝胆肠肺，却如优盘一样，贮存着父母暗转的流年。此镜是父亲结婚时同学们凑钱购买的贺礼，父亲说，其实并不是新买的，作为贵重品奢侈品，它已经见证过许多人的新婚，每送一家，就把上面用油漆写上的赠言擦掉重写，送到父亲这儿时，因为有了磕碰不好再往下接力，就被爱美的母亲留了下来。母亲年轻时是极美的，前几天，大家都疯狂地在微信朋友圈里晒自己十八岁的照片，母亲当年也有这么一张照片，拘谨地在坐在一张长条凳子上，两手放在膝头，坐得很端正，胸前两条又粗又黑又长的大辫子垂下来，她鹅蛋脸，杏仁眼，皮肤光洁如雪，真不比《芳华》的女主角逊色。那张清秀的脸，每天出现在镜子里，一晃五十年云烟过眼，今天的母亲头发花白，满面风霜，已经找不到当年的影子了。那面镜子，而今掉了水银锈迹斑斑，母亲仍舍不得扔，因为它是风月宝鉴一般的时光贮存器，贮存着她五十年来的历历过往，新婚、添子、生皱纹、抱重孙，所有的时过境迁，对着镜子一沉思，都胶片般历历在目。

朋友圈里，老杨也晒了他的"十八岁"，是一个连毛茸茸的胡须都见不到一点的青涩少年，顶着一头大帽子般蓬勃的黑发，他在微信上写道：以此证明，我并不是小时候就没有头发！铁证如山，我们只好相信，头顶秃亮得连边缘也没有几根的老杨，并不是天生秃顶，他的头发，只是一根一根，都收进了时光的宝镜里。

春色撩人

"桃花烂漫杏花稀，春色撩人不忍为。"春色撩人，这个"撩"字用得好，所谓"撩"，撩拨、挑逗、招惹是也，而此番撩拨招惹，却是悄悄进行的，宛若无形的手在你心弦上轻轻弹拨，宛若轻柔的羽毛在你触角上悄悄拂扫，你蓦地情怀一动，觉得泥也融了，水也暖了，心间春波荡漾起来。最先"撩"到你的，可能是厨房里无意间丢弃的白菜头开了花，可能是阳台上一只新鸟啁啾试了下啼声，让你觉得，呀，春天来了。而出门一看，杏花正飘飘拂拂落着，桃花、玉兰、紫荆，都开得夭夭灼灼历乱缤纷，这时候，你知道，该去看花了，春色撩人不忍为，且放下所有的忙，放下所有的心事，看花去。

走出城市，才发现，已经到处都是看花人。春事盛大，过眼之处，尽是铺锦堆绣，金黄的油菜绵延，雪白的梨花浩荡，粉红的桃花漫山遍野。那个穿着轻薄春衫的女郎，在梨花丛中摆着各种姿势照相，奔跑中火红的裙摆波涛似的荡漾起伏，只听她娇滴滴地呵斥情郎："现在谁还拍剪刀手呀，我要这样拍！"但见身影走入银白耀眼的花丛，几米之外，立住身子，回头作嗅花枝状。喔，这款不就是"蓦然回首，却把青梅嗅"吗？拍够了，转身回来，与男友低着头，共同翻看着相机里的照片，嘀嘀哝哝，笑声如银铃。而春水边，绿柳拂拂，燕子衔着湿泥，在柳条中一趟一趟轻快地穿梭往来，两个七八岁的孩童，戴着刚编的柳条帽子，一个用小网在水边专注地捞螺蛳，一个追着一只橘红色的大蝴蝶，奔向油菜田，一会儿空着手回来了，衣裤和红扑扑的小脸上都沾满金黄的花粉，正垂头丧气间，忽见一只蜜蜂在脚边的蒲公英上嗡嗡嘤嘤盘旋起舞，兴致又高涨起来，身形灵动地向它扑去了……

阳光正好，东风薄软，花枝迷离照眼，游人们一个个担衣背包，田野里喧闹攘攘，笑声不绝。三月的诱惑，招惹得豪放如东坡者，也不让关西大汉执铁板唱"大江东去"了，他也婉约起来，写起朦胧的情诗了，所谓"笑渐不闻声渐悄，多情却被无情恼"，都是竹外桃花招惹的，是春江水暖撩拨的，被春色撩得心思绵软，解鞍欹枕绿杨桥，也醉眠芳草，听"杜宇一声春晓"去了。什么人事争纷，都不是春天里该谈的话题，且把自己放逐户外，半壕春水一城花，四下里走走，看看花枝，听听鸟语，吹吹风唱唱歌，快乐地跑几圈，多逍遥！

春的讯息被管不住喉咙的鸟带到深宅大院，重重帷幕内，刺绣描红的深闺小姐杜丽娘也坐不住了，她轻移莲步走到后花园，眼见着姹紫嫣红开遍，心下就缭乱起来，自怜起来，蓦然间就起了相思，梦里那个叫柳梦梅的书生，是答儿闲寻遍，他究竟身在何处？几百年后的你我，在春日迟迟的午后，眯着眼斜靠在沙发里，听一段昆曲《牡丹亭》，听着听着，也禁不住迷惘起来，想想浮生痴缠，春光聊赖，恍惚间，竟分不清戏里戏外了。至于迁客骚人，独立幽花之下，又怎能不生出感慨万千，江山这般锦绣，生命如此无着，该拿它怎么办，怎么办呢？索性抛开来，该畅饮的畅饮，该赋诗的赋诗，且敞开胸臆，狠狠地抒情一回吧。

春来撩人，春归亦撩人。日近薄暮，残阳西坠，你凭栏独立，眼见着遍野飞红凌乱，又恰有杜鹃啼血，流水落花春去也，一时间，何不被招惹得肝肠寸断？可心念一转，花若不褪残红，青杏何居？红瘦换来绿肥，此消彼长，天道循环，岂不正好！那些化作春泥的花朵，待到夏至，待到秋

来，都成为绚烂的染料了，把梨儿染黄，把苹果涂红，把李子描紫，而成熟的桃子，干脆就拿桃花作腮红了。飘零的花朵重新跃上枝头，在果实上再现明媚，如此一想，还何叹之有？

夏日听蝉

清代文学家张潮在《幽梦影》里说:"春听鸟声,夏听蝉声,秋听虫声,冬听雪声……方不虚此生耳。"夏天热闹,青蛙、蟋蟀都是好歌手,张潮独把听蝉当作雅趣,当是蝉之知音者。

炎炎烈日下,鸟把歌喉都锁上了,狗热得吐着舌头直喘,千百生灵叫苦不迭的三伏天,唯蝉精神头最足,并且愈炎热愈兴奋,它鼓起腹膜高歌,歌声也最嘹亮,据说可以传到一里开外。如果说蛙的歌声像鼓点,短促而断续,蝉歌就当如丝弦,余音袅袅。只听这棵树上"吱——"的一声,一只蝉开始唱了,"吱——""吱——"另几只立刻开始回应,"转轴拨弦三两声"之后,众蝉响应,耳畔就是"嘈嘈切切错杂弹"了。皖北树多,树上蝉多,如此庞大的乐队一齐拉起丝弦,乐声真是洪亮聒耳。每一声蝉都拖着雨线一样长长的尾音,奏出来的音乐,跟暴雨似的,密得无插针之隙,瓢泼大雨,浩瀚无边,真是聒耳。

如果你初到乡村,站在暴雨似的蝉声里,真是觉得聒噪得不堪忍受,但过一会儿慢慢就习惯了,就会爱上那洪大的声响。白烈烈的日头下,蝉在枝头唱歌,牛在树下反刍,孩子们在河里游泳,光斑闪烁的凉荫里,收

工回来的农人一下一下地摇着扇子，在听收音机。你看，整个世界都是宁静的，不慌不忙，不紧不慢，安详无边。

蝉没有蜕壳羽化之前，吾乡叫"知了猴"，是生活在土里的，它用几年的时间，在黑暗里把自己从幼虫变成成虫，夏至时节，一场大雨过后，它们从地下钻出来，爬上树，羽化成蝉。吾乡人喜欢吃"知了猴"，晚上打开手电筒，挨个树干上去"摸"。乡人用"摸"字而不用"捉"，是因为它爬得太慢了，几乎停滞一般；并且，舍不得耗费电池的人，就着月光，用手往树干上的貌似小疙瘩处一摸，常常就有收获。"摸"到家的"知了猴"，洗干净用盐腌起来，早上用油炕着吃，拿锅铲把它按得扁扁的薄薄的，炕得两面金黄，吃起来焦酥香韧，吃过之后，余香盈口，半日缠绵不绝。贫寒的年月里，油炕"知了猴"真是一道美味，让人永远怀念。

"知了猴"蜕变的时候很可爱，剖宫产似的，背部的硬壳竖着裂开一条缝，后背拱起来，慢慢地向外鼓突，后背出来后，头再慢慢缩起来，探出来，上半身就解脱了，伸一个懒腰把身子拉直，努力往上爬一爬，于是腹部也出来了。刚出壳的蝉是淡黄色的，周身柔软，翅膀还皱缩在一起，非常嫩。它伏在壳上，等夜风慢慢把身体吹干吹老，等月亮把翅膀悄悄扯开，黎明时分，就大功告成，振翼飞走，到树上引吭高歌去了，只留下一个铠甲似的壳。这就是羽化的过程，也是所谓的"金蝉脱壳"。知了壳黄棕色，半透明，薄而脆，也是有用之物，是一味辛凉解表的中药，名叫蝉蜕，我每次鼻窦炎发作的时候，医生给开的药方里常常有此一味。小时候的暑假，我和小伙伴们也爱去找蝉蜕，每人抱一根细长的竹竿，仰着头，挨个树去戳，收集一麻袋卖掉，可换不小一笔零花钱。

庄子说，"朝菌不知晦朔，蟪蛄不知春秋"，蟪蛄即蝉，它在地下生活几年甚至十几年，天光里却只有几十天生命，经不了春也历不了秋。生命短暂，所以它高栖枝头，容易惹出人们许多感慨。古代的诗文里，蝉总有着特殊的象征，虞世南说它"居高声自远，非是藉秋风"，李商隐说"本以高难饱，徒劳恨费声"，它们品性高洁，餐风饮露，悲鸣寄恨，落落寡合，惹的人惆怅不已憾恨不已。事实上，蝉是吸食树枝汁液为生的，不餐风也不饮露，它之高歌，也并非有什么心事，只是为了求偶繁殖后代、为了惊吓飞鸟保护自身罢了。说到底，和世界上许许多多的草木生灵一样，蝉本无心，终是看客多情了。

豆架瓜棚雨如丝

豆架和瓜棚，是夏季乡村里最寻常的物事。乡下人家过日子，春天里都会种几畦豆角。豆角是藤蔓类植物，叶芽舒展后，几天的暖风一吹，太阳一晒，藤蔓儿就忽地窜出来了，这时候，得赶紧给它搭上架子。搭架子很简单，用竹竿或者修长的树枝，两行为一组，每棵秧子跟前斜插一支，与对面的一支人字形交叉，然后上面横一根长竿，细绳固定，就是齐整整的豆架了。聪明的藤蔓们长了眼睛似的，顺着竿子，一个劲地往上爬，用不了几天，你再来看，就是一架新绿了。很快，就有花儿开了，豆角花是淡紫的，小小巧巧地支蓬着，跟蝴蝶儿似的，淡淡的香气招引来真的蝴蝶在其中蹁蹁跹跹。假作真时真亦假，你一时竟分辨不出，哪一只会倏地飞走，哪一只会变成盘子里的一道菜。

豆角真能结，只要雨水充足，几天下来，一朵花就会变成尺把长的一根豆角，满架豆角长条密缀，风铃儿似地摇摇摆摆，足足够你吃上一个夏天。一架子藤蔓缠绕绿叶围裹，把竹竿子严严地遮在里面，若不仔细看，几乎认不出翠色里还包藏着一副骨架。

菜园通常建在瓜地头上。瓜地中间，有一座庵棚与豆架静静呼应着。

庵棚通常一人多高，是用几根木棍搭起来的，人字形，斜坡上铺着玉米秸，用麦秸秆厚厚地苫着，两头开敞，便于观察"敌情"，也便于通风，棚下放一张铺着苇席的木板床。其实，瓜棚并非防贼，西瓜、甜瓜等，地里结的物什，谁过来吃一个，吃不穷人，怕的是牲口糟蹋，谁家的猪、羊跑出了圈，或者鹅、鸭成群地涌过来，得提防着。看瓜通常是老人和小孩的事，农村的孩子，暑假里没有那么多的兴趣班要上，就三五成群地聚在瓜棚里打扑克牌，或者结伴到瓜园前边的小河里游一会水，玩累了，就到瓜田里找熟透的西瓜吃。弯下腰这个拍拍，那个敲敲，选定一个，摘下来，抱到棚下，用拳头砸开，嘿，通红的瓤漆黑的籽，咬一口，蜜汁顺着嘴角往下淌，真甜哪。

夏天的雨来得快，乌云忽地涌过来，火辣辣的日头转瞬不见，伴着咔嚓咔嚓几声炸雷，黄豆大的雨点啪嗒啪嗒落下来了，继而连成线，密成网，成了瓢泼一般的大雨。吃得肚皮溜圆的孩子们，坐在棚下的凉床上，望着外面密集的雨线，无聊地晃荡着双腿。这时候，如果有个老人在，孩子们便有兴致了，会缠着老人讲故事。老人们讲的故事通常都很"老"，诸葛亮施空城计，花狸猫换掉太子，听得孩子们眼瞪着，嘴张着，魂被勾走了似的。一会儿，雨住了，云收了，天空放亮了，太阳又挂在天空中，依然火辣辣得刺眼。跑出去一看，啊，洗过的瓜田真绿，每一片叶子都干净得放光，圆滚滚的西瓜一个一个大得喜人，而天空蔚蓝明净，一道彩虹赫然挂在天空。这时候，蓝空下瓜田上，蜻蜓成群结队地飞过来了，黄蜻蜓、红蜻蜓，还有那种大个的浑身透着神秘色彩着的钢蓝色蜻蜓，惹得孩子们兴致勃勃，赶紧分头去捉。飞累了的蜻蜓，有的栖在瓜叶尖上，有的抱住瓜棚上一只翘起的麦秸秆，亭亭而立，不一会儿，大家又聚拢来，手里都有收获。

渐渐地，秋来了，园里的瓜卖完了，孩子们也开学了，瓜棚寂静下来，偶逢细雨淅沥，干活的农人会进去躲雨，坐下来抽一支烟。瓜棚完成了它一夏的使命，只等下一个瓜季，与长高了一截的孩子们再重逢。而秋雨绵绵，那些豆架上的豆角们，也失去了曾经的青春，叶子稀了，秧子黄了，

掩在里面的竹架子露将出来，农人们三把两把扯掉藤蔓，拔掉根秧，要腾出空地种白菜萝卜了。那些竹竿被拔出来，扎成捆收好，等到来年，再用它撑起一架翠绿……

｜ 且听蛙声一片

夏天的池塘边上，青草丛中，潜藏的尽是青蛙，淮北平原上的青蛙多是黄绿色，背上有几条金线，藏在草中，你看不见，但只要沿着塘埂走一趟，就听"扑通""扑通"，它们一个个都往水里跳呢，跳进水里，后腿猛地一蹬，箭一样窜出去老远，转瞬消失于水底，留下一路路细细的波纹。

青蛙很俊，皮肤柔软光滑，身体修长，背青绿而腹雪白，嘴又扁又阔，两只水汪汪的大眼睛鼓在两侧。它踞在一片荷叶上，前腿撑在那里，目光清亮地看着你，样子真可爱，似乎有点傻，有点萌，你忍不住要想，是不是也是一个王子化成的呢？但只要有一只虫子飞过来，你立马会改变思路。孩提时代，我多少次亲眼看到，一只蜻蜓离它还有两尺远，它就猛地跃起来，与此同时，长长的舌头从阔口里翻出来，"噌"地射出去，粘住猎物，迅速卷进嘴里，吃掉，整个过程只在眨眼之间。青蛙捕猎，精准无比，常常箭无虚发，如此本领，注定它不是呆萌的宠物，更不是王子。

青蛙喜欢唱歌，但白天唱的时候不多，除非遇雨，雨里它们像农人一样闲下来，才开始唱山歌谈恋爱。一块正在扬花的稻田里，一片玉米地里，整整一个白天，它们都踞在暗处，目光炯炯地，替农人守护着庄稼呢，夜

晚才是它们的休闲盛宴。

一弯新月斜挂柳梢，乡亲们刚把凉床搬到树下，就听"呱"的一声，一只青蛙开始唱歌了，紧接着，不远处，"呱——呱——"，另一只响应两声，继而，三只、五只响应了，更多只响应了，"咕呱""咕呱"，不一会儿，歌声就不再断断续续，而是密集起来，连成了片，有了水波浩荡之势。田野里远远近近所有青蛙一起唱歌的时候，那声响更浩大了，呼啸而来，大有排山倒海之势，蝉的声音、蛐蛐的声音、风的声音，尽被淹没其中。整个世界都被它们占领了。此时，月光朦胧地笼罩着大地，笼罩着蛙歌，把柳树细长的叶子婆娑在凉床上，风醮着塘里的水和遍野的蛙歌，徐徐地吹过来，热气一点一点消退，凉床上的人，手里摇着的扇子渐渐慢下来，慢下来，啪嗒一声掉在地上，人就沉进梦乡里去了。

童年的夏天，那些美丽的晚上，何处无月？何处无蛙声？窗户下，篱落旁，草丛中，田野里，月光如水，蛙鼓如梦，是怎么都拂不掉的记忆。"蛙鼓"两个字，我一直非常喜欢，蛙声短促，像鼓点，不似知了那般拖泥带水，"咕""呱"，旋即停下，重来一遍，再来一遍，一声连着一声。月光带着"咕呱"之声，照进儿时的木头窗棂，落在床头，落在耳畔，梦总是那样酣沉。蛙歌是宁静的，带着水的温柔，带着青草的香，还有小女孩脚丫蹚出的露珠的潮湿，有它做伴的灵魂，是安宁的，沉静的，不起波澜的。我的一个好朋友，长期受失眠困扰，我以为，一定是太久地离开了蛙声的缘故，明天，我要回一趟乡下，录一段蛙声寄给她，那宁静的歌，那单调的鼓点，一定可以让她酣眠如婴孩。

同这个世界上的清风明月一样，耳得之而为声，目遇之而成色，青蛙不属于官家，也不需要谁给它发工资，晋惠帝他老人家花不掉的钱，还是留下来买"肉糜"救济穷人吧。江山风月，本无常主，闲者便是主人。青蛙是民间的草根歌手，从来不收出场费，只要你有闲，它便会为你放开歌喉。就找一个雨后初晴的夜，去听听蛙鸣吧，到郊外，找一个田埂坐下来，坐在星光下，拂拂夏风里，什么也不想，什么也不管，且听蛙声一片。

琴

高卧枕上，眯着眼听她弹《春到拉萨》，虽然还不够流畅，也是出了味的，风长长一路奔跑跳跃，花在快镜头里飞速绽放，解冻的河水哗啦啦流淌，正欢快间，只听"啪"的一声，咯噔顿住，切，弦又断了！起身过去，她正作一脸无辜状，努力掩住内心的小欢喜——十岁的小孩，非苦于弦断无人听，切切实实地，是今天可以不练琴了，为娘我也过了做虎妈的年龄，不练就不练吧，待明日，我换得弦来，让拉萨花开继续。

不顾先生反对，坚持让她学琴，还是想圆自己心中之梦。女孩儿家，会一样乐器，攘攘红尘里就能坐得住，能沉得下来，就不会寂寞。琴能清心，我素来如此认定。有时候，我站在一旁，看着她十根指头在二十一根弦上熟练地托抹勾打摇划劈，小脑袋小肩膀陶醉般夸张地前探后倾，谡谡松下风，蔼蔼垄上云，虽还不够苍劲不够飘逸，终也是自然之声。自然之声总让人欢喜无限。

琴声实在迷人。还有什么声音，能打破时空限制打破语言隔膜种族隔膜，一入耳就直抵内心？显然，琴做得到。说琴，也非局限于五弦七弦的古琴，所有的弦乐器，都容易让人神魂颠倒。阿炳的二胡，王中山的古筝，

杰奎琳·杜普蕾的大提琴。杰奎琳的那曲《殇》入心太深，真是不宜多听的，它会放大你心中所有的痛和感伤，陈年的犄角旮旯的，都扫荡出来，绵绵延延，丝丝缕缕，惊魂缠绕，生命凉意彻骨忧伤彻骨，疼得你七魂出窍，电影《聂小倩》里配了此乐，书生女鬼，深情无奈，天地间的大悲哀，真催泪。杰奎琳是巫师。琴师都是巫师。

《凤求凰》那样的曲子也不宜多听，太缠绵，发酵能力太强大，胸中即使暗藏一丁点情丝，甚至只是一颗搁置百年的莲子，也能被它催出芽来，被它撩拨成参天古木，壮大如此，想再连根拔起都难。还是离远点好。如果已近中年，《广陵散》《战台风》那般曲调也不合宜了，刀枪林立铁马兵河，不再适合日渐脆弱的神经，就听《森山禅林》《云水禅心》之流吧，有欢喜心，有禅心，容易让人内心宁静。生命至此，已知人生如寄，已有苍茫远意，攒点欢喜心，不要为难自己才好。

琴声盈耳，禅音盈耳，还有什么为难事呢，什么纷乱还能近身呢？从前一直如此认为，后来，才发现根本不对，完全不对。有一阵子头痛失眠，夜晚睡不着，总胡思乱想，于是一遍遍听琴，努力让琴音驱赶内心的凌乱，可愈是用力，愈是失眠，原来不听任何音乐任何催眠曲，照样可以睡到日上三竿，一旦心乱了，睡觉那般简单的享受变得痛苦不堪，琴声也变得烦乱不堪。说什么琴能清心？内心扰扰，什么音乐都无力抵达，心中有琴，则无弦也可以自释。

| 棋

　　我一直以为下棋是件很难的事，那么多子，那诸多局面，要运筹帷幄于数招之外，太消耗心神，也太考验智力。棋中高手应该都是高智商者，都是可以拜上将军者，内心惊雷滚滚，面却似平湖秋月，如魏晋风流人物之谢安，手握着淝水前线送来的紧急战报，依然从容落子，脸不改色，以八万军队大胜人家八十万，如此悬念的角逐，如此剧烈的欢喜，他也忍得住。这般气度，寻常人没有，我更没有，我若心间有雨，脸上必阴云密布。所以，我从不下棋，连观棋都不。

　　当然，观棋原不是谁都能观的，能看下去的，自然也是行内人，能看到斧头柄都烂掉的，自是高人无疑了，深谙其中路数，看他如何调兵，再看他如何遣将，看谁的机关更巧妙。"机关"这个词用在棋盘上，算是精准了。可不就是机关吗？谁的心机更重，谁的套路更深，谁更远虑深谋，谁就是最后的赢家。一招不慎满盘皆输，下棋，该是一场很紧张的心理械斗，可为什么有些弈者，却是参禅般享受的模样呢，夏日宁静的午后，守一壶茶，面对面坐在竹荫里，蝉噪和竹影摇晃在棋盘上，叮叮，叮叮，落子有声，一副清闲模样。应该是看惯了兵戈，应该是胸中有丘壑，十八般武艺，

三十六般计谋，样样娴熟通透，驾轻就熟，举重若轻，所以让一局棋，成为一场游戏。谈笑间樯橹灰飞烟灭。

"人事三杯酒，流年一局棋"，这是谁写的？谁最先把人生比作一盘棋，该颁奖给他。可不就是吗，这世间，每个人都是当局者，技艺高超的，从容落子，决胜千里；本领拙劣的，举棋不定，悔棋又不能。人生是单向的棋盘，落下去的光阴，挽不回来。每个人又都是旁观者，冷眼看着别人的局，几招下去，常常就能预见结果，"三岁看老"，"当局者迷，旁观者清"，都是因为，你置身事外，你在作壁上观。而不远处，壁上也坐着许多你的观众，正对着你的迷失，指指画画。那些挽狂澜于倒扶大厦于将倾者，都是人间的传奇，是标杆和典范，而一失手成千古恨者，会成为八卦新闻，成为茶余饭后的笑柄，成为家长育儿的反面教材。

棋品如人品，气定神闲落子无悔者，自然是大气象，坦坦荡荡磊磊落落，是名士谢安之流，反之，太计较一招得失者，往往大器难成。汉景帝刘启做太子时，因为争棋把堂兄刘贤打死，间接引发一场声势浩大的七国之乱，这样修为的弈者，想成为一代明主，难。对手棋品再差，也不可动怒，也不可动粗，人生路上，对手如云，遇到渣人，当一笑而过。

| 书

在键盘书写的这个时代，提起"书"，书法之"书"，心里莫名地就会生出一股静气来，外面车马聒噪霓虹闪烁，你在纸窗下的三尺台灯光晕里，屏心敛气地写字，一管狼毫饱蘸了墨，或浓或淡，或干或枯，横如阵云，竖如枯藤，一笔一画落在米黄的宣纸上，看着它慢慢洇开，那情景，不由地就安宁祥和了。能静下来写字的人，必然是素的，是欲望寡淡的，能静下来写字的日子，必然是安好的。

你在灯下写啊写，若在古代，可能是自己腹中掂量的一首诗稿，可也能是给谁的一封信札，写毕，等墨迹干透，差人送出去。纸上都说了些什么呢？无非家长里短鸡毛蒜皮吧，像怀素的《苦笋帖》那样：苦笋和茗茶这两样东西都很好，你可以直接送来。或者像杨凝式的《韭花帖》，他午睡醒来，腹中正饥之时，正好有人馈赠了韭花酱，他蘸羊肉吃了，非常可口，于是写信感谢⋯⋯都碎叨叨的，像一个老婆婆的琐屑叙事，可是，因为那生花妙笔龙飞蛇舞，琐碎就成了艺术，成了宝藏。再流俗的事情，经一管狼毫在宣纸上在绢上叙述出来，也就成了雅事。蔡襄脚气病犯了，他写信告诉友人："仆自四月以来，辄得脚气发肿，入秋乃减⋯⋯"这是千古名帖

《脚气帖》，如今珍藏在台北故宫博物院里。如果不是出自书法家之手，谁能想到，脚气也能如此登上大雅之堂？

作家胡竹峰说，所谓书法，不过笔墨同醉耳，不过人书同醉耳，不过天地同醉耳。我觉得很有理，爱好书法的人，都是痴者，书写时的状态都是醉态，人同笔同墨同纸，共醉耳。楷书要端庄清秀，隶书要方正浑圆，都是慢功夫，此时的醉，当是茶醉。周末，酽酽地煮一壶普洱，喝它个筋骨通透浑身舒展，然后净手焚香，铺纸理墨，横竖撇捺，不急不躁，笔下汪洋恣肆又不脱规矩。若是写行书，就得喝上几盅了，一半清醒一半醉，借酒放纵，脱巾散发，挥笔狂舞，如惊蛇失道游龙奔腾，瞬间成就一幅潇洒流畅的行笔图。若要写草书，则要七分醉意，醉得西歪东倒，解袍扔靴，若颠似狂，以墙作纸，狼毫如武林高手手中之剑上下翻飞。怀素那幅《苦笋帖》，当是七分醉时留下的，仅仅两行十四个字，舞得那么狂放傲物意气风发，完全是入了化境。有句评语叫"颠张狂素"，张旭和怀素这两个书法圣手，最具名士狂浪之气。今人怎么练也达不到那层境界，是因为谁也没有那等癫狂放浪。

作为一个书迷，真的很羡慕旧时候，启蒙时握的就是狼毫，识字时对的就是名帖，那时候遍地都是书法圣手，不论是经商的还是为官的，随便拉几个出来，放到今天，都是响当当的书法家，都有一手令人叹为观止的好字。而无纸化办公的今天，认起汉字来都开始眼高手低了，谁能在毛笔书写上有点成就，几乎就是一场意外了。脱离了笔墨纸砚，我们再也难以行走书法之江湖。

值得显摆一下的是，我生活的这个地方，这样的意外偶还有之，李百忍、尉天池都是我的乡亲，刘开渠那样的雕塑家和萧龙士那样的画家，也离老家不远呢。是不是因为有此渊源，这片土地才染上了书法的底色，城市的小巷里常有墨香逸出。如果你从外地来，走在街上，诸多的书画店、装裱店会让你感到意外，而你随便走进一家饭店，哪怕是六七平方米的水饺店面皮店，墙壁上也会挂着三两幅书法作品。生活富足了，人们就开始了寻根之旅，书法是中华文化之根，是我们民族文化的精魂，遍地开花的培训机构，让我对书法的复兴寄予厚望，那些小小年纪就开始临帖的孩子，希望他们能成为新时代的书法大家。

画

　　夏天的树，真没有比国槐更好的了，叶片翠绿干净，满梢花朵细碎青黄，风摇，扑啦啦小蝶纷落，一只只弹跳着坠地，灰黑的柏油路面，浅浅覆一层明黄，这样一幅画，我想，适合用水粉来表现。小妹画工笔，常坐在画板前，绣花一样勾勒线条，绣花一样描绘花瓣的丝纹色彩，要画这样一张槐花图，起码半个月。工笔太苦，太细致，还是粗略点好。

　　粗略一点，水粉就好多了，稀释了的绿色颜料，浓的深碧，淡的青黄，拿刷子来，点点染染，不满意处，再厚涂几下。水粉修改下来，也比工笔容易得多，败笔上多糊一层油彩，成了浮雕，反而美具别样。赏水粉画，要距离适当，远了，一片朦胧，看不明白，近了，又如入云中。白云回望合，青霭入看无，观水粉如观云，距离是审美要素。去年夏天，白石山上，我坐于悬崖，等山下那朵白云飘上来，它被山风吹着，慢慢来到我脚下，那样柔软飘逸的一大朵白云，多美多美的一朵云，当它把我包围的时候，我就无法看见它了，身边尽是不辨四野的团团雾气。凡事都得留有余地，才能怡养心神。当糊涂处且糊涂，较真不好，工笔细画，一笔一画，太较真。

　　要描摹忽忽意态，宣泄胸中爱憎，还得写意。纵横涂抹，成山成石，逸笔草草，作树作草，留下空白的一片宣纸，可为江湖可为远天，几笔下来，峻岭突至，激流奔涌，心中万千冲突倏忽落纸，块垒融于砚池之墨尽脱狼毫之端，想来都觉得快意恩仇，如此长风吹袂，还有什么积郁不能释然？

朱耷身世悲惨，作为明太祖朱元璋的后代，明亡后，他怀着国恨家仇，流离失所，一度精神失常。从宗室贵胄到亡命之徒，山河还是旧山河，墨点无多泪点多，云天依旧，人事皆非，那颗碎掉的心如何安置？他背转身去，遁入空门，把自己与世隔绝，为僧，佛法普度不了心中的苦难，转而为道，终究还是意气难平，于是，他就在一方纸上宣泄，纵横涂抹。画鸟，鸟蜷足缩颈，向纸外翻着白眼，对世人佯佯不睬；画荷，荷花孤寂冷傲；画石，石头挺劲刻削，都是一副愤世嫉俗的倔强模样。身负如此家国之难，还能活到79岁，是画给了他出口，给了他活下去的理由。

写意是文人画，文人画就是这点好，它洒脱不拘，不重形似，讲求的是笔墨意趣，不像工笔那样辛苦细致，也不像水粉那样要诸多颜料，挥毫泼墨，完全可以一挥而就，快意霎时流泄。所谓写意，写的就是心情，就是性灵，就是意趣和神韵，是传统的士大夫气，政治失意或山水寄情。能画好一幅写意的人，内心必然是丰富的，那颗心装着万千感慨，装着行云流水，装着辞赋文章，或天真烂漫或愤世嫉俗，都有诗书作底。朱耷60岁后的画作署名"八大山人"，"八大"从"朱耷"二字中拆分而来，朱家王朝已经亡了，复国无望，从此隐了名姓，就在山河间消磨余生吧。晚年的他爱游山观水，爱纸上山河，笔致像人生一样，更疏旷也更简明。

写意写意，写的不是形，是意。画已尽，言已尽，意犹未尽。白石老人也爱写意，他对八大之画佩服得五体投地，常恨自己没能早生三百年，去给八大磨墨理纸，"不纳，余于门之外，饿而不去，亦快事也"。齐白石也是快意恩仇的人，身世虽不似朱耷那般坎坷，但苦头也没少吃，但他向来与世无争，心地纯真，一心向纸。能画好写意的人，都得有真性情，有"品"，人品之品和艺术修养之品。最喜欢他的一幅画是《蛙声十里出清泉》，湿笔涂抹的乱石间，几只蝌蚪在白花花的溪流间摆尾游弋，这就是十里蛙声？细细体味，其中意趣，多么悠长。

春日读书字句香

人常言"春天不是读书天",风熏日暖,容易犯困。我倒觉得,相对于夏日的炎热、秋日的萧瑟和冬日的寒冷,春天冷暖适宜,到处花开满树,是最好的读书天。

人从一冬的瑟缩荒寒里挣脱出来,周身舒展,思维欢跃,这时候泡一杯茶,坐在桌前,打开散着墨香的书页,是一件非常美好的事。楼下杏花刚谢,桃花又开,几株玉兰上,紫的白的花朵硕大肥美,鸽子一样铺展在枝条上,温暖的风把花香送进室内,送到书页上,每个字都萦绕着香气。这样的春日,我喜欢读古文,《庄子》《世说新语》,再或者唐宋八大家的散文,一边读,一边把注解和自己的体悟细细地记在上面。书读得很慢,一个春天过去,往往不过读四五十页,但也不着急,要么么快干吗呢?又不赶考应试,又不等米下锅。这样好的春日读书,最好慢一些,再慢一些,花开一样,从容的、徐徐的。累了,就下楼走走,一边看花听鸟,一边回味书里的那些字句,"已而夕阳在山,人影散乱,太守归而宾客从也。树林阴翳,鸣声上下,游人去而禽鸟乐也……"品一品其画面,想一想其动感,会心一笑,仿佛我也正在那群散乱的人影里,醉醺醺脚步踉跄着下山呢,身后一片欢鸟乱鸣。锦绣的文字遇到锦绣的春天，是人生一大快事。

周末无事，可以拿一本书，去野外读。避开闹哄哄踏青的人群，沿河找个僻静的所在，在一片草地上坐下来。草是新草，叶子尖尖的嫩嫩的。花是新花，明亮的紫是紫花丁，娇艳的黄是蒲公英，还有许多叫不出名字的，雪白浅红嫩粉，星星点点铺撒在青草地上，空气中流动着清芬的气息。这时候，更宜读散文，比如汪曾祺的《随遇而安》，汪的文字闲适，清雅，不做作，书里的枸杞头、麻鸭蛋、扁豆花，带着高邮湖的天光云影，跳动在纸页上，香气缭绕于唇齿间。读古诗也好，带一本薄薄的精选诗集，读一首，嚼一嚼，别具滋味。那天读元稹的《西归绝句》，"两纸京书临水读，小桃花树满商山"，读罢抬头四望，脚下春水明亮，对岸的满坡桃花正云霞一样灿烂地开着，不远处，一个垂钓者，刚好甩出一条大鱼来。一瞬间，真疑心自己就在诗中，也有了诗人结束贬谪返回京城的快乐，有了临水捧读好友书信的快乐。

春日读书，不必太认真，毕竟，"好鸟枝头亦朋友，落花水面皆文章"，山水亦是绝胜好书，同样不能辜负。读几页纸上书，站起来走一走，舒展一下筋骨，再读一读自然之书，看一看蝴蝶栖在花上的姿态，听一听鸟儿婉转的啁啾声。东风徐徐的，太阳暖暖的，这样纸里纸外一番流连，人可能就犯困了，那也不打紧，困就睡一会，坐下来，倚在一棵花树上，打个盹吧。朦胧中，花瓣落下来，掉了一书，洒了一身，金龟子爬到手上，酥酥的痒。睡醒了，揉揉眼，接着看书，直到红日西坠，晚霞满天。

读书一事，有人喜欢用"坚持"二字修饰，言某人每天坚持读书云云，我颇觉得奇怪，除去应试的实用的读书，成年人闲读，挑的都是喜欢的书，用的都是闲暇的时间，收获的当然该是灵魂的惬意，哪里需要刻意的甚至带些痛苦的"坚持"呢？需要"坚持"的苦读，一定不是对的书，一定不是对的时间。这样明媚的春日，你携一颗轻快的心，带一本喜欢的书，坐到花前去读，你会发现，纸页间戏蝶舞娇莺啼，每一个汉字，都是醉人的春天。

清供一木瓜

办公室的案头放着一只木瓜，闲下来时，就拿在手里摩挲几下，金黄的木瓜经热手一抚弄，果香味就更浓了，熏得杯中水桌上书都有了香气，待放下来时，余香满掌，好一会儿都不消散。这只木瓜，经过我月余的把玩，已经有了釉质一般的光泽。

上月合肥作家小苗来宿，我与沈、杨几人陪同上夹沟游玩。在山坡上遇见了一片野生木瓜林，山上风大霜寒，斑斓的红叶撒了一地，金黄的木瓜挂在红叶萧疏的枝条上，老远就招人耳目。我们兴奋地摘了一大袋抱着，眼见地上落得黄灿灿一层，真嫌手不够用。就用镜头记录，摄影师老杨，拍了许多我们与满地木瓜的合影。把带回来的木瓜分赠给朋友，大家都被那浓郁的果香惹得欢喜不已，与我一样，也放在车里，放在案头，日日与之对视，算是清供了。

清供古已有之，那些摆列陈设于案几供着的，可以是古玩文物，可以是书籍画卷，也可以是花枝果品。这样的隆冬时节，百卉凋残，在瓶里插一只干莲蓬，一枝若梅花的乌桕实，一枝干枝石榴，都是不错的清供。我一直喜欢干莲蓬，干老的莲蓬最具看相，经风霜历练后，它铁骨铮铮的，似乎有坚不可摧的意志，那些黑色的莲子半裸在暗褐色的老壳中，有一种勘破世事的沉静，室外寒风凄厉风雪漫漫，开着暖气坐在晴窗下，看一会书，喝一杯茶，瞅几眼老莲蓬，顿觉得生活宁静温柔，幸福披沥。

不需要金石珠玉，清供，玩的就是一份闲情，一份了悟，一份琐碎庸常里的小情调小安逸小风雅，这样的闲情了悟，谁都可以有，又谁都可能没有。

如此严冬，如有一枝红心腊梅可插，亦最好不过。不愧于花中君子之称，寒梅真香，经风雪历练并且战胜了苦寒，它香得痛快淋漓，又浓又雅又烈性，用汪曾祺形容栀子花的话来说，那叫"碰鼻子香"，扑疼了鼻子似的莽撞浓烈。形貌也可人，斜斜的一枝，插在瓷瓶里瓦罐里，最容易入画。汪曾祺在《岁朝清供》一文中，提到曾见一幅旧画：一间茅屋，一个老者手捧一个瓦罐，内插一枝梅花，正要放到案上。题目是《山家除夕无他事，插了梅花便过年》。此言惹我怀旧起来。前几年，原文联主席耿海涛的夫人范玉兰，我叫她范姨，每岁末，都给我剪几枝她院子里的腊梅送来，哪怕大雪纷飞，她也会给我送梅花来，我找一陶罐插了一罐子，客厅里就满是"碰鼻子香"，香着香着，年就到了。可痛的是，去年她生病走了，她家的小院也因为拆迁而消失，年还要过，但斯人斯梅，这个世间已不能觅见了。

冬天里我喜欢养水仙，几颗洋葱头似的根茎丢在白瓷盆里，加点水，渐渐就长出亭亭一盆青葱的叶子，开出一朵朵娇黄的花，每日下班后看一看闻一闻，很有成就感。水仙水仙，得水能仙，自然是不错的清供，如果不养水仙，养一盆蒜苗也好，或者把一个白菜根斩下来，盛在小碗里，置于窗台，每天淋点水，看它抽叶开花，青叶黄花，素素淡淡，也非常好。一盆黑豆苗，一块萝卜头，也同样可以养出花意来。凡是用清水能养出来的东西，应该都是恬淡的，都可以做素心人的一份清水之供。

我案头的这只金木瓜，每天摩挲在手，闻一闻，心中每每填充了小欢喜。野生的木瓜不容易腐烂，按照经验，它可以陪伴我直到年末。即使它枯萎了离开了，香气一定还在案头在心中，缭绕不绝。

真茶不局促

生活中我是个粗枝大叶的人，不会理财，不会持家，疏于人情世故，喝茶也是如此，一直没那么多讲究，红茶绿茶黑茶，无论品相高低，都喝得有滋有味，杯子陶的瓷的玻璃的都可，只要不是塑料杯和纸杯，心里都没有障碍。多是坐在办公室里，编一会稿子，把手边的杯子端起来，喝几口，再继续工作，偶尔把盏在玻璃窗前站一会，看外面白亮亮的阳光射下来，或者暴雨从天空倾注而下，茶在口中与味蕾畅叙旧情，车流在马路上滚滚来去。就这样，东风流浮云转，樱桃红了一茬又一茬，芭蕉绿了一遍又一遍，多少年就过去了。周末在家喝茶，喜欢煮普洱，红酒似的一杯，捧在手里，懒坐在阳台上晒太阳，发发呆，听孩子一遍一遍练她的古筝。能安享一杯茶的日子，总是不错。

许多人一提到茶，就喜欢引用周作人的那段话："喝茶当于瓦屋纸窗之下，清泉绿茶，用素雅的陶瓷茶具，同二三人同饮，得半日之闲，可抵十年的尘梦……"我总觉得有点矫情，如果非这样才叫喝茶，那当今世上我们这些劳碌的上班族们，大概只有等退休了才有机会，何必如此繁复？心有瓦屋纸窗，则处处都是瓦屋纸窗，真正可以相对饮茶的知己，也不见得非得出现，心念所及，她或他就在对坐，就在杯中。没有素雅的陶瓷茶具，那磕破了边的搪瓷缸，一样喝。太讲究形式的饮茶，如同刚上路的写作者，一个劲在有限的篇章里铺排辞藻典故，自己想说什么反而忘记了。

现在也不大喜欢那些所谓的茶道，从前曾经喜欢过，但在做减法的流年里，不知什么时候就把它删减了。什么淋壶什么凤凰三点头玉液回流，表演的成分居多，茶道这件事，作为文化偶尔欣赏一下即可，搬到生活里来，和柴米油盐列在一起，容易沦为故弄玄虚的扭捏作态，更主要的是，茶道如禅，原本无处不在，只要茶心在，喝茶，就只需要三个动作——放茶叶，倒开水，喝。

苏东坡那么一个对茶讲究到挑剔的人，待到晚年，也不挑肥拣瘦不"回甘"不"喉韵"了，朋友遥遥寄来的好茶，家人放在锅里煮了，加了盐加了葱姜，胡辣汤似的端一碗给他，他哈哈大笑，接过来，也喝得有滋有味。如同他在一首诗里所说的：乳瓯十分满，人世真局促。乳瓯是盛茶的器具，茶里乾坤大，功名利禄人情世故，尽在其中，追求与幻灭，尽在其中。浮生若梦，到底是蝴蝶在梦里化成了庄周，还是庄周在梦里化作了蝴蝶？喝茶吧，茶盏中自有答案。真正懂得一杯茶的时候，茶意浩渺无涯，世界狭小局促。

能把好茶喝成胡辣汤而怡然自得的人，自然也会把胡辣汤喝成好茶。曾经被王安石收拾得多惨，到后来，人家也放下了，两个人于一盏茶中，握手言欢，一饮泯恩仇。

劝君更尽一杯酒

听华中师大中文系教授戴建业讲诗词，常常被他穿插的小故事惹笑，那个瘦小的老头儿，操一口浓重湖北口音的普通话，说起唐诗宋词来神采飞扬如有神助。那天他讲李白的《将进酒》，说自己被邀到某院校讲课，吃饭时，院长敬上一杯酒，他拒绝说不会喝，对方说不会喝只喝这一杯，他咕咚干了。接下来，副院长来了，他坚决不喝了，副院长说："院长的酒你喝，我的你就不喝，不是瞧不起人吗？"他想想觉得有道理，做人不能这样，于是咕咚又干了。接下来还有系主任、系副主任、老师、粉丝……于是，没等饭毕，他就滑到桌子底下人事不知了。

连高校的教授们在一起喝酒，劝酒用的都是这些招数，我们寻常的酒桌上，还有多少李白那样"将进酒"的诗意？当今，说起劝酒词，谁都能罗列出一大堆来，什么"感情深一口闷，感情浅舔一舔"，什么"只要感情铁，哪怕把胃喝出血"，都很浅薄很暴力，一副不把对方喝倒誓不罢休的架势。难怪，今天的酒场也多叫"应酬"了，所谓应酬，字典上解释说，就是为了达到某种目的，去做不想做但又不得不做的事。如此衡量，我们的酒场，也确实十有八九都是应酬了。

古时候的酒场也不能排除功利和应酬，但比起今天，总觉得风雅些，想来，大概就是当时的劝酒方式比较容易让人接受，比如坐在山间一条窄小的溪水两旁，酒杯流到谁跟前，谁就干了此杯，此所谓"曲水流觞"；比如酒宴设在初夏的茶蘼架下，花瓣落谁杯中谁就满饮，此所谓"飞英会"；再比如击鼓作诗，传花联句，都有点诗酒风流的味道。就是言语规劝，人家也来得深情款款，比如"劝君更尽一杯酒，西出阳关无故人"，比如"须愁春漏短，莫诉金樽满"，再比如"劝君金屈卮，满酌不须辞。花发多风雨，人生足别离"。在如此一刀切入内心的温言软语面前，杯中盛的哪里是酒，分明就是真挚的牵挂纯真的友谊，所以古人饮起来也豪放，动不动一饮三百杯，一日倾千觞，喝起来，都如长鲸吸百川。

当然，这气势也不单单是劝酒词鼓动的，那时候的酒是纯粮食酿造，跟今天的米酒差不多，酒精含量是很低的，若把当下的二锅头拿来一饮千觞，那可没有"共君一醉一陶然"了，直接送殡仪馆算了。

古代如果有劝酒词大赛，以李白的浪漫主义高度，冠军一定非他莫属。你看他的《将进酒》，开头就气势不凡，"君不见，黄河之水天上来，奔流到海不复回。君不见，高堂明镜悲白发，朝如青丝暮成雪"。生命如此短暂如此不能重来，那么，还不得"人生得意须尽欢，莫使金樽空对月"？"岑夫子，丹丘生，将进酒，杯莫停"，岑夫子和丹丘生两个人都是李白的朋友，估计也喝到小高潮了，他脱袍解冠，踩在板凳上指点着，吆喝着两个人的名字："你你，你们俩，请喝酒杯莫停，不要怕我买不起单！"再喝一会，他又开始吆喝孩子了："我的儿子你快出来，把我的五花马拉出去千金裘拿出去，都当了换美酒……"这真是激情燃烧的一场酒，千古无匹的一场酒，不关功名利禄，唯讲哥们情谊，喝得不光惊心动魄，还倾家荡产。不知道参加此聚的到底有几人，起码，岑夫子、丹丘生和李白自己，肯定像我们的戴教授一样，不等主食上来就都滑到桌子底下去了。

遇上这样的酒场这样的酒友，即使不是应酬，做家属的恐怕也惶惶然不能心安，比起暴力劝酒来，这更是杀人于无形。酒场，有时候也确实就

是生死场，不算喝出来的慢性病，那些当场做了酒中鬼的，哪里都不乏其人。好在今天，有新的法律已经出台了，劝人喝酒致死虽然不用偿命，但要偿银子，今后，诸位谁再请客，可别那般拼命劝酒了。

禾泉小记

鸟在唱歌，草在发芽

进入背倚涂山的禾泉农庄，但见满眼是树，各色杂树密密匝匝，森林一样幽深安宁。鸟真多，你看不见它们，只闻其声喧哗，高的低的，长的短的，平的仄的，啁啾啾嘀溜溜，灌了满耳，就感觉武陵捕鱼人似的，闯进了桃花源，时光在这里慢下来，恍惚起来。时值早春，节气还在惊蛰，许多落叶乔木还没发芽，那一片青桐树，细滑青碧的身子光秃秃的，枝条向天空安静地伸着。犹记昨夏来时，它们葳蕤深碧，波涛一样的蝉鸣从里面涌出来，孩子从未听过如此浩荡的虫声，直嫌吵得慌，所谓"蝉噪林愈静，鸟鸣山更幽"，小孩儿家不懂。

路边的一片林子里，拴着一匹马，一头驴子，许是被来人惊着，驴子昂起脖子一声长啸，呿——呿——呿，惊得树顶上一群白鸽呼啦飞开，落到对面一片白玉兰树上。玉兰还没有盛开，满梢花箭子笔直挺立，鸽落其间，宛如花开。如若再晚几天，孰花孰鸽，如黄蝶入了菜花丛，定无从分辨了。

　　坐在阳台的藤椅上，春日的阳光照在身上，暖暖的，轻软的微风拂在脸上，给人微醺的错觉。脚边是盛开的迎春花，流翠的枝条簪满碎小的黄花，密密地披垂而下。楼下的池塘里，钓者好像还是昨天下午的那个人，戴着宽边软帽，眯眼靠在椅子里，手里持着一支钓竿。"能钓着吗？"昨天我问他。"钓翁之意哪在鱼啊！"他睁开眼，爽朗地笑着。是啊，守着清波粼粼的一面塘，旁边小草在发它的芽，柳树在抽它的叶，梅树在开它的花，水里藕节在做梦，鱼儿在摆尾巴，如此春光，当然，坐坐就好。坐坐就好。

　　一只鸟飞过来，落在旁边的栏杆上，灵动地跳来跳去，也不畏我，扯开婉转的喉咙就唱，歌声又招引几只过来，开会似的叽叽喳喳，转而又仿佛约好了，扑啦飞进楼下的一片竹林中，消失不见。身边安静下来，微风也停了，一阵鹅鸭声远远传来，间或杂着几声鸡鸣，穿透凝滞的时光。我恍恍然如入梦境。对于一个生长于乡村的"70后"来说，这样的响动是勾魂的，容易翻起潜沉在记忆里的乡愁。昨天，当我看到林间踱着方步的大白鹅，看到那群昂首挺胸的矫健的大公鸡时，就觉得自己回到了从前。黄昏放学回来，放下书包，去鸡窝里把尚有余温的鸡蛋一个个摸出来，收了半篮子提进屋去，再端一葫芦瓢瘪玉米粒出来，呼啦抛撒开，撮着嘴呼唤鸡们来吃。那遥远的农耕时代，那再也回不去的"从前慢"，烙在胸口，是一颗睡梦里时常抚摸的朱砂痣。

　　林间那片小木屋，去年夏天来时我就注意到了。那排没去皮的树干搭成的原木小屋，静静地立在紫藤架下，紫藤都很有年头，乌鳞斑驳，虬曲盘绕，密不透风的枝条被柱子架成一个很高很阔的廊，这样一架紫藤，若开起花来，串串披垂的该是一种怎样的壮观。我那时对伊人说，下次我要等春末来，在这小屋里住一晚，可惜今年过来，又未逢花期，心中颇以为憾。

　　山庄幽静，很适合闺蜜或者情人漫步细语。我与小苗久别重逢，黄昏里拉着手，细声闲话，走累了，就坐在林间的木秋千上，悠悠地荡来荡去。彼时天空中起了云，若是晴好，当可以在那儿坐等星出，远离城市，星星该是又亮又大的。在都市的霓虹里呆得久了，星空真是惹人怀念。

另一片树林间，有几条木栅栏夹成的小道，初来的，你可能不知道其为何用，我看到它，就忍不住笑了。我知道，那是给小猪们锻炼身体的。山庄里养了许多小黑猪，庄主为了让它们肉质鲜美，就想出了个主意，让小猪们经常赛跑。据说，赛跑时，成群的小黑猪被狗撵着，跑得飞快，跑到跳台上，还会一跟头扎进水里，游一会泳。我来了两次，都没有看到小猪赛跑的盛况，倒是从作家苏北老师的文字里，看到了另一场"小猪独跑"。苏北老师说，他瞅瞅四下无人，就冲进跑道里兴奋地跑了一程。我看着这个跑道，想着他一米八的大块头，揣着丰腴的肚腩模拟小猪在林下奔跑，实在是忍俊不禁。

这个农庄如同旧时村庄一般，有一处榨油坊，一处轧染坊，一处陶艺坊，还有石磨坊。在磨坊里，我和农庄的小姑娘周喜霞，合力推动那两片沉重的石磨，小麦在吱扭吱扭声中变成细粉，捏起来嗅一嗅，有袅袅的馒头的甜香。我还想去亲手染一块蓝花粗布做裙子，亲手拉坯定型做一个陶盆，天天用它和面，只可惜，时间不够了。三两日太短，哪天，去向庄主讨一小片向阳的山坡，像从前的云游者一样，搭个小庵棚住下来，种菜养鸡，听鸟唱歌看草发芽，做一个永久的村民。

东园有茅

禾泉农庄后有条小路可通山顶，我和小苗循阶攀了一段，见登者甚众，扶老的携幼的，结队的成群的，有后背驮音响者，竟放着广场舞一般呼呼嚓嚓的音乐，嫌吵，我们在一株红梅跟前流连了一会，决定返回。那些红梅很好看，碧桃一般重重叠叠的花瓣，在满目枯黄的山色中夭夭灼灼，小火把似的明艳，又有阵阵暗香袭人心魂。花前拍了几张照，我拖着小苗的手，往山下的林间小道，漫无目的地闲走，走到宾馆东头，在倾斜的山坡上，误入篱笆夹着的一大片菜地。

满地油菜苗、豌豆苗青青葱葱，鲜嫩得弹之即破，菜农踩出来的细细的小径上，是枯萎的芭茅草，脚落上去软软的。漫步间，一低头，猛然发

现一片荠菜，兴奋地蹲下来，一棵一棵地用手拔。荠菜长得很旺，很茁壮，不像大棚里栽培的那样怯怯弱弱，有的已经返青了，有的还是土壤一般的黄褐色。一会儿，手里就攥不下了，指头也弄疼了，小苗要把头顶的呢帽脱下来，作菜篮子，幸好此时，有蚌埠的几个作者来，带来了塑料袋，还送了两把大剪刀。有了趁手的工具，进度就更快了，一会就铲了一袋子。有一对夫妻带着一个小女孩，刚从山上下来，也加入我们的行列，妈妈一边教孩子认荠菜，一边规划晚上的荠菜宴，孩子欣喜若狂，找到一棵，就兴奋地呼人来看。

这里的荠菜，吹着淮河河面上掠过来的风，沐着涂山顶上走下来的月，披过秋霜历过冬雪，其滋味一定比寻常的荠菜更加甘美。带回家去，可以做一锅丸子，包一顿饺子，或者烙菜馍、烧豆腐汤。和出名要趁早一样，吃荠菜也要趁早，荠菜最是不等人的，清明节一到，它们就像被集体施了魔法一般，不论大株小株，几乎一夜之间，全部绽开米白的小碎花。"城中桃李愁风雨，春在溪头荠菜花"，桃秾李艳春日盛大的时候，开花的荠菜就老如枯草，吃不得了。

苏轼当初"时绕麦田求野荠"，喜欢把挖来的荠菜与米放在一起煮菜粥，美其名曰"东坡羹"，窃以为那个技术含量太低，我喜欢做荠菜丸子。今年春天，我做得最多的一道菜就是荠菜丸子。一大早去菜市场转悠，拣农妇挖的野荠菜买来，坐在餐桌前，一棵一棵慢慢择拣黄叶，一边择，一边听手机里的"喜马拉雅"，于魁智唱的老生，或者迟小秋唱的青衣。手边株株翠碧，耳边咿咿呀呀，窗内，迟开的水仙幽香阵阵，窗外，木槿正在奋力发芽，玉兰正在努力开花。把剁碎的荠菜拌进肉馅里，放麻油，放盐，放鸡蛋清，蘸淀粉水团成丸子，整齐地码在盘中，待锅中水沸，一个个丢进去，顿时，一锅翠绿沉沉浮浮，厨房内清香四溢。一次又一次，我做得乐此不疲，吃不完的，就冻在冰箱里，留待盛夏时节，配一把黄豆芽，或者一块豆腐，做一盆荠菜丸子汤。

我把做丸子的方法细细说给小苗，她还是摆手道，学不会学不会，她只会最简单的拌面粉蒸菜。也罢，这个野荠菜一般的女子，经霜不倒，历雪不靡，史湘云一样生来阔大宽宏量，她的心思不在一粥一菜上。

禾泉有如此好荠，遗憾的是，餐厅里并没有这道菜，许是它们散养的鸡鸭和奔跑的小猪名气太盛，盖过野菜的风头了吧，建议火速添置一道"东坡羹"，或者"涂山野荠丸"。

绿树浓荫夏日长

夏日里，树荫实在是可人的去处。一直很庆幸，从单位到家的那条路，一路上都是浓荫遮蔽，高大的国槐把粗壮的枝柯长长地伸展着，将人行道和非机动车道都护佑在凉阴里，你从火辣辣的毒日头下走进来，一下子就觉得浑身清爽。而且，盛夏的国槐特别好看，米黄色的小碎花一穗一穗，浮满枝头，一开就是一整个暑天。走在树下，小蝴蝶似的花朵儿，一颗一颗地掉下来，掉在你脚下，掉在你头发上，让你在酷暑里心生难得的明媚。正是因为这一排行道树，因为它撑开的一路浓荫，我才乐意炎夏里步行上下班，年复一年。

对树荫的喜爱，是从小时候就烙下的。小时候的夏天，十点多钟，日头就烫得不行了，白花花地炙烤着大地，万物都发出哔哔剥剥的炸响，农人扛着锄头从田里归来，咕咚咕咚灌一瓢凉水后，就立刻去找树荫了。树荫，故乡叫"树凉影儿"，每家院子里或者大门口都会有几棵树，柳树、槐树、梧桐、合欢之类，枝稠叶密，密得太阳连个光斑都透不下来。浓荫下，家家都会放张凉床，竹床或者粗麻绳编的软床，或者直接拖来一领苇席铺在地上，大人们或躺或坐，摇一把芭蕉扇，纳凉，说说桑麻话话家常。

往往早饭刚过，小孩子就被遣去摘西瓜。摘瓜是我们最喜欢做的事情，兴奋地跑到瓜园，这个拍拍那个敲敲，挑一个硕大的绿皮花西瓜抱回家，利索地压水，把瓜放到水缸里浸着。农家的手压井，都打得比老水井还深呢，新压的井水幽森森凉气浸人，将午时分，浸了半天的西瓜已经浑身凉透，抱出来放到树荫下，拿菜刀来切，往往刀尖刚入瓜皮，西瓜就噌地裂开了，红瓤黑籽，咬一口，又甜又凉，幸福得牙齿都打着颤。

午饭也是要在树荫下吃的。伏天里，常常是凉面，手擀的面条又粗又硬，冷水里淘几遍，拌上油盐酱醋，拌上黄瓜丝或者豆角段，调匀蒜泥，每人端一个小盆，蹲在树凉影下，呼啦呼啦地往嘴里扒，吃得肠胃酣畅淋漓。那一锅绿豆汤也在树下凉着呢，盛一碗喝下去，喝得浑身舒坦。汤足饭饱，手里的扇子摇上一会，困意就来了，于是倒头睡去。风摇着树叶，摇着叶片上白花花的阳光，摇着知了"吱啊吱啊"的歌声，午梦真长，要一直睡到日头偏西呢。

这样长的正午，小孩子是不屑于睡觉的，还要粘知了去呢。抓一把小麦放嘴里嚼着，嚼出黏黏的面筋来，粘到竹竿的梢头，用它去粘知了的翅膀。被粘住的知了，另一只翅膀无奈地扑棱着，急得吱吱直叫，却怎么也逃不掉。一棵棵大树底下，孩子们专注地仰着头，小心翼翼地捉知了，跑一身大汗，却都兴奋得两眼放光，一个中午下来，收获一瓶子知了回家，玩够了，都成为鸡的美食。

"何处堪避暑？林间背日楼。何处好追凉？池上随风舟。"没有空调和电扇的年代，树荫下是夏日的风水宝地，古代的纳凉图里，主角们也多在树荫下，着纱的仕女在肥大的芭蕉凉影里，闲坐或者弹琴，风流的士子在竹荫下松荫下，读书或者高谈阔论。最喜欢一幅古旧的水墨图，岸边老柳下飘着一叶小舟，小舟里，一个书生枕书酣睡，有风轻来，长长的柳丝拂着水面，晃着小舟，摇着远处怒放的荷花。我在这样一幅画前坐着，看得入迷，看着看着，便觉身边荷香阵阵，耳畔响起鸟飞的声音、鱼跃的声音、荷叶荷花碰撞的声音，一时间意醉神迷，周身清凉。

捧着一杯茶，对着如此一处荫下小舟，炎夏的暑气全消。

春风长

春风一定是很长很长的。它从南向北，从东到西，遥遥一路，绿了江边柳，红了塞外花，所过之处，泥软了，水暖了，燕子唱歌了，农人归田了。它带着战胜北风的豪情与惬意，快哉千里，一路浩浩荡荡，把冬天的萧索破败扫荡得干干净净。若是在少年，这个时候，我早已甩掉肥厚的棉袄棉裤，换上夹衣，迫不及待到野外疯跑去了。上树掏鸟，攀墙折花，在风里拼尽全力追一只刚刚出场的蝴蝶，很快就把雪白的小脸吹得乌黑。"春风摆柳，黑妮出来丢丑"，那时候，母亲深深地看着我，总笑着这样说。而今，风还是那样的风，当年的黑妮，早已成黑媪了。

风把春天变得如此温软明媚，谁不被它惹得心思萌动，不想出来吹一吹呢？怕什么粉面成乌面，御着它飞一飞，看看桃红，闻闻莺声，想想都觉得美。没有翅膀，滑翔一段也是好的，春风那么轻快，再笨重的人也能滑翔一段，再严正再木讷的心也按不住波澜起伏。孔子他老人家脸板得正吧，动不动就什么安邦济世什么礼乐文章，那天组织几个徒弟开会谈理想，后来他也听得厌烦了，昏昏欲睡的，只有曾皙的话让他精神一振眼前一亮——"莫春者，春服既成，冠者五六人，童子六七人，浴乎沂，风乎舞雩，咏而归"。这个理想，一下子就击中夫子秘不示人的内心，是啊，暮春时节，换上轻薄夹衣，五六个成年人和六七个小孩，一起跳到沂水里洗个澡，在舞雩台上吹吹春天的长风，然后一路高歌着回家，可比治国安邦惬意多了！

春天的暖，可不光是风吹的，更还有大地的心跳呢。土地被东风这长长的起床号吹醒，青蛙止了鼾声，蚯蚓停了梦呓，冬眠的小甲虫们全都睁开了惺忪的睡眼，伸懒腰的呼同伴的穿衣裳的，窸窸窣窣累出一身香汗来，更有那些花呀草呀树呀，用尽全力生根抽芽长叶开花，也忙活得香汗淋漓，于是，大地就心跳加剧气喘吁吁，就氤氲出热腾腾一层雾气来，那雾气若有若无轻纱一样蒸腾着，本来只安静地向上蒸腾，却被远道而来的风裹挟着，螺旋向上，向北，向西。春风长，地气升，所以，这个时节很适合放风筝。抱一个大的老鹰风筝，到野外去，在刚刚返青还没有开始拔节的麦田里奔跑，把它放飞。好风凭借力，送我上青云，那老鹰真的就是冲天而去的，飞得真高，先生凝固下来的镜头里，只有我和孩子两个人，仰着头高举着手中的线，老鹰早就远远地飞出镜头之外了。

"很想和你再去吹吹风，吹吹风……"张学友的这首老歌，很容易让人在春天的风里想起，下面的歌词是什么呢，记不太清，好像有那么淡淡的一点伤感，这样遍野莺啼绿映红的春天，伤感就不必了，只唱这一句就好，"很想和你再去吹吹风，吹吹风"，扯高嗓门唱，唱成摇滚，唱成嘶吼，唱成千里快哉风……

留得枯荷听雨声

赏枯荷，也需要一个相宜的外部环境，多少次在冬天里看荷，都没有找到心仪的那种感觉，今天在西溪湿地，在湿软的江南水乡，终于找到了。

撑着伞，立在细雨迷蒙的岸边，周边寂无一人，雨很小，针尖似的，雾似的，在阔大的水面上没有激起一点痕迹，绿如蓝的水面水平如镜，那么多枯荷安静地立于其上，那些在严霜厉风中弃了皮相的荷叶，安静地垂着头，把枯萎的身子像收拢油纸伞一样，或松或紧地收起来，无声地面对着自己水面上的影子。曾经青绿圆润的叶片，在西风里剔尽皮肉，将身体打坐成禅，就只剩下这样的筋骨了。这样一池清骨，疏影横斜，冷寂天成。

那些莲蓬也是，枯黑苍老，形销骨立，铁骨铮铮。它们多比枯荷高出一截，从容地把头垂着，安静地守着清波中的倒影。"采莲南塘秋，莲花过人头"，曾经一池碧绿一池清香一池欢闹，都尘封起来，世事勘破，便如此寂历于世外萧然于世外。

我弃了伞，蹲下来，选了一支最高的老莲蓬，和几片枯荷一起，拿出手机拍照，拍好后，惊喜地看来看去，真好看，荒寒又清新。——荒寒是必然的，何来清新呢？细看，枯荷的背景，竟是一片青葱的嫩绿，还有一枝明亮的金黄，把眼光投向对岸，原来，对岸竟有大片大片青葱的小细竹斜卧于水面，那色泽，是春天刚苏醒的鲜妍的细嫩的绿，而那金黄，是一棵乔木垂下来的枝梢，梢头的叶子明亮艳丽。白居易说江南冬天"老柘金黄如嫩树"，应该就是这样的鲜妍。举目四望，远处，雨雾缥缈，几天连阴雨之后的树，身子都湿漉漉的黝黑，枝头或枯或红或黄，天地一派净洁冷润。而身边石栏雪白，鲜红的茶花湿答答地开着。我恍然大悟，今天的枯荷如此入心入画，原来是它们身处洁净之地，枯得其所呀。之前所见冬荷不尽如人意，自是因为未得如此清幽之境！

我倚在石栏上，静静地看着，看着枯荷和他们的影子，竟盼望雨能大起来。在这片远离尘嚣的净土，急急的硕大的雨点砸在水面上枯荷上，该有怎样蓬蓬剥剥的生动声响？"留得枯荷听雨声"，李商隐这句诗，我一直甚爱。《红楼梦》里林妹妹也爱这一句，刘姥姥二进大观园时，宝黛钗三人坐在一条小船上陪游，宝玉嫌一池枯荷衰老残败不堪入目，要命人全部拔去，林妹妹就阻止说，李义山的诗她都不喜，独爱这句"留得残荷听雨声"，心上人如此一言，宝玉立即惭愧，连连说要留着听雨。

林妹妹寄人篱下，常常伤春悲秋，按说应该喜欢李义山"荷叶生时春恨生，荷叶枯时秋恨成"之类的句子，我很好奇，怎么竟爱了这一句呢？"留得残荷听雨声"，这里面该有许多通透豁达处变不惊的，与她的性情不甚相像。——如果她是如此境界，也没法天天哭哭啼啼完成"还泪"任务吧。黛玉引用此句表述略有小误，李义山原句应是"枯荷"，林妹妹说成"残荷"，到底是有意窜改，还是曹公笔误？不得而知。因为看多了《红楼梦》的缘故，曾经有很长一段时间，我也误以为原诗中就是"残荷"，明了之后，觉得还是"枯荷"好，你看眼前这池荷，何曾有几片残破的叶子？它们只是枯了，只是在西风里弃了青葱的皮相，那一身峭拔筋骨，都完整着呢。

举着伞立了许久，雨也并没有因我的愿望而大起来，依然如来时那般，针尖儿似的，雾蒙蒙的，没给平静的水面激起一点水花，一池枯荷静寂地垂着，一动不动。我转身离开，带着一身清寂。

沈腰潘鬓话美男

孩子在上英语补习班，交过学费，排队领赠品，赠品为靠枕一个。在一堆靠枕里翻拣，怎么印的都是男生的大头像？不同的男生都有精致的五官精致的妆容，如女生般皮肤细腻花容月貌。"有没有不带这些人像的？"我问，"你落伍了吧，这可是当前最红的明星，青春少女和成熟女性的偶像！"工作人员的回答让我大吃一惊，挨个认真地看了看，天，一个也不认得！他们都是红人？我气呼呼一肚子不服气，泱泱中华，他们算集体刷屏的花样美男？那么置潘安于何地？置沈约、宋玉、卫玠之流于何地？

历史长河里，那些流传几千年而不朽的帅哥们，其美可不仅仅在于皮相。拿潘安来说，他可是西晋历史上响当当的文学家，其才华与陆机齐名，有许多诗词歌赋留名青史，而且他还有一个让人心疼的长处——钟情。潘安52岁那年，妻子去世，之后他没再续娶，常常回忆常常伤感，落得衣带渐宽白发丛生，所谓"潘岳悼亡犹费词"，说的就是他那些悼念亡妻的文字，字字泣血行行深情，他也因此被后世称作悼亡诗的鼻祖。而潘安之貌美，也绝对不是化妆出来包装出来的，他颀长白皙，俊美清朗，在那个时代是天然美男，"姿容既好，神情亦佳"，不光形象好，气质也好，不然也不会一上街就被聚拢围观，大家狂欢似的，纷纷拿水果往他马车上扔。在没有互联网没有报刊、信息传播不发达的年代，这个"掷果盈车"的典故能近两千年流传不衰，靠的就是实力，是口碑，是老百姓的慧眼。

西晋那个被"看死"的美少年卫玠，虽然也像当今的一些明星一样纤腰袅袅弱柳扶风，但人家可不伸"矫揉造作兰花指"，他之清秀，是清异秀出，是清新美好，是文质彬彬然后君子。"玠有羸疾，体不堪劳"，虽然先天体能不足，但他学习很勤奋，又好清谈，惹得母亲常常担心，怕他累着了，怕他多说话伤了元气。因为博学多识，卫玠年纪轻轻就做了太子洗马。太子洗马虽然只是从五品官职，但位置非常重要，是要专门辅佐太子、教太子料理政事学习文化的，若非博学多才人品端正木秀于林，皇帝也不会把如此重要的差使交托于他。卫玠五岁时就被惊为"璧人"，粉雕玉琢妙若仙童，待到成年，更出落得"风神秀异，姿容如珠玉"，走到哪里都被围观，像当今的明星遭困机场，被求合照求签名求拥抱一样，他也常常被人围得水泄不通，每次都要耗费好大气力才能突围出去，吓得他常常因此不敢出门。27岁那年，一次上街，又是围观的人太多热情太盛，大概拥挤得空气有点稀薄，他就给活活累死了，留下一个悲情的典故："看杀卫玠"。

"沈腰潘鬓"也是一个有名的典故，顾名思义，说的就是沈约的腰潘安的鬓。潘安刚到三十二岁就生了白发，美女自古如名将，不许人间见白头，美男也是，何况美男年纪轻轻就白了青丝，所以"潘鬓"很有代表性，诗词中喜欢用它来咏愁，咏相思，咏光阴流逝，所谓"秋风早入潘郎鬓，斑斑遽惊如许"是也。那么"沈约的腰"是怎么回事呢？能与潘安并列，沈约自然也是美男，细腰美男，"风流见称，而肌腰清癯"，细竹般苗条修长。并且也是才子，"博通群籍"，写得一手好文章，二十多岁时开始写晋史，历二十年完稿，时人争诵之，只可惜，没能流传至今。沈约老来多病，"百余日中，腰带数移孔"，"沈腰"因此成为一典，用来形容如斯憔悴，如斯衣带渐宽，常和"潘鬓"并列，被引用到各个时代的诗词文章里，李煜那句有名的"一旦归为臣虏，沈腰潘鬓消磨"，即是典范。

说中华美男，我觉得，还不能把稽康落下。如果说潘安、沈约、卫玠

都是以风神秀逸文质彬彬著称，那么嵇康当是文武兼修的另类。大家都知道，作为竹林七贤的领袖人物，嵇康除了"龙章凤姿，天质自然""身长七尺八寸，风姿特秀"那些形容外，还被时人叹为"萧萧肃肃，爽朗清举""肃肃如松下风，高而徐引"之类，这个作家有别于他人最显著的特征，就是好打铁。打铁可是个力气活，天天挥巨锤砸坚铁，相当于坚持在健身房做力量训练，定然练得浑身肌肉块块隆起，四肢发达，双目炯炯。就是弹琴，人家弹得也是铁骨铮铮的《广陵散》；就是三十九岁之年东市临刑，他也慷慨从容，神色不改。

古代有名的美男，还有宋玉，还有子都，还有兰陵王、慕容冲等，随便搬出哪一个来，从形到质，当下的一些明星都无法望其项背。可为什么他们会红火如此？大概是因为，我们已经进入一个眼球消费的时代。也罢，也罢，我落伍了，我傻，这靠枕，我不要了……

鸡鸣高树巅

　　"鸡鸣"这两个字，听起来就觉得很温暖，有点陈旧，有点田园，有点乡愁，淡淡的，闲闲的，散布着炊烟的味道。"鸡栖于埘。日之夕矣，牛羊下来。"通红的夕阳从林梢坠下去，暮色无声地围上来，村庄上空炊烟袅袅升起，这个时候，牛羊就从野外被赶回来了，一路咩咩哞哞，满院满村跑的那些鸡，也都咕咕咯咯的，奔向鸡窝里睡觉去了。

　　很多鸡都是栖在窝里的，旧时的鸡窝，多是贴着院墙根搭一个斜坡，垒一个小房子，留两三个小门，鸡可以从小门里钻进钻出。《诗经》里说"鸡栖于埘"，这个"埘"，据文字学家考证，是墙壁上挖出来的洞，旧时候都是土墙，特别厚，掏几个洞做鸡舍也是可以的，跟现代的鸡窝差不多。至于"鸡栖于桀"，就有意思多了，这个桀，是小木桩的意思，专门在篱笆院里栽上木桩，让鸡立在其上过夜？似乎不甚合适，若养了几十只鸡，满院子木桩林立，不影响生活吗？相较之下，还不如栖于树上科学，旧诗里不多有"鸡鸣高树巅""鸡鸣桑树巅"之说嘛。杜甫家的鸡也是栖在树上的，要不怎么有"驱鸡上树木，始闻叩柴扉"一诗呢？只是不知道，他的那株树，是桑树还是榆树。我的故乡讲究"前不栽桑后不种柳"，忌讳

"桑"与"丧"谐音，所以谁家院子里都没有桑树。小时候，我家里的鸡，都是在枣树上过夜。

村庄里，许多鸡不喜欢进鸡窝，都要栖在树上，枣树上梨树上槐树上。天将亮，一声鸡啼嘹亮响起，"咯咯喽呜——"，红冠子花外衣的大公鸡端立在高枝上，张开翅膀，扯长脖子，"咯咯喽呜——"，中音开头，"喽"抛得高高的，"呜"拖得长长的，高远悠扬的曲调撕破凌晨村庄的寂静。没等唱完，邻家的鸡就开始响应了，继而，前后村的鸡都响应了，啼声高高低低远远近近，此起彼伏，梦中人就被唤醒了，揉揉眼，伸个懒腰，起床，该上学的背起书包，该下地的扛起锄头，该做饭的刷锅抹灶，渐渐地，天色微明，村庄上空炊烟飘起来，崭新的一天又开始了。

霜天晓月里的鸡啼，是刻在我记忆里抹不掉的音乐。那时候上中学，晴朗的秋日，月亮在天空斜挂着，光华水汪汪地铺了一地，鸡啼远一声近一声，高低起伏，水泄不通。抄小路，踩着扒根草上毛茸茸的白霜，走过梨园里的小径，走过干涸的河床，村庄卧在鸡啼中，小路横在鸡啼中，月光铺在鸡啼中，到学校两公里的路，就在宏大的雄鸡唱晓中走过去。那场景，今天想起来，像一个熟透的安宁的梦。

鸡声嘹亮，是农耕生活的底色，是中国旧日乡村的底色。那个年代，谁家没有鸡呢，"雨里鸡鸣一两家，竹溪村路板桥斜。"鸡犬相闻，是太平生活的标志，也是诗意乡村的标志。雨下得紧时，鸡们聚到檐下避雨，挤到一处相互温暖，乡亲们当户坐着，在茅檐下的雨帘里补一件旧衣裳，或者剥一筐棉花。雨声沙沙，雨帘如瀑，细密的针脚越走越远，脚边的棉壳越积越多，檐下的鸡你挤了我，我挤了你，不时胶胶嗒嗒几声。这样的画卷中，日子再贫寒，人也是安逸的，宁静满足，温馨可人。多少年以后，这样回忆起来的时候，指头在键盘上飞舞，嘴角也是微微上翘的，陷进了梦幻似的安宁幸福。

可是，是梦就很容易醒。而今的乡村，哪里还有密不透风的雄鸡啼晓呢，别说密不透风了，稀稀拉拉的几声，也是很难寻见了，鸡们不在高树巅了，都在养鸡场的笼子里关着。那些鸡声晓月，那些雨里鸡鸣，都只能在回忆里，在回忆里了……

花半开

　　且耐住性子等着，等春天来，看花半开。立了春，肯定还会有几场寒倒戈而来，过了雨水，甚至过了惊蛰，冬天的余孽仍不甘心散去，还要飘两场薄雪，再等一等，清明之后，东风总算压倒北风，天地清明，春天终于自由驰骋了。一场一场的花事来，一场一场的花半开，桃花半开，梨花半开，海棠牡丹芍药半开，一场接一场的好时光。

　　花看半开酒微醺，说得不差，花还是半开时最好看，像十三四岁的女孩儿家，情窦初萌，初现端倪又羞于启齿，花瓣一重一重紧紧束着，严严地裹在花萼里，欲开还羞，你不知道里面藏的什么心事。待它实在藏不住，把那翠绿的萼片撑裂开来，开了三分，娇瓣初绽，无论粉的、红的、白的，抑或炫紫的金黄的，都那么明媚，那么水汪汪的，如新织的绸，如新调的油脂，如婴儿纯净的眼神，真是耐看。开到六七分也好，金黄的花蕊刚刚露出来，也是明媚鲜妍的好年华，开满就不好了，像满月，接下来，就要缺了，就不堪看了。只可惜，这样半开的时光太短，青春总那样短暂，懵懵懂懂间就流走了，再回首，已隔了荒烟蔓草。

　　喜欢花半开，那心境，说白了，也就是爱团圆美满，见其生不忍见其

死，盼日子更有奔头，步步登高越开越好，开透了，一眼瞧见结局，残瓣披垂残红满天，春天就该落幕了，白亮的阳光开始灼人，闷热的夏天就要来了。可春日本就苦短，半开的时光能有多长呢？早晨吃饭的时候，我端着碗看窗前的那枝白玉兰，长长一根花箭子，碧绿的花萼还紧裹着鼓鼓的尖尖的花苞，青青白白，亭亭玉立。黄昏回来，再站到窗前，它已经开满了，雪白的瓣铺开来，花蕊金粉毕露一览无余，美到极致，接下来，只能走下坡路了。越是硕大的醒目的花，谢的时候越不堪，几天后，它就是招摇在东风里的一团破抹布了。

春天那么短，来得那么艰难，每一朵花，最初的时候，一定也都打定主意要慢慢开的，性灵如花者，怎么会不知道，盛开的归宿只能是化为春泥？等待了那么长长的一冬，一定要慢慢地开，拼了性命隐忍着，一丝一丝以最温柔最缓慢的姿态绽放。可是，三月的天，东风招黄莺唤，阳光白花花地把热烘烘的暖遍地泼下来，哪还能管束得了自己呢？像烟花，火焰已经在心里烧起来，不能自禁了，箭在弦上不得不发，倏地腾空而起，漫天绚烂，不能自己地就盛开了，接下来一地的凉，一地的灰暗零乱，都顾不得了。

"箭在弦上将发未发"，这八个字，雪小禅用来形容爱情最美之时，想想觉得很妙，都还极力管束着，隔着薄薄那层纸，没有说破，像花半开，真销魂。但销是销骨的销，魂是离魂的魂，所以"销魂"二字，也一定是疼的，是眩晕和颤栗的，缠绵得蚀骨，疼得蚀骨。与小龙女在绝情谷分手，杨过一个人被相思蚀得形销骨立，在海边上胡乱打出了一套拳法，金庸他老人家懂得，给这套功夫取名叫"黯然销魂掌"，黯然销魂者，唯别而已矣，唯相思而已矣。

可是，如同是花就要开放一样，是箭，总归要离弦的，蓄势待发的时光那么短，终究是说破了，那离弦之箭，忽地一去千里，花于是忽地绽过忽地又谢过了，转过身来，绿树成荫子挂满枝，就修炼成郭靖和黄蓉了。半开的瞬间埋进深深的光阴里，剩下的就是抚育小儿女，就是苦守襄阳城，就是柴米油盐酱醋茶。天黑了，窗外雨横风狂，梨花纷落如雪乱，也懒得管了，春暮薄寒，快掩了门，拉上郭芙抱上郭襄郭破虏，洗洗睡吧。

梨花风起正清明

　　梨花遍野的时候正是清明时节，这时节桃花儿红菜花儿黄，芳草嫩绿，蓝空下莺歌燕舞，天地间一派清明。我们去看梨花那天是 3 月 30 日，清明节之前的五天。按常规推断，今年的盛花期当是 4 月 3 日，砀山县把梨花节开幕式也定在了这一天，可是，这几天尤其的暖，和煦温软的东风把人们身上的一层层冬衣都吹脱了去，也把梨花提前催开了。我们在一个极为晴朗的天气里撞上了盛花期。

　　晴光下的梨花好看。阳光是亮白的，泼辣辣洒下来，打在色洁如白玉的花朵上，那花朵又是挨挤的连片的，近百万亩连在一起，白花花地就成了一片雪海。在这样三月的雪海里行走，花迷离光迷离，简直分不清是光照眼还是花照眼了。

　　给外地的朋友介绍时，我总说，看梨花，是老树好。梨树是先开花后长叶的，老树树干和枝丫苍黑，枝杈遒劲，表皮裂纹纵横，即使不开花，也是一处古意盎然的大盆景，而一旦开了花，斑驳乌鳞上覆满柔软轻盈的新花，花瓣雪白娇嫩，花蕊朱红点点，微风拂来，登高而望，大地上雪海涌动，一望无涯，那感觉，真是荡气回肠，美不胜收。

　　我们一行人从砀山县东湖宾馆出发，一路游览，到达鳌头观海景区时，已近正午。省作家协会主席许辉和他的夫人董静是初来，站在十多米高的观景台上眺望时，就醉意流连赞叹不已，举目北望，无边的花海尽收眼底，远处正在修整的故黄河大坝横贯东西，土黄色的脊梁长如巨龙，真是气象宏大的美景。黄河故道在砀山境内绵延百里，这条河给砀山人民带来过灾难，也淤积了这如沙的黄土，养育出纯美的梨花和诱人的砀山酥梨。

　　作为土生土长的砀山人，单纯以游客的身份来看梨花，生平还是第一次。自小在梨花的包围里长大，它在我的心目中，不像梅花牡丹那样是用来观赏的，它是作为果实的胚胎存在的。梨花将要打苞的时候，正是乍暖还寒的春分前后，倒春寒说来就来，如果气温陡降，花还没开就可能被冻死大半，那么这一年肯定要减产。这时候，农人就会在梨树下挖几个近一米深的长方形大坑，在里面燃上树枝，用看不见的微火慢烘，给大地和梨树取暖。在良梨乡的梨树王附近，许主席看到树下许多尚余柴烬的土坑时，还不解地问它的用途。对于梨乡人来说，梨树的每一个情节，关乎的都是一场农事。

　　盛大的花期到来，梨园里处处都是农忙景象，树上树下，梨农一个个手持长竿，长竿那头绑着一团丝绒，用丝绒蘸着小瓶里的花粉在给梨花点蕊。如同近亲不能结婚一样，用来授粉的梨花粉要取自酥梨以外的梨树，如黄梨、酸梨、紫酥梨等，我把取粉工程的巨大和艰难说给董静姐听，惹得她感慨不已。而施肥、喷药、摘果等，每一场外人看来诗意的事情，于农人来说都是艰辛的劳作。我之所以多年来从不去故乡看梨花，正是小时候做厌了那一场场的农事。土地上的农耕生活，从来都不是诗意的。

　　我们沿着黄河故道往前行驶，时常被窗外的景色绊住，要停下车来看一看。有一片梨园，隐在一大片桃园后面，那片桃花如云霞一般粉得绚烂妖娆，更衬得梨花晶莹如雪。梨园空旷幽深，树下新绿的青草如毯，黄花丁、紫花丁、婆婆纳等种种野花密布其上，宛若仙境。花开正盛，却没有人过来授粉，难道，这也是一片抛荒的梨园？前一天我回故乡唐寨，听父亲说，去年酥梨才卖四毛多钱一斤，去掉化肥、农药、人工，几乎家家都

"折本"了，今年，便又有许多人撂了园子，出去打工了。

父亲的梨园早就给了二哥，二哥种了几年，说不挣钱，啥时候才能给儿子攒够动辄几十万的彩礼？他也跟很多乡人一样，撂了地出去打工了。不知道，如果一年一年这样下去，若干年后，外地来的游人们还能看到如此大规模的梨花雪海吗？

一阵风吹来，朵朵梨花轻盈地亮闪闪地招展着花瓣，阳光明媚，花朵明媚，真是一个天地清明的春天……

他是谁？

"蒋雯丽是谁你都不知道？""真不知道还是假不知道？"那天的饭局上，谈及母校，史君说，你跟蒋雯丽是校友，我问其人是谁，顿遭群起而攻。回到家，不及换鞋，第一件事就是找"度娘"，输入"蒋雯丽"三个字，跳出的词条竟然是著名演员，百里之遥的蚌埠人，也确实跟我是校友，还同在水利系统工作过呢。我多年不看电视剧，竟然寡闻到如此地步。对于一个不关注娱乐频道的人，能知道范冰冰孙红雷，知道《战狼2》和《芳华》，娱乐知识已经算及格了。

关心则神注，是真理。你永远不会关注你不感兴趣的，无论人或者物。

那天，应当是霜降前的一天，一个周末，我们去皇藏峪看秋树，进山时已近中午，先生带着孩子走南路上，我喜欢安静，独自由北路上。山还绿着，几乎是空的，新修的木台阶上落叶不多，四下一片沉寂，我慢慢拾级而上，听手机里"喜马拉雅"上下载的京戏，周信芳在唱《明末遗恨》，他沙哑的嗓音真适合在空山里听，"听说是居庸关贼兵围困，三百年锦江山化为灰尘……"如果秋再深些，林染遍霜满阶，萧瑟秋风里黄叶乱舞，那种嘶哑里的苍凉会更让人神魂颠倒。我坐在台阶上，对着脚边一株未红的枫树冠，与他合唱了一段，随手发了一个微信朋友圈："落叶不满阶，层林未尽染，午正山空，蓥尤静美。吾与周信芳共留声枝梢。"配发了几张皇藏峪的树，以及苔藓和黄菊。未过几分钟，有萧县的朋友打来电话，要立刻过来请我和周信芳吃饭。我愕然，好一会不知怎么答对，与周信芳一起吃饭，我可从没想过啊，这个驰名中外的京剧大师，他在我出生前就到另一个世界唱戏去了，要不然，哪怕迢迢千里，我也要找到他，与他对坐着，像这样坐在山梁上，邀山风野菊，共同吹一瓶烈酒！对从不听戏的我的朋友来说，"周信芳"这三个字，只是凡俗世界里任何一个人的名字，普普通通的名字，而对于京剧票友来说，它却是一声重雷，是一个烙在心底的、夺目的文化符号。

也是这等样剧情。那年，张爱玲的小说《小团圆》拍成电影热播时，就有某娱乐小报的记者打电话到剧组，要求采访编剧张爱玲，接到这样的电话，剧组人员估计也有若干秒钟的愣神吧，但瞬间有了一条"神回复"：好啊，你把采访提纲发过来，我烧给她！不知事后，那记者可也曾羞惭满面，你不感兴趣的人你不知道，谁也不能说你无知，但你的采访对象是谁都不了解，就不仅仅是无知这么简单了。想当年鄙人当记者时，去采访那如隔重山的一直逃避的经济场，之前不睡觉，也要把"银行利率""能效标识"等相关名词查阅一遍。这是记者必备的素质，也是起码的职业良知。

慢慢进入清零的年龄，感兴趣的人和事越来越少，大浪淘沙似的，剩下那些放不下的，都在手心里攥着，越攥越紧，陷在皮肉里，陷进骨骼里，有融为一体的感觉。岁末里理一理，他是谁，她是谁，它又是谁，拣无关紧要的，再撕扯下一些来，减负，轻松进入2018。

流光容易把人抛

昼真是长了，下午五点半，天光还大亮着，白花花的日头还刺人眼目，就下班了，晚上的稀饭已经预约了，不用急急地赶点儿，沿纺织路往西走，闲闲地溜达，碰到小巷，就拐进去串一串。一进那条巷口，远远就看见一枝红樱桃，从高高的白色院墙里伸出来，遮住小巷上面的一片天空。樱桃熟透了，一小簇一小簇，在绿叶的映衬下又红又亮，我跳起来想摘一颗，没够着，却惊了树上一只贪吃的小鸟，扑啦一声飞开去，我清楚地看到，它嘴里衔着一颗通红的樱桃！

日子过得真快，感觉春天刚来，转眼樱桃都红了，俗谚说"谷雨熟樱桃"，掐指一算，可不是嘛，谷雨都快出去了，下一个节气就是立夏了。眨眼之间，杏花已经开过，桃花梨花已经开过，而今开着的，就剩芍药和蔷薇了。流光容易把人抛，这一"抛"如何注解？可不就是"红了樱桃，绿了芭蕉"吗，时光之迅被词人蒋捷轻而易举地给物化了，也是因为此句，他赢了一个"樱桃进士"的美誉，如果眼前再有一株芭蕉，可真应了他的景。

真是低估了生活里的诗意。往前走几步，另一个略显破败的老院子里，赫然就绿着一丛芭蕉！皖北种芭蕉者不多，种了往往也养不好，常弄得大叶边缘焦枯破烂，没有一点精神气，可意外的是，这株芭蕉长得很好，新铺开的巨大翠叶一张张油亮光滑，在二楼的西窗下优雅地展着，芯里青嫩的新叶卷成喇叭筒儿正吹向天空。小院无人，铁门寂寂地锁着，我真想知道，这家主人多大年纪，是诗人，画家？还是引车卖酱之徒？他往二楼的窗口一立，就正对着芭蕉的新叶，彼时，他是吟诗作画还是操刀做酱？小窗闲对芭蕉展，无论做什么，哪怕只是发发呆，心也是自在的吧。

种蔷薇的人家很多，巷子里有院子的，墙上多攀缠着蔷薇，粉的红的或者白的花繁密浓艳，流泻在一面面墙上。白花的蔷薇又叫荼蘼，"开到荼蘼花事了"，它是一只挥别春天的手，它一开，春天就要背转身了。所以，每每见它盛开，人们都要感叹一声，日子过得真快！夏天里虽也有花，却再没有如此拥挤纷繁的花事了，春天的花事太繁，要不，怎么一直就有"争春"一说呢，都争着抢着开放，赶年集似的挤得头破血流。南宋文人有一种雅集叫"飞英会"，窃以为可以算一场送春大会。他们在怒放的荼蘼架下摆上一桌酒席，一群文朋诗友顺次围坐，飞花落谁杯中，谁就饮酒。花瓣轻轻地飘着，大家花酒流连，一杯一杯复一杯，井然有序，可忽一阵风来，洁白的花瓣缤纷四散如同落雨，每个人杯中都有了浮花，头上衣衫上也如雪零乱，于是一起站起来，举杯送别这个春天，这就是飞英会的高潮了吧。

谷雨一到，乡下的花也少了，洋槐花没了，泡桐花没了，接下来可赏的，就是大片大片的野草花了，野豌豆、蒲公英、婆婆纳、紫花丁，它们跑的都是马拉松，还能开整整一个夏天呢。田野里，这时节，小麦也正开花。城里人许多识不得小麦花，甚至不知道小麦还会开花，其实小麦花可香了，这个时节，麦苗刚刚抽穗，整整齐齐的如箭如矛，那齐刷刷的麦穗上，每一粒麦子旁，都挂着嫩黄的碎屑似的小花呢，别看它小得很，因为阵势大，香气可是铺天盖地的。你踩在细细的开满碎花的田埂上，正被它清新的迷人的香气醉得晕晕乎乎，可能会迎面撞上一口野塘，可能惊了一只正在捕食的青蛙，它咕呱一声跳进水里，可能会吓你一跳呢。已经可以

"听取蛙声一片"了？是的，马上就要立夏了，夏天，可不就是青蛙的狂欢吗？

说到底，还是时光太快，流光抛人，流光抛人呐……

我一路走着，思量着，拿手机不停地拍着。拍了樱桃，拍了芭蕉，拍了蔷薇和月季，还进到一户人家敞开的小院里，拍了几朵粉白的芍药。回到家，窝在沙发上，来回地翻这几张照片，越看越感慨。我不爱玩微信，但这次没忍住，把几张图发了朋友圈，那句想说的话就是——流光容易把人抛。

耿耿星河夏夜凉

清少纳言的《枕草子》，很适合这样的酷夏里闲读，文章都短短的，三五句，或者三五百字，长的也不过几千字，室内空调宜人的凉气里，喝一盏茶，读几行她幽微的文字，感觉生命真是饶有趣味。《四时的情趣》一文里，她这样写道：夏天是夜里最好，有月亮的时候，这是不必说了，就是暗夜，有萤火虫到处飞着，也是很有趣味的。

骄阳火辣辣的，天空中云彩都被晒化了，一朵也没有剩下，抬头往窗外看一眼，就仿佛被强烈的光线烫了一下，浑身倏地打一个激灵。实在是太热了啊。这样的午后，嚼一嚼清少纳言的这几句话，觉得真是体贴极了，夏天，果真是、当然是——夜里最好。

小时候的夏天，太阳一落下去，小孩子就自觉地压水泼地了，哗啦哗啦，一桶一桶冷水浇下去，"滋滋"地消失在泥土里，不一会儿，小院就慢慢地凉了下来。与此同时，月亮升上来了，银白的光华溶溶地泻下来，村庄、田野、架上的鸡和圈里的羊，都沐在月华里，拖一张凉床放在洋槐下，月光把树叶子密密地筛了一床，往这样的床上一躺，乡村凉爽的夏夜就开始了。我们兄妹多，更多的时候，母亲会在院子里铺一张箔，高粱秆子织

的箔，有三四张床那般大小，上面再铺几床苇席，如此巨大的地铺，一家人全部躺在上面，摇着扇子，望着明亮的月华耿耿的银河，一双眼就慢慢迷离下来，慢慢地睡熟了。

乡村夏夜，入睡前的节目颇丰，听大鼓书、用凤仙花染指甲、野河里洗澡，等等。其中，打着手电筒摸知了猴是头等大事。知了猴是知了的前身，蝉没有蜕皮羽化成知了之前，是生活在土里的，吾乡的小孩子，夏夜里都会打着手电筒，去捉知了猴。天黑下来时，知了猴刚刚爬到树上，或者在树根周边的浅土层里，正努力地往外钻，尤其是一场雨后，它们跟春笋似的，齐齐地钻出来，一会儿就捉一罐子，带回家洗干净，用盐腌起来，早上起来母亲在油锅里炕炕，炕得两面金黄，嚼到嘴里焦酥香韧，真是人间美味。

清少纳言所说的萤火虫们，举着小小的烛火，密密麻麻的，在树林里飞来飞去，随便伸手一捂，就能捉住一两只。捉十几只装进瓶子里，夜里放在枕边，它们星星一样一眨一眨，发出幽幽的黄绿色的光，是一件有趣的事情。听上中学的大哥讲过"囊萤夜读"的故事，我一直疑惑，如此幽暗的微弱的光能照得见书本上的字，哪怕是竹简上的大字？

月华明亮的时候，星星稀少，我更喜欢没有月亮的晚上。没有月亮的夜晚，天空墨蓝墨蓝的，深邃干净，墨蓝而深邃的天幕上，星星可真多啊，远的近的，大的小的，一粒一粒，一颗一颗，宝石似的，一闪一闪的，发着银光，那条天河里，到底有多少星星在眨眼睛？像明亮的阳光照射着一条细波微漾的河面，整个天河银光闪烁，星星多得实在数不清。"那颗是牵牛星，那颗是织女星，牵牛星旁边的那两颗，是牛郎担着的两个孩子……"母亲总指着银河，给我们讲牛郎织女的故事。我们听着，星星听着，枕边的萤火虫也听着，墙角的蟋蟀和树上的鸣蝉被伟大的爱情感染，都激动地唱起歌来。村外的小河里，青蛙也不甘寂寞，"咕呱咕呱"，叫声越来越密集，越来越响亮。

我们总睡得太沉，黎明时分，露水落下来，翻个身，苇席湿漉漉的又凉又潮。这个时候，就会被父母一个个抱进屋里去，待到醒来，已是一个

崭新的白天，日头白亮亮地悬着，墙头上的牵牛花盛着露珠，一朵朵红艳
艳地开着，一个美丽的夏夜又过去了……

门之槛

现在提起"门槛"二字，人们首先想到的，是作为条件、准入之类的含义，某公司招聘门槛太高，谁谁家的门槛高，等等，都是引申义。作为本义的门之槛，呼吸反而越来越微弱了，这当然是因为，现在咱们住的房子，已经很少有设置门槛的了。

门没有槛，在传统上好像说不过去，门下面置个横木条，是传统的为人们所默认的风水学，一可挡住室内的财运不外泄，二则拦住外面的邪气不进来，担负着保家卫家之重任。高门大户的人家，往往门槛设得比较高，进出要把腿高高地抬起来，挺不方便，但守卫任务更重要，就都不计较那点不便了。只要功夫深，铁杵磨成针。门槛再高，门前车水马龙的，出入人员太多，不几年也会被踩破了，到现在，说谁家闺女长得俊，还有说媒的"踏破门槛"这一形容。当然，官宦富豪之家的门槛被踏破，自然不只是因为府上千金，其中内涵，你懂的。来客熙熙攘攘，门槛常得更换，要避免这个麻烦，古人想出个好主意，用铁皮将其包起来，谓之铁门槛，千年都踏不破。可在这千年不破的门槛跟前，人又容易生出悲哀来，这人生，也太短促了吧，"纵有千年铁门槛，终须一个土馒头"，一瓢冷水兜头浇下，弄得人心冰凉，百年人生千年槛，铁门槛还剩九百年阳寿，人却在土馒头里，很快变成一把枯酥之骨了。

现在满街转转，想找个有门槛的人家还真不容易，都是统一开发的商品房统一装设的防盗门了，农村小楼里的大铁门底下，也是一马平川的水泥或者地砖。只是翻老照片时，还能看到嵌在土墙上的两扇木门，门下三寸高的木槛磨得锃亮，中间微微地陷下去，白色的木质横纹隐隐露出来。想起小时候，放了学，父母下地干活还没回来，我就坐在门槛上写作业，书本放在膝头上，背倚着挂着锁的两扇寒门。如果是春末的黄昏，林梢高的太阳会越过西边的矮墙，给我和我屁股下的门槛披一层金光，给两扇门上掉了色的春联披一层金光，也给庭院里洋槐的花瓣和蝴蝶的翅膀披一层金光。

出去玩，见寺庙的门槛都很高，小腿肚子那般高，进去时，导游常常提醒男人先迈哪只脚，女人又先迈哪只脚，这里面具体有什么说头，我已经忘得干净，只是每次跨这门槛，我都会想起妙玉，她给宝玉送生日贺帖时，落款是"槛外人"。她自称自己是槛外人。这个槛，说的就是这样的门槛，红尘之槛。以这道槛为界，一方是静修参禅晨钟暮鼓，一方是尘土滚滚功名利禄，楚河汉界，分隔的是两个完全不同的世界。那些人越过那道槛，可也有过挣扎和艰难？背后都割舍下了什么？会不会也有那么一些时候，当夕阳的霞光照红门槛，过往尘世中的一些碎屑，电光一样从心头闪过？

凤凰之魂

　　一路上，一直在翻《湘行散记》。沈从文的这本散文集，多年前就已读过，他笔下的湘西真美，安静纯朴，高山秀丽，河水清澈，那些爱说野话的勇敢的水手，那些吊脚楼上为了生活而选择卖笑的可爱女子，都让我对那片神奇的土地充满好奇，而沈先生的出生地凤凰县，那里的染坊、皮靴店、豆腐坊，沱江的橹歌，也深深吸引着我。这个暑假，自驾去贵州的路上，我特意绕道湘西，前往凤凰古城。

　　抵达凤凰时是晚上，泊好车，把行李放到宾馆，从上游段出发，我们开始沿沱江闲走。沱江从东到西穿城而过，两岸全是吊脚楼，原以为暮色里一切都会是幽暗的，是幽静和安宁的，没料到它们被全部亮化了。江上的桥身也布满灯光，各色彩灯和不停变幻色彩的霓虹，把江水映得五彩斑斓，完全不是想象中的样子。沿江全是商业街，卖各种吃食的，卖服装的，卖旅游纪念品的，眼花缭乱。酒吧尤多，南岸一条街全是，震耳的嘶吼声、歌声、音乐声，响成一片，伸头往一间酒吧看一下，许多的年轻人，有的在喝酒，有的在唱歌，有的在疯狂劲舞。门口的沿江小路上，人流摩肩接踵，脚下的江水被水车摇打着，轰轰声隐在闹市里，似乎很遥远，很不真实。在这样的夜色里走动，感觉脚步都跟跄着，人如在梦中一般。这就是凤凰城？神秘的、古老的凤凰城？

早知道开发旅游会毁掉一个地方的独特，没想到，此处毁得如此彻底。

在桥下看到一个宣传栏，二维码下写着"翠翠带你游凤凰"，这几个字让我有片刻的愣怔。沈先生那闻名遐迩的《边城》中，女主人公翠翠的原型，很大程度上来源于街上绒线铺里的小女孩，那个黝黑漂亮的小女孩，惹得赵姓少年一次一次地去她那儿买鞋带，可是如今，哪里还有绒线铺呢？那个生长在大山里单纯的姑娘，恐怕不能适应如此的市井声吧。

带着这样的失望入睡，早晨起来重游，总算得到了一些安慰。阳光下的沱江，比夜晚好了许多，没了酒吧的喧嚣和彩灯的光怪陆离，总算可以喘一口气了。江水是碧绿的，虽没有沈从文笔下描写得那般清澈见底，倒也还算清亮，三五只小小的游船泊在水面，船娘撑着长篙，在水中慢慢荡悠。晴光下的吊脚楼，影子安静地铺在河里，凤凰城终于有了几分古旧的样子。

跳岩是沱江的一大特色。所谓跳岩，就在水中排列成道的石块，每块相隔一步之遥，是古老又简便的渡河工具，也可以在跳岩上架设木板。沱江上有石块跳岩，也有架了木板的跳岩，当年，沈从文、黄永玉这两位大师，就是从此处走过沱江，走出凤凰的。夏天水大，有一处跳岩，石面几乎完全浸在水里，江水汩汩流过，碧绿的水草挂在石头上，很诱人。沱江跳岩可谓出名，游人都要在此拍照留念，以示到此一游。我也从俗拍照留念，照片上，我提着裙裾，踏在跳岩上的脚浸在流水里，身后是阳光下碧绿的江水和江畔老旧的吊脚楼。

到凤凰，不能不去看沈从文。从文墓地在县城之外的听涛山上。沿着沱江往下走，游人渐稀，渐渐地，便只有江水轰轰流动的声音。听涛山满山翠色，从山脚拾级而上，踏过几十级台阶，一小片平台处，就是从文墓了。出乎意料的是，从文墓竟然没有坟丘，巨石下的一角，仅用石头砌了一小台，上面插了块红褐色的木板，刻着"沈从文墓"四个大字。近旁有一五色大石，算是墓碑吧，石头正面刻着沈从文自己的话："照我思索，能

理解我；照我思索，可认识人。"背面，是姨妹张充和的挽联："不折不从，星斗其文；亦慈亦让，赤子其人。"这挽联藏着四个字："从文让人"。

是的，也只有让人的从文、简静和不争的慈悲的从文，会把墓地选在一个如此僻静之处。头枕着青山，翠玉似的树冠半掩着墓地，旁侧，两行细细的溪流自上而下，流进碧绿的沱江。按照从文遗言，他的骨灰一半洒在了脚下的沱江，另一半埋进了这片墓地。十九年后，其妻张兆和的骨灰也移葬到了这里。看过新华社发的一则消息，"张兆和骨灰移葬凤凰，从文夫妇从此听涛共眠。""听涛共眠"，我喜欢这几个字，安卧于青山之上，枕着故乡的涛声，继续恩爱，继续写那些美丽的文字，写《湘行散记》里那些缠绵的情书。

站在墓前眺望，江对面那座同江水一样碧绿的山头上，正盘旋着几只飞鸟，它们互相追逐着，嬉戏着，很快乐的样子。山脚下，两个中年妇人手持彩扇，正在学跳健身舞，江水在她们身边汩汩涛涛，向下流去。立在那儿望着，我那颗失望的心，那颗两天来无处安顿的心，一下子宁静下来，谁说凤凰城古意全无？这儿，才是它的魂魄所在，也才是我的期待所在……

小七孔的水

　　我对荔波的向往，缘于网上流传的小七孔桥的照片。那里的水真美呀，深绿如翡翠，明亮如古镜，把幽森秀雅的古桥映在里面，把桥面上的游人映在里面，把苍松翠柏、茂林修竹都映在里面，天光云影也在里面，白亮的阳光照下去，水底下反射出七彩的光芒。这是什么样的神仙境界？我一定去看看。

　　这个暑假，一到贵州，我们就直奔黔南，直奔荔波县，一大早就买好了小七孔景区的门票。事先已经了解到，该景区是一条宽 1.6 公里、长 12 公里的狭长山谷，小七孔桥在下游，靠近景区东门。为了省力，游客一般会选择西门进入，一直走下坡路，游览结束后，再坐交通车返回。为了第一时间看到小七孔桥，我们选择了逆行，从东门入。

　　果然，到达那里时，几乎没有游客，那座宽不过两三米的窄窄长长的青石板桥，安静地卧在一池碧水上，桥身藤萝缠绕，蕨类植物和苔藓遍布，倒影入水，半圆的桥孔和它的影子正好映成满月。这座老桥建于道光十五年，距今已经一百多年，据说，它是当年贵州通往广西的必经之路。桥下的水果真是好，站在桥上，面向水面，只觉被翠色围裹，左右都是青山，

水边古木参天，巨大的枝柯伸展着，遮盖了半个水面，枝枝叶叶都清晰地映在水上，水面柔滑清亮，有碧玉的质感，站在那里，真感到凉气逼人，翠色逼人。这种玉一般的质感，以往在照片里看到时，我一度怀疑是用什么特效技术做出来的，而今置身其中，当知画面非虚。此水名曰涵碧潭，名字很贴切：倒映着一潭碧色，涵养着一潭碧色，碧，的确是它的特质。

四周幽静，唯闻鸟声啁啾，闻轰轰的水流声。水声从何而来？转身顺着山谷往上走，但见一条两丈宽的河流滚滚而下，遇上陡坡，猛地跌落，激起的浪花沸雪一样腾起来，往下坡势渐缓，慢慢收了性子，缓缓往涵碧潭中流去。"好漂亮的瀑布呀！"孩子雀跃惊呼，抓着栏杆不愿离开。拖着她往上走，天，竟然全是瀑布，一级一级的瀑布，或急或缓，或宽或窄，顺着高高低低的河床，从上游飞奔而下，有的倾珠洒玉，有的拥云堆雪，有的平滑如练，有的白雾弥漫。或有磊磊大石兀立其中，石上水草横生，苍苔遍布，河水为之绕流；或有老树横亘水上，树上藤萝缠绕，流水下穿而过。边走边看，边看边叹，瀑布一个连着一个，一层高似一层，竟有68级之多！

这条遍布瀑布的河，叫响水河，名字也很恰切，水声确实是大，一路涛涛滚滚，熊咆龙吟，轰轰然相对不闻耳语。沿河拾级而上，走着走着，就碰到了一个拦路虎——一条从山头上飞奔下来的瀑布！右边一块十多米高的石壁，斧削般直立路边，一条两米宽的水流从山上直冲下来，水势浩荡，腾空跃过路面，直注到对面的响水河里去，扬起的水雾漫漫蒙蒙，打湿路人的衣裳，路人欢笑着，纷纷从瀑布下急速奔跑而过，有勇敢者，站在下面照相，只一瞬间工夫，衣裳几乎就潮透了。

小七孔景区景点很多，都幽绝妙绝，如卧龙潭、石上森林、天钟洞等，我最喜欢的，除了小七孔古桥和响水河瀑布，还有一个鸳鸯湖。鸳鸯湖的水面和涵碧潭一样，也翡翠般深绿光亮，四周被森林包围着，奇特的是，它的水里长着许许多多的参天古树，有的整个树干都在水里淹着，只剩下树冠铺在水面上。碧绿的水面被这些树分隔成几片，又片片相通，水道上树冠交合，狭窄处，仅容一小船通行。我们租了一只小舟，我和先生各持一桨，向深处划行。树是绿的，水是绿的，树掩着水，水映着树，人飘在其中，感觉也是绿的了，哪里还有半点暑气？先生遗憾地说，不巧是多云天气，如果有阳光，水里就能折射出七彩光斑，要比这好看得多呢。

当时已到午时，孩子提议，咱们就在船上吃饭吧。把船泊在一个巨大的树冠下，任凭水波轻轻摇晃着它，我们从容地打开自热米饭，泡好盖好，登时，热气雾一样在船头飘起来，袅袅如同仙气，惹得几个小船上的游人纷纷扭头观看。热好米饭，我们一人端一盒，慢慢地吃，不时有野鸳鸯游过来，有蝴蝶栖落在肩膀上，一顿盒饭，就着鸳鸯湖的美景，我们吃了半个多小时。这是十几天的行程中，吃得最开心的一顿饭。

饭毕，收拾好餐盒返回岸边，交船时，竟呼啦啦下起雨来，想起路遇一个导游时，他正跟他的团队说的话："小七孔景区的天气是无法预报的，因为森林面积大，水面多，生态好，形成了小气候，随时都会下雨，但一会儿就会停。"果然，那雨来得急，去得也急，几分钟就停了，回首看，鸳鸯湖的水面已经恢复了平静，闪着它翠绿的釉质一样的亮光。

上游的卧龙潭也是美不胜收。青山下，好大一面绿水，被一个弧形的石坝圈起来，水涌向石坝，形成一个巨大的瀑布，白练一头栽下去，在十几米深的谷底摔得粉身碎骨，雪浪翻滚，腾起的水雾落向围观在旁的游客。明明没有水流注入，明明潭面水平如镜，何来如此汹涌的活水？却原来，潭底下有一条地下暗河，无论干旱与否，从不枯竭。滚落下去潭水注入响水河，成就了响水河著名的68级瀑布和幽深的涵碧潭。

正准备离开卧龙潭，眼看着就要放晴的天空，毫无征兆地又突然落起雨来，雨点急急地砸向潭面，砸向拥挤的游人，一天内已经落雨数次，游客们似乎摸清了这个景区的脾气，不慌不忙地把伞撑开，仍围在栏杆上看水，恋恋地，不舍离去。

翠翠的茶峒

　　提到湘西，无人不知道茶峒，茶峒的出名，缘于沈从文的中篇小说《边城》，小说以茶峒为背景，讲述了一个纯朴善良的山里女孩翠翠的爱情悲剧。翠翠在龙舟赛上见到傩送并萌生爱意，傩送爱上她的同时，哥哥天保也爱上了她。天保负气驾船远行，意外地淹死在水里，满怀愧疚的傩送离家出走……小说把茶峒美丽的风景、纯朴的人情描写得入情入画，自1934年发表以来，不断有人到这里寻访，寻找翠翠生活的痕迹。这个群山怀抱绿水流淌的小镇，是苗族、土家族和汉族人的聚居地，如今属于湖南省花垣县，距花垣县城25公里，它2005年更名为"边城"后，许多人不习惯，就叫它"边城茶峒"。

　　我们是从凤凰城开车去往茶峒的，一个多小时的车程，下了高速，并没有明显的路标，导航也不甚准确，七拐八绕，误打误撞，终于找到了地方。镇子不大，有新式的楼房，也有古旧的木楼和吊脚楼，大门几乎都敞开着，居民不多，有的光着膀子在厅堂里打牌，有的倚着门摇扇子，有的坐在那里看电视。街道很安静，和凤凰城的拥挤热闹有天壤之别，没有几个游人，也没有被商业化，人们都还保持着原本生活的样子。孩子对屋脚下清泠泠的排水渠起了兴趣，因为那里游着几只鸭子，她去追逐鸭子的时候，意外地发现，水渠里有许多小鱼小虾，她捉了几只虾装在小瓶子里，一路辗转带回家。

我对翠翠的渡船很感兴趣，小说里描写的酉水河在镇子后面，几分钟就走到了。那河从几座青山脚下流过来，只有一米多深，虽然不再是沈从文说的"一篙竹也不能到底"，但依然很清澈，水底的鹅卵石历历可见，游鱼历历可见，就连鹅卵石上的花纹和游鱼的鳞片也清晰可辨。河边上，一个老翁蹲在那儿，专心地洗一只菜坛子，河心里，一个青年站在那儿垂钓，还有一个十二三岁的女孩在游泳。隔着水面，可以看到女孩矫健的身影，她穿着背心和牛仔短裤，非常健美，修长的双腿利索地一收一蹬，把头从水中探出来时，我看到，她竟和翠翠一样黝黑漂亮，眸子清亮如水晶。而不远处，三两个七八岁的小男孩光着屁股，也在水里嬉戏，一个小孩拿在手里的短裤忽然掉到了水里，被水冲着向下游流去，他忙不迭地去追，追了一截，小衣服被旋进漩涡里，他大概知道危险，不敢上前了，愣了一会儿，扭头游回去，继续戏水了。如果时光上溯几十年，这些自小滚打在水里的小男孩，都将成为赛龙舟的汉子，成为行走在水上的勇敢的水手，成为天保和傩送。

拉拉渡就在前面。岸上立着一块石碑，上面刻着"茶峒古渡口"几个字，合抱粗的垂柳披披拂拂，绿影倒映在碧波里。所谓拉拉渡，就是用一根缆绳横跨水面，在两岸固定下来，行船不用篙也不用桨，就拉着这根绳子把船渡到对岸。现在略有改进，绳子换成了钢缆，也不再用手拉，而用一个带凹槽的短木棍代替了。船家是一个中年汉子，船是一只敞篷带顶的木船，能容纳二三十人，三十多米宽的水面，渡过去，每人两元。

交了钱，坐上去，我向船家要求亲自拉一趟。果然，把木棍上的凹槽卡在钢缆上，使劲一拉，船就划出去一截，我兴致盎然地拉呀拉呀，不过两三分钟，船就到了对岸。翠翠当年，爷爷在的时候，她每天一趟一趟地拉着渡船，生活是多么简单快乐，而爷爷走了，天保走了，傩送也走了，纵然有一个好心的老军人陪伴，坐在船头的她，该是多么忧伤和寂寞？不

远处，有一个小岛叫翠翠岛，上面立着翠翠的雕像，是沈从文的侄子黄永玉亲自雕刻的，翠翠牵着小说里的那只黄狗，站在那儿，孤独地望着远方，望着傩送出走的方向。

茶峒也是一个地理位置非常特殊的地方，拉拉渡那岸是湖南的边界，下了拉拉渡，这岸就是重庆的地界了，属于重庆市秀山镇，而茶峒往西南，就是贵州地界。傩送究竟到哪里去了呢，重庆还是贵州？抑或就躲在远处那片青山里？他还会回来吗？

傩送还会回来吗？沈从文在小说的结尾里说，也许永远不会回来了，也许明天就会回来……

奇绝天门山

　　没料到，天门山的索道站，入口竟是建在市内的。排了一个多小时队，坐上四面玻璃的封闭式缆车，一点一点往山顶滑行。越过楼房，越过桥梁，进入山谷，慢慢地越升越高，碧绿的丛林、清澈的湖泊都落在后面，到了半山腰，线路渐陡渐险，脚下成了不可测的万丈深渊，缆车上的人，都开始惊悚起来。与此同时，风景也绝佳了，一座座峰柱从脚底下滑过去，白云缭绕峰间，绝壁上的天门洞，和绝壁上如一线缠绕的栈道，在云雾中隐约可见。缆车行驶了约半个小时，天门山顶到了。这是我坐过的最长的索道，从市区始，直达峰顶，全长7.5公里。

　　天门山的主峰，竟像一个巨大的圆柱体，峰顶基本是平坦的，上面林木荫翳，四周全是斧削般陡峭的断崖，在缆车上所见的那条宛若黑线般的栈道，就贴着崖壁挂在悬崖上，约一米宽，路面全部悬空，外侧有树杈样的栏杆遮挡。游玩此山，最主要的项目就是行走这条绝壁栈道。在1400多米的高空栈道上行走着，胆小的游客战战兢兢，贴紧崖壁，靠内侧慢走，胆大的扶着栏杆，从容望向远处的山峰云海。之前下了几天的雨，当日虽是多云天气，云雾倒美得很，脚下团团片片，漂浮游动，远处的几座山峰，

都被白云埋着，仅露峰顶。极目远眺，群山万壑，铺陈足下，云朵缭绕堆涌，接于天际，人行栈道间，宛历仙境，飘飘然有神仙之感。

张家界的玻璃栈道是有名的，有一处就建在栈道岔口，胆小者可以选择绕行。穿上租来的鞋套，往前走了两步，我就开始后悔了，玻璃太透明太清晰，脚下绝壁如削，近处草木藤蔓都清晰可见，垂直的崖壁直插而下，谷幽洞深，不可见底，这玻璃若是一下碎了，人不得粉身碎骨？我紧拉着孩子的手，貌似与她壮胆，实则是自己胆战心惊不敢移步，最后，还是先生连拖带拉，才勉强过去。几十米长的路，竟像走了半年似的漫长。回望后面，一个女孩比我们更夸张，竟趴在玻璃上哭得狼嚎一般，拉都拉不动。

领略过栈道的绝险，回到山顶，一颗心才算落到肚子里。已经是下午，云雾渐渐收尽，俯瞰山下，张家界城区历历在目，一条白练般的大河东西穿过，把城市分为两半，两岸小盒子似的楼房星罗棋布。从山脚往上，长蛇似的盘山公路缠绕而上，那弯可真陡啊，如同发卡一样完全折过来，再折过去，折来折去，一直折到天门洞下的停车场，总共九十九道弯。天门山的九十九道弯，是出了名的险，坐车行驶在这条路上，常有游客吓得惊叫不已。据说，这条公路的造价也是出了名的高，每米达一万元人民币，总计花了一亿元。

游玩奇险的天门山，竟然可以不徒步攀登，这也出乎我的意料。从山顶到天门洞，竟然从山体内掏了一条隧道，建了一部穿山电梯，坐上这个近一公里长的手扶电梯，轻轻松松就下降了三四百米。电梯虽然建在隧道内，却宽敞明亮，丝毫没有压迫局促之感。天门洞悬于峭壁之上，据说原本无洞，公元263年，绝壁忽然崩裂，形成一个高131.5米、宽57米的大洞，洞口常常云雾穿行，宛若天门，这也是"天门山"这个名字的由来所在，早些年，这里曾经举行过举世闻名的飞机穿洞表演。

从天门洞下到天门广场，也有穿山电梯直接抵达，如果要步行，则要走999级连续不断的台阶。登一座山，总共也没走上几级台阶，算什么登山？那些台阶，看起来似乎不多，于是我聊发少年狂，不顾先生劝说，选择了徒步。不料，刚走一小半，膝盖就撑不住了，发软打颤，一步也不能再行。有膝关节炎的人，真不该跟自己较劲，999层台阶，相当于爬50多层楼了。只好由先生背下去。他背着我快速地走，惹得旁边的游客纷纷询问，还有几个举着手机紧追着拍，天，我会出现在多少陌生人的微信朋友圈？孩子说，妈妈，你要成名人了！歇了几气，终于下到天门广场，回头看看那密层层的台阶，那高高在上的巨大的天门洞，天呐，他大约背我下了三十层楼！

接下来，就是坐车下山了，车在满眼碧绿的山间弯来绕去，那著名的九十九道弯，果真是险，游客都小心地系好安全带，抓紧扶手，生怕被甩出去。而师傅轻车熟路，开得非常平稳，一直把我们送到市内的停车场。

徘徊在北固山下

年少时就喜欢宋词，尤爱豪放的苏词和辛词，人们常把东坡词拿来跟柳永词比较，说一个是关西大汉铜琵琶铁绰板唱"大江东去"，一个是十七八岁女郎执红牙板歌"杨柳岸，晓风残月"，于是，苏东坡就以关西大汉的形象屹立于词坛中，我曾想，如果拿稼轩词跟柳永词相较，又该如何比拟？东坡是文人，只会纸上谈兵论英雄，而辛稼轩却是名副其实的文武双全，是虎狼般的山东大汉，史载，他"肤硕体胖，目光有棱，红颊青眼，健壮如虎"，21岁就拉起2000人的队伍在金兵统治区造反，22岁就带领50骑兵深入5万人的敌营擒缚叛将，连夜押送给南宋朝廷。虽然出生成长于长期被金兵占领的山东，但他身在曹营心在汉，看着同胞在异族的统治下屈辱地生活，他打小就立下了收复故土的志向，操练武艺，研习兵书，学习文章，以求驱逐强敌，报效国家。

读过辛词的，都不会忘记他的两阕"北固亭怀古"，一阕是"南乡子"，一阕是"永遇乐"，按捺不住，且吟诵一下：

南乡子·登京口北固亭有怀

何处望神州？满眼风光北固楼。千古兴亡多少事？悠悠。不尽长江滚滚流。

年少万兜鍪，坐断东南战未休。天下英雄谁敌手？曹刘。生子当如孙仲谋。

永遇乐·京口北固亭怀古

千古江山，英雄无觅孙仲谋处。舞榭歌台，风流总被雨打风吹去。斜阳草树，寻常巷陌，人道寄奴曾住。想当年，金戈铁马，气吞万里如虎。

元嘉草草，封狼居胥，赢得仓皇北顾。四十三年，望中犹记，烽火扬州路。可堪回首，佛狸祠下，一片神鸦社鼓。凭谁问，廉颇老矣，尚能饭否？

每次，这两阕词读罢，都心潮澎湃热血沸腾，都忍不住心中的悲壮苍凉，南宋朝廷苟安于江南，中原大片沃土沦入敌手，金兵欺压宋人，民不聊生，词人日思夜想的就是前线杀敌收复失地，救苍生于水火，可是，受主和派排挤，辛弃疾一直报国无门，把吴钩看了，栏杆拍遍，无人会英雄意。写这两阕词的时候，辛弃疾正在镇江知府任上，他像一块补丁，朝廷将他从此处调到彼处，已经调动了三十多次，都是无足轻重的地方官，其间，还时常被弹劾罢免，甚至一免就是十年。人生能有几个十年可供蹉跎？这次调任镇江，他已经65岁，攀上北固山，登临北固楼，滚滚长江东逝水，浪花淘洗中，英雄已经须发花白，良马在厩宝刀空老，心中纵有廉颇之志，又奈作梗小人何，奈怯弱君主何！

这两阕词培养了我对北固山的感情，一直以来，我对这座山无限向往。横枕长江遍布历史沧桑的北固山，让辛弃疾怅恨交加留下千古名篇的北固山，会是怎般雄伟的模样，是如何的嵯峨险峻高耸入云？我期待有那么一天，我能亲临镇江，登上北固山峰顶，踩着词人的足迹，一览历史苍茫，江涛滚滚。

那天，初秋的阳光正肆虐着它的余威，镇江的高楼、街道和草木都笼罩在一片刺眼的白光里，我们在一辆大巴车上，听当地的作协主席介绍北固山。那个文质彬彬的中年男人，朗诵起辛弃疾的这两阕词来，慷慨激昂神采飞扬，仿佛也词人一般，正高山之巅眺望神州，正试图"看试手，补天裂"。话未讲完，该下车了，走一小段路，拐个弯，前面是一片浩渺江水，这，就是长江了，北固山呢？他指着一座低矮的小山丘，"喏，这就是！"我一下子愣住了。我心目中雄伟的北固山，竟是如此一个小丘?！真的很矮小很不起眼，高不过五十多米，据说长也只是二百米左右，与黄山、华山、武当山那些我攀登过的名山相比，它真不过是一个小丘啊！站在山下，下巴略举，山顶葱绿的树木就尽收眼底。好在，早已经过了以貌度人的年龄，转而我就接受了，山不在高，有仙则名。北固山堆砌的是历史，厚重的是历史，并非寻常的山石；曾经让辛弃疾感慨万千的，也非山石，是无处寻觅的孙仲谋，是消失在斜阳草树里的刘寄奴，是一段段历史的风烟历史的故事。

当年，孙权就是站在这个小山丘上，看他的将领训练他的东吴水师，他一步步徘徊在山头，与谋士们谈兵论道，思考兴国大计，山上的石头听过他拍岸而起的愤怒，听过他失利后沉重的叹息，见证过他与刘备商讨的破曹大计，孙刘联合，好一场赤壁大战啊！烧得曹军喊爹哭娘，江中浮尸无数。19岁就执掌军政大权的孙权，这个统率千军雄踞江东英姿勃发的青年，就是辛弃疾眼中的榜样，就连向来目中无人的曹操都仰天叹息——生子当如孙仲谋！而刘裕，那个小名寄奴的在北固山下土生土长的贫困青年，当年，也率领万千军马，平内乱，灭蛮夷，收复中原，成就帝业……年少万兜鍪，金戈铁马，气吞万里如虎。他们，都建立了多么伟大的功业！这样的人生，才称得上快意，算得上圆满！

词人站在北固山上北固楼头，举目眺望，辽阔的江水正涛涛东流，时光之水正涛涛东流，英雄总被雨打风吹去，早已经无处寻觅，可是，他们建立的丰功伟业长存史册，长存人们心中，而我呢？却将万字平戎策，换得东家种树书！何时才能了却君王天下事，赢得生前身后名？

一阕"南乡子"吟罢，辛弃疾发出痛苦的、沉重的叹息。

一阕"永遇乐"吟罢，辛弃疾发出痛苦的、沉重的叹息。

已经65岁的辛弃疾，立在北固山头，怀古思今，胸中无限忧愤怅惘。此时，离他当年孤军深入敌营捉拿叛贼已经43年，这个当年受宋室皇帝赞美不迭的"少年英雄"，已被冷落了43年，不能秣马厉兵上前线，一块好钢埋没于尘土中，眼看着再没有翻身之机。江山如此多娇，可惜功业未成，廉颇将老，英雄已是暮年了。

可是，男儿到死心如铁，43年里被频繁调任频繁弹劾甚至不得不几度乡间归隐的他，醉里挑灯看剑，梦回吹角连营，"恨之极，恨极销磨不得"。直到死，他收复中原的志向，都还是尖锐和雪亮的。3年后，金兵加紧进攻，危急之中，宋宁宗赵扩想到了骁勇善战的辛弃疾，欲起用他率兵杀敌，但此时，他已经病入膏肓卧在床上了，诏书宣读的任命，不知他听懂了没，只知道弥留之际，他口中念念有词"杀贼……杀贼……"，消息传到朝廷，赵扩泫然泪下，一切都晚了。

北固山头，辛弃疾感慨着古人；北固山下，我感慨着辛弃疾。历史，在一代一代人的感慨中层层堆积，伟岸了北固山，成就了北固山。梁武帝萧衍当年登临时，写下了"天下第一江山"六个字，它早就预料到了这座山的厚重，这个称谓，北固山当得起。我，这个秋阳热烈的正午，站在长江边上，在北固山脚下徘徊着，踟蹰着……五十多米的山头，终究没有去攀登，它太雄伟，也太沉重了……

2

站在江边往上看，北固山山顶上，郁郁葱葱的绿树丛中，一座灰色的建筑物半隐半现，这就是有名的甘露寺了。

熟悉三国的人，对这座寺院都不会陌生，它是刘备与孙权之妹相亲的地方。当初，孙刘两家联合抗曹，在赤壁大败曹操后，孙权欲讨还被刘备借去的荆州，大都督周瑜献了一个美人计，要以孙家小妹尚香为诱饵，骗刘备前来相亲，然后将他扣押用来交换荆州，孰料诸葛亮料事如神，将计

就计，不仅荆州未还，还赚得美人归。京剧《龙凤呈祥》唱的就是这个故事。作为戏迷，这出戏我看了不下三遍。最喜欢马连良唱的乔国老，惯扮老生的马连良，唱腔宽广沉厚，饱满沧桑，嗓音似有强大的磁场，吸引得戏迷们神窍皆出，意醉心迷，与孙权的对话《劝千岁》那一段，就是他唱出名的，"劝千岁杀字休出口，老臣与主说从头，刘备本是靖王的后，汉帝玄孙一脉留……"把刘备的家世及弟兄娓娓唱来，二弟的"青龙偃月鬼神愁"，三弟的"丈八蛇矛惯取咽喉"，唱得威风凛凛气势雄浑，腔与词俱美，俱气势磅礴，真是长了刘备的气势。这一段，常在各种晚会上被专业和非专业的老生们演唱。

初看《龙凤呈祥》时，剧中有一个细节很可爱，乔国老为了助刘备相亲成功，夜晚派管家去驿馆给刘备送去了染发剂，叫他把胡子染黑。要知道，刘备此时已是48岁，孙家小妹年龄虽没有详细记载，但吴国太生的五个孩子中，孙权排行老二，年方27岁，小妹是老五，如此推算，她不过二十岁左右吧。相亲成功，小妹之母吴国太会护佑刘备周全，如果失败，他可能就要命丧甘露寺廊下埋伏的刀斧手。把花白的胡须染黑的刘备，相亲那天，甘露寺前遇见乔国老，刘备托起胡子，与他相视会心一笑，真是个活泼生动、耐人寻味的情节。不知为何，后来再演的《龙凤呈祥》里，这个细节被删去了，老刘备上来就是黑胡子，实在少了些许趣味。

新婚燕尔的刘备，"年老得配女娇娃"，与孙小妹卿卿我我，在铁瓮城里乐不思蜀，北固山头，到处都是他俩幸福的脚印吧。儿女情长，英雄气就短了，山下那涛涛而逝的长江水，已经唤不起他曾经的斗志，赵云无奈，只得拆开诸葛亮的锦囊，用曹操要攻打荆州的谎言骗他离开。当时，诸葛亮和张飞接应的小船，应该就泊在不远处，荒凉野渡，当有芦苇蒲草丛生，刘备偕着新娘分开苇丛，踏上小舟，船夫荡开双桨，船尖儿犁破江面，箭一般离开东吴的领地，这时候，诸葛带领的那些兵士们，吆喝着"周郎妙计安天下，赔了夫人又折兵"，着实把周瑜气得不轻。既生瑜，又生亮，强中更有强中手，天道的模样，就是如此高深莫测。

如果按照童话的思路，离开了东吴的夫妻二人，从此就过上了幸福的生活，可三国鼎立英雄争霸中，爱情不过是马蹄上扬起的灰尘，不过是沙场点兵时开在将士脚下的一朵风薄的小花，哪里有什么天长地久呢？此后不久，孙权趁刘备出征之际，以吴国太病重为由，把小妹从荆州骗回东吴，从此夫妻天各一方，再也没有相见过。这期间，小妹经常站在北固楼头眺望吧，刘备他什么时候才能出现？什么时候才能差船来接？想佳人，妆楼颙望，误几回，天际识归舟。可是戎马倥偬的男人，儿女私情哪里能胜江山之重？终是鱼雁一去无消息。尚不如无消息。那一天，没等到刘备舟船的小妹，等来了他白帝城病死的噩耗，悲痛欲绝的小妹未辨信息真假，山顶遥祭之后，将身一纵，投向江中殉了爱情。远在千里的刘备，当他于大刀长矛碰撞的间隙得知这个讯息时，会滴下几滴愧疚的心疼的清泪吗？也许，仅仅是叹息一声吧。

孙家小妹殉情之事，史上无载，一直众说纷纭，但这个小插曲在杀伐征战群雄逐鹿的三国故事中，在明晃晃的兵戈与心机中，是一处多么温软的存在。

一千多年一晃而过，小妹投江扑腾起来的水花，早已经平静下来，只有山上的祭江亭还在，山下的蟹黄汤包还在。当初，人们怀念投水殉夫妙龄早逝的小妹，怕江里的鱼虾伤了她的玉体，就用面粉包了蟹黄和猪肉投进江中，这也是镇江特色美食蟹黄汤包的由来。历史行进到今天，镇江人们在享受汤包的美味时，有几人，还能记得投江的小妹，记得她那场烟花般一闪而过的爱情？

3

"京口瓜洲一水间"，即使站在北固山下，也可以有这样的视角。京口就是脚下的镇江，瓜洲是对岸的扬州，两座城市，隔着这一条江水，隔江眺望，扬州林立的高楼历历在目，一个巨大的电厂的烟囱赫然挺立着。同行的镇江市作协主席指着斜对岸的江畔说，那儿，就是杜十娘怒沉百宝箱的地方。

京杭大运河开通后，长江在这里与运河十字形交叉，这也是二水唯一

一次相互拥抱，京口和一江之隔的瓜洲，理所当然成为南北东西重要的交通枢纽，一千多年来，一直都是漕运通道，为官的、经商的、赶考的、走亲访友的，每日里舟楫连绵，百里不绝。那个风雪夜，将船泊于瓜洲渡口的甲公子和与乙公子，在岸上的酒楼里达成了一场交易，甲以千金将美艳的打算追随他一生的从良妓女卖给了乙，天亮后一手交钱一手交人。好不容易脱了虎口成了良人，以为可以过上幸福的生活，哪料还是看走了眼，所托终究非人，那个光彩照人的女子惊艳地立在船头，怀着一腔幽怨和愤恨，打开百宝箱，把价值连城的珍珠玛瑙一件一件抛入江中，然后抱着箱子和箱子里剩余的宝物，纵身投江。水寒江深，打捞不及，一代美人瞬间玉殒香消。得知真相的岸上如堵的观者，骂叹不绝，恨声响彻渡口。这个香艳且悲情的故事，通过长江和运河上过往的船只，口口相传，一直传到文学家冯梦龙的耳里，于是，便有了《杜十娘怒沉百宝箱》这篇著名的小说。那时候，北到京津、南达苏杭的那条人工运河，用途何止是运输物资发展经济，它还传递着故事，交换着南北的习俗和文化，后来的民族融合国家统一，它功不可没。

从清末到今天，交通不断发展，当年需要一个月才走完的行程，而今几个钟头就可抵达，一切都不再是从前慢吞吞的样子了。被时代抛弃的河运，再没有了当初的辉煌，它承载的意义，更大程度上，是历史的见证，是中华儿女征服和改造自然的见证，是华夏文明的见证。

斜对岸的那个瓜洲古渡口，早已经没有漕运的船只停泊，它被改造成一个景区，供人民游赏和娱乐，只有寻找历史的有心人，才能从寂寞的江面上看到舳舻千里的昔日辉煌，才能听到杜十娘扑通落水的惊心响动。而岸这边，京口的古渡口也早因水位迁移而废弃，它被挖出来，封在厚厚的玻璃下面展示着，供过往游人凭吊和感慨。它的旁边，就是宽阔的柏油马路，是穿梭来往的汽车，是摩天的高楼和欢快走过的红男绿女。元朝诗人行端攀上当年的北固山时，曾留下这样一句诗："三面鲸涛碧连天，金汤形势尚依然。"那时候，北固山三面都是江水环绕的，而今天，东西两侧水面早已消失，取而代之的是翠绿的树，是城市的地砖，是脚步轻快的21世纪的行人。

"海日生残夜,江春入旧年",江水一样滚滚而逝的时间,让良田变成了沧海,又让沧海变成了良田或者城市。当年坚固如铁的北固山上的铁瓮城,以为能千年不倒的铁瓮城,和当年的江山一样,早已成为考古队伍刀铲下的遗迹。北固山还是那座山,山头的北固楼,已经重建了几多回。来往不绝的游人吟咏着辛弃疾的怀古词,登上斯楼,看神州满眼风光,看长江滚滚东流,斯人斯景斯怀,在时间的流逝里,悄悄地埋进过往,成为历史。

暗淡的刀光剑影,远去的鼓角铮鸣,北固山下金戈不再铁马不再的长江,如今水平如镜,歌舞升平的古城里,人们吃着香韧的锅盖面,滋味绵长的肴肉蘸着甘酸的香醋,日子如江水一样,平静地向远方流淌着……

东关街明月夜

到扬州的这个晚上，我们要去看东关古渡旁边的东关街。这条东西走向的历史老街，最东头就是大运河邗沟段的古渡口。在中国的运河史册上，邗沟最年长，它开挖于春秋战国时期，当时诸侯争霸，吴王夫差意欲北上伐齐，需要一条便捷的河流来运输军粮辎重等，便组织民夫开凿了这条扬州到淮安的运河，当时叫作邗沟，它沟通了长江与淮河，让这两条东西走向的永远不能汇集的河流第一次挽起了手臂。隋朝时，杨广开通洛阳到北京和杭州的人工运河，疏浚了邗沟并把它纳入新的运河线路，元朝建都北京后，把杨广开凿的隋唐大运河取直，原来的"人"字形走向变成"一"字形，撇开洛阳，北京直达杭州，也就是现在的京杭大运河，这条运河，邗沟仍在其中。一代代封建帝王对于漕运的依赖，使一个个码头小镇演变成发达的运河城市，历史的运行中，邗沟尽头那个叫邗城的当初用来屯兵的小城，就摇身变成后来发达繁华的扬州。

大巴车上，扬州的文友激情澎湃地介绍扬州的文化，正朗诵着唐代徐凝的"天下三分明月夜，二分无赖是扬州"，只听车内有人一声惊呼："看，月亮!"大家转头往窗外一看，呀，黑蓝的天幕中果然高高地悬挂着一轮明月！当天是 8 月 30 日，掐指算来，农历临近七月半，难怪月亮近乎圆满了。

隔着一条马路，明月下的古渡口只见灯火辉煌，不见铺地月华，灯影闪烁，流光溢彩，光华绚烂。树下有歌手弹着吉他，空地上有市民在健身，有游客行人来来去去，我远远地拍了一张"东关古渡"牌楼的照片，与冬林说，逛罢街，咱们要到渡口看一看，看看古老的邗沟水。

东关街是因运河渡口繁华起来的老街，它外通运河，内连城区，两千多年来，便利的交通让它成为商贸往来和文化聚集地。今天的东关街，乍一看来，和许多城市的老街一样，店铺林立，灯火通明，人流如织，市声喧器。老房子青砖黛瓦檐角高挑，檐下一串串大红灯笼整齐垂挂，杏黄的丝缘在微风里轻轻飘拂，可进去走一小段，你就会发现它的不同：挂着"水包皮"招牌的店铺比比皆是。

了解扬州的人都知道，扬州人会享受，讲究早上"皮包水"，晚上"水包皮"。所谓"皮包水"，就是喝早茶。早晨起来，坐到茶馆里，喝茶，就着煮干丝、蟹黄汤包等。扬州干丝是淮扬菜的经典，我早就从汪曾祺的散文中了解过，烫或者煮，我都经常做，做法不复杂，只是那切，把一块豆腐干片 36 片，再改刀切成马尾粗细的丝，我怎么都做不到，切太细，就散了或者断了。或者，不是我刀工不精，是故乡没有那种专门切丝的豆腐干？鸡汤煮出来的干丝鲜美爽口，用以佐茶，很是合宜。蟹黄汤包做起来有点麻烦，蟹肉和猪肉斩碎调馅，包的时候还要加上鸡汤冻，出锅时瘪塌塌的，看相不怎么样，但不会吃的人往往被弄得很尴尬。看到过一则笑话，一个外地人初次吃扬州汤包，用筷子夹起来就咬，只听扑哧一声，汤汁溅了对面客人一脸，再咬一个，依然如此，跑堂的拿着毛巾要给客人擦脸，那人笑笑说："等会，他还有一个没吃完呢！"吃出这种水平的，肯定不是扬州人，扬州人对付汤包早已有了经验，总结为"轻轻提，慢慢移，先开窗，后吸汤"，那包子皮其薄如纸，透明得几乎可以看到里面汤汁的深浅，动作粗鲁一点，就把它弄破了，夹起来直接咬，就是上面这种场景了。生活精致的扬州人，端着一盏茶慢慢地享受，吃几个蟹黄汤包，再夹几筷子干丝，神仙生活不过如此吧。

那"水包皮"又是什么呢？答曰：泡澡堂子。累了一天，把自己放进一池子热水里，直泡得筋骨酥软全身舒泰，太解乏太享受了。现在家庭洗浴非常方便，在家里泡个澡已经不是难事，不知道扬州人是否还有此习惯？眼前这堂皇店铺里的"水包皮"，难道会是澡堂子？伸头往里一看，里面排列着的是泡脚桶，原来是整体"水包皮"演绎成局部"水包皮"了。店铺里有个客人大概是刚泡好，正眯着眼往后躺着，任凭师傅修脚和按摩，一脸的享受。扬州的修脚师傅是有名的，许多城市的洗脚店都拿扬州师傅来做噱头。

街上小吃颇丰，煎饼的，炕点心的，卖炒饭的。一家小饭店的广告语是"古街里的淮扬菜，生活里的小滋味"，价目表醒目地张贴着，"蟹粉狮子头15元/份，水晶肴肉10元/份，烫干丝5元/份，扬州炒饭5元/份"，倒还真不贵。看着几个人在里面大快朵颐，真后悔不该在酒店吃了晚饭，逛逛街，各家店里尝尝小吃，该有多美。

买了几把精致的小扇子，冬林和小祝姐买了百年老店谢馥香的胭脂水粉，又看了会儿古老漆器店的精美漆器，我们开始寻找一家茶楼，是和扬州的一位老师约好的，大家去那喝茶聊天，茶楼就在这条东关街上。按着手机的定位步行，来来去去，都快九点钟了，还是没找到，东道主只得出来接应。从一个青砖垒砌的圆门拐进去，进入一条细长的胡同，大街的喧嚷突然就消失了，四周忽地安静下来，人仿佛掉进了另外一个世界。小巷青石铺地，砖墙老旧，黑瓦无声，灯影幢幢的幽暗里，我跟在她们后面快步地走，冬林和那个扬州美女穿旗袍的袅娜影子铺在我脚下，一时间，真有种如在梦中的幻觉。又拐了两道弯，进入一个幽静的院子，院子很大，似乎大到无边，暗淡灯光里，匆匆地穿回廊，上台阶，过小桥，走亭台，一片池塘里隐隐开着睡莲，水面上有白鹅把喙插进翅膀下睡着觉，蛐蛐唧唧低唱，青蛙呱咯呱咯三两声，皎洁的一轮圆月悬在天空，月光和黯淡的灯光混合一起流泻于地。迷糊糊穿行了好一会，进入一家宽敞的厅堂，里面灯光明亮如同白昼，一个个阔大沉重的木椅摆在那里，旁边几案上放着茶水点心，这，就是约定的茶楼了。

　　迟到了的我们错过了精彩的谈话，大家继续之前的话题，好像说这是一座藏书楼，24小时开放，费用全免等。离开扬州后的许多天，偶然翻到当时匆忙中拍下的照片，看到通往胡同的那道圆门上题着"小玲珑山馆"几个大字，两侧有一副对联，"咬定几句有用书，可忘饮食；养成数竿新生竹，直似儿孙"，却原来，那天喝茶之所，竟是有名的江南四大藏书楼之一、清朝盐商马家兄弟的"街南书屋"啊！那个阔大的园林似的院落，就是二兄弟的住宅。当年，发达后的马家兄弟最爱资助和招揽文人，修建了藏书楼，许多文化名人都在此逗留甚至长期居住过，那副灵动秀雅的对联，就是郑板桥写下的。不曾想，东关街上，俯拾皆是历史啊。

　　从茶楼出来，已近十点，东关街仍然灯火通明，游客如云，尽头的东关古渡仍然彩灯闪烁，热闹非凡。很遗憾，要迅速跟着大部队回程，我们没能去看一眼邗沟的水。但我知道，邗沟那个饱经沧桑的历史老人，杀伐征战、"爷娘妻子走相送"都是他遥远记忆中的事了；驮着沉重的船只南北往来，也是年轻时的回忆了。现在的他，眼神平静心无波澜，载着轻快的游船，听着沿岸的欢歌笑语，披着溢彩的灯火和光华的明月，在欢度暮年了。

走过窑湾

"南有周庄，北有窑湾"——早就听说窑湾这个古镇，言它与周庄齐名，我心里一直疑惑，周庄是水乡，到处舟楫当车的，位于黄淮海平原上的窑湾，难道也有如此水利之便？

从徐州一路向东，节气虽然到了处暑，高速两旁的树木和田野仍是一片葱绿，村庄零散地分布在广阔的碧绿里，一派疏朗干净。一两个钟头后，绕过一片烟波浩渺的水面，窑湾就到了。原来，京杭大运河在这拐了一个弯，与此处的骆马湖交叉汇合，形成三面环水的格局，像一个巨大的臂弯，粼粼的水面把小镇环抱其中，这也是窑湾之"湾"的由来。而"窑"字，是因为淤积了运河冲刷下来的大量泥沙，那土质很适合烧制砖瓦之器，窑多且闻名。

因为是水路要津，在以京杭大运河为交通枢纽的元、明、清几代，窑湾就成了一个黄金码头，各种商船桅樯林立舳舻相接，向南直达苏杭，向北直抵京津，东北的货物经此远销南洋，英、法、荷兰等国的商人、传教士也多在此立足，更有国内多省在此设立商会。一时间，小镇商贾云集，兴旺发达，繁荣得跟大都市一般。

经过一座老旧的炮楼，进入小镇，就仿佛进入了清明上河图的画卷，脚下青石铺道，住宅店铺皆青砖黛瓦檐角高耸，碧绿的爬山虎攀了满墙，绿色直铺展到屋檐上去。镇上多水，立在一座拱形的小石桥上东望，只见水面碧绿，两岸杨柳拂堤，碧绿的树冠后面，半隐着老屋翘起的黑色檐角，一只游船正遥遥地从绿树绿水中驶过来，红色的救生衣越来越清晰，其响动惊飞了岸上的两只白鸟，桥下几只戏水的麻鸭也嘎嘎叫着，扑棱着躲开了。小镇初给人的感觉，是江南的气息，是古旧的气息。

窑湾的老街是明清时期的建筑，巷子窄窄长长，慢慢地弯过去，一眼望不到尽头，两旁店铺一律青砖砌墙，黑瓦覆顶，木窗木门，酒幌店招在微风里轻轻飘扬，各种小吃古玩、当地特产，琳琅满目。说书场里，一个身着蓝布长衫的中年人正塌肩坐着，见有客人进来，立马眼睛一亮，立直身子，拉起了二胡，用双脚踩着板子给自己伴奏，曲声悠扬，如泣诉如怨慕，隐约是熟悉的腔调。转过头看黑板上，写着"柳琴戏"三个字，才恍然想起，这是乡音呀，故乡距此不远，我小时候，常有艺人走街串巷乞讨，唱的就是这个戏种。黑板上明码标价，五块钱一人，听曲喝茶，时间不限。如果不是要跟上大部队，我真想在这个茶馆里停下来，眯上眼睛，点几曲柳琴戏，听到月上柳梢。

邮局还是旧时候的样子。招牌上写着"大清窑湾邮局"，门前立着一个绿色的邮筒。那时候，客居于此的外地人，卸完货船忙完生意，想起远方的家，就坐在灯下磨墨理纸，写一封书信，那一纸思念与嘱托，通过这个邮局传递出去。穿着"信"字工作服的邮差，用力地划着手里的桨，尖尖的小船飘荡在骆马湖上，或者再通过运河上南来北往的大船将书信捎出去。从前的什么都慢，没有皇家"一骑红尘妃子笑"的快马传递，没有顺丰式的"雁足传书"，一封信在河上风雨飘零，要多久才能送达呢？

站在老码头上展望，骆马湖水面苍茫辽阔，浩渺雄浑不输长江。那时候，白日里桅帆千杆竞相争渡，每个黄昏，便有十里舟船依次在码头停泊。京杭大运河成就了窑湾的繁华，窑湾见证了京杭大运河的通达。作为黄金码头，窑湾集市的特别之处在于它是"夜猫子集"，即夜里开设的集市。因为是人工开凿，京杭运河的河道不深，有些地方会阻塞舟船，不适合夜里

航行，过往船只通常都是夜宿晓行。运河是那个时代的高速公路，窑湾这样的码头则是公路上为数不多的服务区。各路商旅系船登岸，卸货的工人肩扛担挑，摩肩接踵。各路人马到了老街，找家酒店坐下，炒两个小菜，喝一碗窑湾的绿豆烧酒，然后，买米，买菜，补给舟船。耐不住寂寞的，就独自走一走，走过钱庄，走过旅馆，走过商会、教堂和邮局，寻找一处青楼，有盛装的女子斜倚楼前，红袖相招。而周边的村民，卖菱角莲子、鸡鸭柴米的，纺了线织了布的，做了手工艺品的，早已经就着月色，从四面八方赶过来，汇聚到这条窄窄的街巷，成为喧哗老街的一部分。

　　相对于高官的府邸和小姐的绣楼，我更感兴趣的是一处酱园。老街上的赵信隆酱园，是清康熙年间建立的，青砖黑瓦的大宅院里，数百口大酱缸齐整整齐齐地排列着，缸上盖着竹篾编的大斗笠，掀开斗笠，可见一块块砖坯似的面块层层堆叠，一股淡淡的甜香从里面流溢出来。据说，春天里把配好料的小麦面粉蒸熟做坯，加水浸泡，经一夏的阳光暴晒发酵，秋天将淡黄色的液体过滤出来，就是有名的窑湾"甜油"了，做菜时用来调味，鲜美无比。这个已有五百多年历史的酱园声名远扬，至今，徐州一带的居民还常常在周末开车赶过来，就为买几瓶正宗的甜油。那天的午饭是在一家船菜馆吃的，席上有一条三四斤重的大扁鱼，肉质细腻，汤汁鲜美，好吃得险些让人吞了自己的舌头。知情人介绍说，此菜之所以如此味美，就是加了甜油的缘故，其汤汁很适合泡饭，窑湾有句俗语："有了汤浇饭，给个知县也不干！"说的就是此味。听罢，我赶紧舀了几勺鱼汤浇到饭里，拌一拌送到嘴里，天，真的，我知县不要当，记者也不要干了，我要留在窑湾吃汤浇饭！

　　作为码头繁华了几百年的窑湾，随着中国漕运时代的结束，逐渐成为历史的遗迹，在当下的时代里，摇身变成一个旅游小镇，街道上如织的游人重塑着昔日的繁华。午饭后，我们坐上车离开，透过窗玻璃往外望，辽阔的湖面上，一艘货轮正远远地驶过来，独独的一艘，在浩渺的水面上显得有些孤单。岸上，两个穿白裙的小女孩，大概是游客吧，坐在盛开的凌霄花下的秋千架上，正在荡秋千，见轮船过来，兴奋地跑过去看……

安之若树

喜欢树，希望能做一株树。最好长在深山里，不闻人语，只看得见苔藓攀爬白云飞卷，只能听到泉水叮咚鸟声啾啾。最好是一株乔木，落叶的那种，洋槐也好，苦楝也好，很高很挺拔，春天里顶一头花，秋天披一身黄叶，待冬天来，浓妆卸尽，骨骼铮铮抱臂而立，立在北风里，枯黑的枝头再开浓浓一树雪花。

一株树是最安静的。风或鸟，把一粒种子送到哪儿，只要一点土，它就扎根了，阳光雨露里，只要生长就行了，静静地生长，没定什么目标，没想要高过谁，更从未想过要奔走。树把生命和成长安然成一种静态，像山石，像土地。谁说"树欲静而风不止"？这话不对。风再狂，树也一直都是静的，不躲不藏，也不生抱怨，你看枝在动叶在摇，那只是表象，只是它的肢体在动，只是听之任之，只是笑对，不挂怀不抗争。树的心，一直都是素的，是安然的，即便被连根拔起，被刀劈斧削，它依旧是恬淡的，变成了桌椅，变成了门窗，或者变成随时要燃烧的一根火柴杆，它也是恬淡的。一株树，就是一个入定的老僧，禅心在，眼中没有物，明镜不是台。

人难以安静，是因为人总有欲望。欲望这东西像火种，它会引起熊熊

大火，烧得人起坐不能平，心中好似揣了万千甲兵，忽东奔忽西突，呼啸着来来去去，乱了阵脚。乱了，就找不到自己的位置了。那粒种子，原是落在何处的呢？欲望障眼，路在脚下不知有路，根在脚下而觅不着根。树从来不会失却位置，它从来就不欲动。人有欲望，就不得不动，不得不奔逐，不得不折节。潘安那个绝世美男，旷世才子，在你心里，当是安之如树的吧，一样不，他欲谋贵。想当官，就得讨好上司，讨好当权者。你看，远远地看见权臣贾谧的马车过来，远得还只能看到一片扬起的烟尘，他就慌忙站在路边，对着那片尘土深深作揖了。那一拜，折尽了天下读书人的风骨，惹得后世多少书生效仿着，也成了一株株走失的树。

当然，能让人摧眉折腰的，也不仅仅是权位财货，"痴"这个字落在情上，比人间所有欲望都更磨人。唐伯虎算是骨骼清奇的奇才士子了吧，为了一个秋香，也放下身段，自卖自身去当拎包的伙计了，哈着腰，赔着笑，低着眉眼，只要能见得佳人。好在，结局到底圆满，因为抱得美人归，才演绎成一段佳话。只可怜了薛涛那样的，那个人一走再不回来，雪落了没来，柳青了没来，一年一年。她迢迢千里寻去，又落落寞寞归来。还说什么好呢，等待没有用，乞求没有用，当初不合种相思，还是收收心，拿道袍把绮罗衫换下来吧。哪儿也别去了，就在浣花溪边，以一株树的姿态，煮茶焚香，调素琴阅金经，做个素心人吧。

一个奔突的人修炼成一株安静的树，这中间，要经过多少山石呼啸烈焰灼身？个中滋味，只有他自己知晓吧。既然已入前尘，曾经的痛，就不要再回味了，就好好做一株树吧。只要是一株树，在闹市也可以安静的，嚷嚷喧嚣里，安静地开花，安静地落叶，安静地经受风吹雨打。回首风烟，影影绰绰中，那些望尘而拜，那些围追堵截，那些瘰痹思服衣宽心破，都是谁和谁的不堪呢？

还是做一株树的好。

第二辑　节气生花

| 立 春

　　立者，开始也。立春从字面意义上讲，也就是春天开始了。春天开始，意味着新的一年开始了。我国的二十四节气，是古人根据黄河中下游地区的气候和物候特点制定的，划分标准是太阳在黄道上的位置，即在地球绕太阳公转的轨道上的位置，十五天一个节气。立春和所有的节气一样，是一个点，也是一个时间段。

　　2019年的立春在2月4日，即农历大年三十。早上雾很大，天阴沉沉的，很冷。这天上午，我们九点钟出发，从宿州到阜阳，回先生的老家过年。宿州的高速路口临时封闭，我们只好沿着305省道前进。一路两旁尽是干枯的白杨，它们萧索地整齐地立着，高高的枝头上一个个鹊巢突显出来。两旁灰蒙蒙的村庄隐在冬树下，一张张春联红得醒目。麦苗还没有返青，憔悴的叶尖在北风里瑟瑟发抖。临近蒙城县城，停车休息，下了公路往田间一踏，就踩了两脚湿泥，此时方才想起，今天立春了。立春，本就意味着天气转暖，尽管寒风依旧料峭，前几天的那场大雪，还是被化成春水了，冰封的土地也被融得如此酥烂。路边排水沟里积了一冬的落叶，在雪水的滋润下散发出腐殖的味道，和田野里泥土的气息一起，混合出一股

乡野特有的清新。几只长尾巴花喜鹊从远处一片光秃秃的杂树林里飞过来，喳喳地在落叶上跳来跳去，这样的时节，不知可能找到什么食物。

风掀着羽绒大衣，站了一会儿，浑身就已冷透，赶紧回车里，继续赶路。雾散了，太阳慢慢露出脸来，坐在车里晒着，被车轮轻微地颠簸着，慢慢就有困意袭来，不觉间便恍惚入梦。梦里，似乎听到立春的钟声，十一时十四分，太阳到达黄经315度，只听咣当一声，春天来了！我浑身一震，似乎看到百花百草百虫百鸟都拥挤着，要从风雪的囚禁中挣脱出来。似梦非梦间，我抬了下眼皮，继续睡觉。2019年的立春，我在宿州到阜阳的汽车上，在梦中，在枯萎的萧萧的白杨下，左边是开车的他，后边是正听英文歌的女儿。

立春，母亲总要称它为"打春"，每年都要说："打了春，冻断筋。"意思是立春后严寒仍在。但春是用来打的吗？怎么打？小时候我就常有这样的疑问，长大后才知道，旧时，春果然是要"打"的。唐宋时期的立春日，要以桑木为骨架，用泥塑出一头耕牛来，大家用彩鞭抽打牛背，以庆贺春天的来临，祈祷一年的丰收，此举就谓之为"打春牛"，或者"鞭春"。清朝时还要做一副犁，人们牵牛扶犁，戏作农耕状。故乡虽然没见有此习俗，但每年立春时节，祖父总会把牛牵出来，到田野里溜达溜达，大概是让它散散闷，舒展一下筋骨，很快，就该使唤它耕田犁地了。

打罢春，一冬的农闲就结束了，犁、锄、耙、耧，都要从柴火垛后面拖出来，该磨的磨，该修补的修补。白昼慢慢拉长了，冬日里傍晚五点左右天就黑了，这会儿六点钟时，太阳还在林梢挂着。阳光也明亮了些，晴朗的没风的正午，蹲在墙根下晒太阳，已经想解开棉袄的衣襟了。皖北大地上多是落叶乔木，谁家庭院里种了一株腊梅，春阳下还不知疲倦地开着，香气飘了半个村庄。婆婆家的客厅里，新换的中堂下面，一盆水仙开得正好，几十颗白瓣黄芯的花朵散发出阵阵幽香。晚上，我们在阵阵花气里围在一起，看春节联欢晚会，等待新年的钟声敲响，等待一个温暖的春天，真正来临……

雨　水

　　和大雪、小雪、谷雨一样，雨水这个节气，也是以降水特点命名的，但谓之"雨水"，并不是说此节气当天会下雨，而是时令至此，气温开始回升，冰雪开始融化，雨水渐渐增多了。虽然雨水增多，但在淮北平原上，还是有"春雨贵如油"之说，皖北的春天总是以干旱为主，偶尔下场雨，也都很小，淅淅沥沥的，湿湿地皮而已。落叶乔木多还枯着，巴根草也还黄着，即使遥看，也还发现不了绿色，只有柳条泛青了，雀舌似的嫩芽从青皮里钻出来，正探头探脑地观察着眼前的世界。若在江南，这时候当是"雨润草色青，水洗杏花白"，很有看相了。

　　虽然已是春天的第二个节气，却并没有与冬天划清界限，余寒还很凌厉，只是风的性情悄悄地改了一些，虽然还是冷，还是板着脸，心已经稍稍软了下来，不再似刀子那般直透骨髓了。你如果走到野外，发现土膏微润，冻土已经复苏了，河里的冰层也开始融化，水波清亮亮地闪着寒光，"晶晶然如镜之新开而冷光之乍出于匣也"。因为寒冷，旷野里少有游人，天地冷硬枯瘦，空旷得很。就在这空旷的天空里，你也许会突然看到一行归雁，它们声势浩大地从南向北飞过来，如小时候语文课本里描述的那样，

一会儿排成个"一"字，一会儿排成个"人"字，离开半载，它们在雨水的召唤中，回家来了。

几千年前，聪明的古人就总结过，在黄河中下游的中原地区，雨水节气里有三个物候特征，一是獭祭鱼，二是鸿雁来，三是草木萌动。我生活的皖北距中原不远，基本符合二十四节气的所有规律，此乃二候"鸿雁来"是也。所谓"獭祭鱼"，就是冰层融化了，水獭幸福地钻到水底捕捉肥美的鲜鱼去了。眼下虽然看不到水獭，但渔人的收获，已经明显地丰足起来。至于"草木萌动"，杨柳之外，虽然还看不到青草，但你如果用铁锹挖一锹下去，会发现，泥土里已遍是鹅黄色的草芽了，它们豆芽似的蜷缩着头，随时准备钻出地面来。

因为冷暖空气较量频繁，忽而东风压倒北风，忽而北风压倒东风，气温高下不定，人就容易生病。每年这个时候母亲都要唠叨："杨柳发青，百病皆生，春捂秋冻啊，棉袄不能脱下来！"的确，今年的雨水时节，一场流行性感冒袭击了许多人，孩子班级里，生病请假的有九人之多，抵抗力很强的朋友小苗，竟然也得了一场严重的肺炎。我们盼望东风早些胜出，把寒冷和疾病都尽皆驱逐。

雨水当天，通常在正月十五前后，今年的雨水正逢元宵佳节，此时春联还没有褪色，乡村里，回来过年的打工大军还没有尽数返城，萧索寒冷的皖北村庄里，人们还进行着春节最后的狂欢。因为"禁放令"，往年爆竹声声烟花满天的盛况没有了，但提着灯笼端着面灯的孩子，还是要出来热闹一番。这个元宵节，宿州城内一整天都是多云天气，眼看着到了黄昏，天却晴好起来，晚霞满天，冰轮似的圆月从东方升起来。我们带着孩子，戴好帽子裹严围巾，提着纸灯笼出去转了一圈，只碰到寥寥几个打灯人，听说都去云集看灯展去了。朋友圈里果然看到，那儿灯影幢幢人影散乱，大家挨着挤着，摩肩接踵，都是喜气洋洋的样子。我们不喜欢太热闹，就挑着灯，向着月，在街角那棵老杨树干枯的枝条下，讨论一下雨水这个节气吧。

惊　蛰

所谓"蛰"，即动物在冬天潜伏起来，不食不动，这个场景是静态的，你仿佛可以看到它们沉睡的姿态，听到它们轻微的鼾声。但"蛰"前面一旦加上动词"惊"，场景立即不同了，动宾词组最有画面感，"惊蛰"，就如同一个突然播放的电影短片：咔嚓嚓，一道闪电领着一串炸雷，摇天动地，地下酣睡的小虫们，呼啦都从甜梦中惊醒，像学生听到起床铃那样，手忙脚乱起来，穿鞋的穿鞋，戴帽的戴帽，抓书包的抓书包，一个个蜂拥而出。你把耳朵贴近地皮，能听见它们窸窸窣窣起床的响动和呼朋唤友的声音，听到它们开门的声音，碎步小跑的声音。沉睡的小草们也被雷声惊着了，纷纷打呵欠，伸懒腰，努力把身子挺直了，用力地往泥土外面钻。惊蛰，作为春天的第三个节气，原来一直叫启蛰的，到了汉景帝刘启时期，为了避"启"字之讳，改为惊蛰。窃以为，以惊代启，改得绝妙，第一声春雷太高亢太突然，定然惹得百虫与草木震惊惶恐，仓皇起身。从这一刻起，山慢慢丰润起来，水渐渐温柔起来，枯槁的树木开始有了绿色，枝头百鸟喧嚷，黄淮平原的春天真正来临了。

柳已经绿了，但还新生婴儿般娇嫩得很，鹅黄色，一树树软软地披垂

着，寒风里轻轻地拂着堤岸。——风的确还是寒的，晴朗的正午，可能晒得你冒出细汗，如果刮一夜北风，就还同严冬一样，要把厚厚的棉衣裹在身上。梅花不怕冷，此时开得正盛，早开的品种，已经现出衰颓的迹象，红红白白的花朵，无精打采。迎春花正是好年华，娇黄的小碎花簪满青嫩的柔条，明亮得很。杏花就快开了，嫣红的小花苞已经破皮而出。若在江南，这时候，杏花已经谢了，桃花和油菜花，正把原野染得一片锦绣，但淮河北岸，油菜刚刚返青，多数乔木都还没发芽，放眼望去，山林里除了常青树沧桑的暗绿，就是光秃秃的枝条了。但秋天里迁徙的那些鸟，大多都赶回来了，它们在枝条上跳来跳去，欢快地唱着歌，竭尽全力在唤醒绿叶，唤醒春天。春天很快就会盛大起来。

惊蛰来时，一般在公历的三月六日前后，这时候刚进入"九九"。"九九加一九，耕牛遍地走"，小时候，此时的田野已经热闹起来，松土的，施肥的，犁地的，挖沟筑坝的，满园热闹。记得那时，到处都是耕牛，都是鞭花炸响的声音，都是牛歌。父亲把着犁，祖父牵着那头忠厚的老黄牛，号子一喝，牛低头拱肩，迈开四蹄，奋力地拉起犁来。新翻开的泥土一行一行整齐地排列着，像一张张光滑的书页，发出新鲜的微腥的气息，书页上面，常有豆虫一样肥胖的小白虫被翻晾出来，突然从黑暗的泥土里来到这个世界，白亮的光线里不安地蠕动着身子。我把它们一个个捡起来，装进瓶子里，带回家喂鸡。

那时候的惊蛰，惊醒的不光是草木鱼虫，还有农人，正所谓"微雨众卉新，一雷惊蛰始。田间几日闲，耕种从此始"。而今天，在集体进城务工的今日乡村，昔日盛况已经不复存在，田野里，除了几个挖荠菜的老妪，耕者已不复多见。惊蛰的荠菜的确好，它们有的碧绿，有的还是饱经霜雪的土褐色，挖回家包饺子、做丸子，鲜美得能化掉舌头。

纵然少了奔忙的农人，也误不了春天来临，麦田已经返青了，土壤已经融化了，接下来，风慢慢地就要转向了，北风渐变成东风，天气和草木，都渐渐温柔起来，风情起来……

｜　春　分

　　这个节气很神奇，大自然挥起雪亮的利斧，咔嚓一下劈下来，就把春天截成两半，前后各自45天，不偏不向。同时劈开的，还有白天和黑夜，春分这一天，白昼和夜晚等长，也不偏不倚，太阳和月亮，都不用再起早贪黑，可以正常上下班正常打卡。

　　在皖北，春天的六个节气里，可以说，春分最妖娆。她前面是惊蛰，惊蛰时节，余寒犹厉，万物都被料峭春寒束缚着，手脚不得舒展；而后面是清明，清明时节暖气浮漾，惹得人昏昏欲睡，花朵也盛极而衰，即将辞枝了。如果说，惊蛰是一个八九岁的小姑娘，还懵懵懂懂未解风情，春分就是二八女郎，明眸皓齿，娇艳迷人得紧；而清明，则是风韵犹存的中年妇女，气质虽好，走的却是下坡路了。

　　春分一到，杏花雪似的片片飘坠，桃花开始打起了嫣红的骨朵，赶上晴朗天气，几天的暖风一吹，呼啦一下都开了。梨花、玉兰花、海棠花，还有田野里的油菜花，河岸上各种叫不上名字的野花，也都争先恐后怒放起来，黄淮平原的千里沃野，一时间七彩斑斓，如堆锦绣。这时候的麦田已经返青了，翠色毯子一般绵延无边，绿得逼眼，没人的时候，你坐在田

埂上，能听到它们"噌噌噌"生长的声音。是的，春分时节，麦苗已经开始拔节了，有道是"春分麦起身，一刻值千金"，春分时节是它们的良宵，刻刻都金子般宝贵，也是天地万物的良宵，宜施肥，宜种树，宜吟唱，宜行乐……

人们被"千里莺啼绿映红"的春光引诱着，都甩掉厚重的棉衣，换上轻薄夹衫，从困顿了一冬的水泥笼子里走出来了，挖荠菜，放风筝，奔走着赏春柳春花，一会儿工夫，身上就出了细汗，就要脱下一件衣服扛着了。"二八月，乱穿衣"，这时节的天气，忽冷忽热，早上还穿着羽绒服，中午可能就是单衣了，你这厢还一身冬装，那厢逛街的女郎已经是丝袜短裙了。春分的天气脾气最大，说翻脸就翻脸，昨天还是二十度以上的高温，眼瞅着要窜入夏天了，可一夜大风刮过来，气温陡地就跌到零度，说不定，还会飘飘扬扬来一场雪。她这脾气，在气象学上有个名字，叫"倒春寒"。倒春寒，可能会带来桃花雪。雪似桃花，桃花似雪。桃花雪，这名字听着悦耳，看着也非常美好，却是笑面脸刀子心，它一来，把连天的花朵都冻得瑟瑟发抖，一番惊魂之下，也结不出好果子来了。"冬雪宝，春雪草"，桃花雪淫威一施，果树和庄稼就要歉收，它带来的是灾难，是荒年，是烂漫春天里赎不回的遗恨。

风的性情也改了，之前虽然凌厉，却不大，不会扬起风沙，春分之后，淮河流域解冻的细土，都从土地板结的怀抱里挣脱出来了，风一吹，细土漫卷，扑在脸上生疼，甚至吹人一嘴沙子。吹面不寒的杨柳风，突然间如此惹人厌弃，出行的美女们，都不约而同地戴起口罩来，或者用一方丝巾，把脸严严地围住。窗户即使关着，窗台上也会落一层灰尘，从此你要做勤快的娘子了，屋里的家具地板，要时时勤拂拭，莫教染尘埃。每年春分时节，坐在办公室里，总能听见风尖锐的哨音，同事们总会感慨，这没山没谷的大平原，咋能刮出恁大动静呢？我想，一定还是因为，春分太美，太妖娆，新妆初成，她要倾国倾城。

清　明

　　清明是春天的第五个节气，我觉得，它是二十四节气中最美的名字了。"清明"，这两个字往那一站，就是青衫磊落的白净书生，是齿皓眸明的二八佳人，是春和景明，是月白风清，是乾坤朗朗。当此时，春分的大风吹尽了一冬的浊气，天地开阔起来，天空高而蓝，阳光温暖明亮，眼前什么都是新的，新芽新苗，新叶新花，到处桃红柳绿莺歌燕舞，随便你的相框在哪停留，框住的都是一张春天的明信片。

　　2019 年的清明，在 4 月 5 日，这一天，春天已绚烂到极致。柳色深青，梨花白得晃眼。黄淮平原上我的故乡，百万亩梨园正逢花期，雪白的花海明晃晃的，在阳光下，在东风里，一漾一漾地，迷离着看花人的醉眼。开始拔节的麦田绿得流脂，桃花开得难管难收，金黄的油菜，在平坦的原野上绵延得汪洋恣肆，而原野上的小花，紫的红的，黄的白的，一片连着一片。谁的手这么巧，织就这样一张无边的花毯子？清明真是大手笔的画工，不计成本不惜颜料，将那各色油彩，哗的一声从天泼将下来，染得江山如此斑斓。

　　"清明前后，种瓜种豆"。小时候，田野里这时已经非常热闹了，人牵

着耕牛，耕牛拖着犁铧，雪亮的犁铧尖儿点进去，把苏醒的土壤翻出一行又一行波涛。新耕的土地通体膏润，散发着迷人的芬芳。农人立在田头盘算着，这块地要种玉米，那块地要点棉花，还得种半亩大豆和花生，秋来要用它榨油呢。菜园更要好好打点，茄子、辣椒、眉豆、黄瓜等家常菜，一样都不能落下。田野里，到处都是弯着腰的农人，节气不等人呐。如今，田野依然热闹，只是已经变换了模样，这些年，故乡果园种植面积扩大，梨花盛开时节，农人又多了项重大工程，树上树下的，都忙着给花朵授粉呢。

淮北的春天雨水金贵，整个春分里，往往一滴雨也不见，但清明一到，就跟约好了似的，雨渐渐多了起来。"清明时节雨纷纷，路上行人欲断魂"，雨水不一定落在清明当日，但不出几日，一定会来的。春雨贵如油，老天总是很吝啬，淅淅沥沥的，下得不痛快。但斜风细雨不须归，不耽误做农活呢，种瓜的继续种瓜，点豆的继续点豆。新栽的秧苗，在细雨的滋润下，很快精神起来，长成一地新绿。

清明是"吃春"的好时候，榆树上结满榆钱，葛藤上遍挂紫花，香椿的新芽紫红油亮，花叶们转瞬即老，尝鲜可要趁早。每年此时，我都会把这些美味饱啖一遍。去年清明，我还专程跑到城南几十里外的紫芦湖，摘了一包雄槠树的柱状花，捧回家来蒸了一盘，那滋味，鲜美得舌头都化了。那些正开花的紫花丁、蒲公英，也适逢其时，是最鲜嫩的时候。

作为节气的清明和作为节日的清明，金风玉露一相逢，注定会热闹非常。东风已经在江淮大地上站稳了脚跟，最高气温眼见着就要稳定在二十度上下，到处衣裙靓丽，春衫轻薄，整个世界都在吐故纳新，所有生命都在孕育和生长，此时，谁还能在家里坐得住呢？"梨花风起正清明，游子寻春半出城"，"倾城男女，纷出四郊，担酌挈盒，轮毂相望"，扫墓祭祖之后，开始的就是寻花觅柳。——生命那么容易消逝，春天如此明丽美好，何不就放开马蹄，一朝看尽眼前花？这时节，鬼狐花妖们都耐不住寂寞，也要出来活动了，明清时期的小说，常常用这样的叙事笔法，将清明扫墓寻春作为一个故事的开头。有这般绚烂的春天作底色，不管主人公怎么遇合分离，读起来，都觉得心地清明。

　　与长长一冬的衰草枯杨荒寒冷瘦相比，淮北平原的清明实在是太惊艳，只可惜太短，到下一个节气，春天就尽了。还是什么都别说了，赶快去看花吧。

谷 雨

作为大自然的二十四个孩子，二十四节气的命名，也像我们给儿女起名。清明之后立夏之前，雨水渐渐丰沛起来，这时节的雨仍然是贵如油，它宜栽宜种，宜于谷物生长，古人不是有"雨生百谷"之说吗？就叫它"谷雨"吧。于是，谷雨就成了春天最后一个节气的名字。

虽然还在春天，谷雨时节，已经有初夏的感觉了，此时桃、李、梨等，都疯疯闹闹地开尽，那样轰轰烈烈的一场绚丽，跟烟花似的一闪而过，眼前是绿树成荫，籽实满枝，妙龄少女热恋一回妖娆一回，该收收心，过抚儿育女的寻常日子了。多数乔木都绿了，一树一树的新绿，沉静地立在人行道旁，立在白亮亮的阳光里，我们走在街上，已经要捡拾它们的阴凉了。日子过得太快，上班经常路过的那户人家，几天不见，紫藤就快开毕了，爬山虎也攀了满墙的绿。

楼下有一株泡桐，正是满树繁花，氤氲的一团紫气里，飘出浓浓的暗香来，让我想起那年，谷雨那天，我坐了七八个小时的绿皮火车，去洛阳看牡丹。绿皮车咣当咣当地走，我捧着一杯嫩绿的雨前茶坐在窗前，看窗外流动的原野。因为焦裕禄的缘故，河南多泡桐，碧绿的麦田间，紫色的泡桐花云霞似地浮着，一树树一团团，团团相接树树呼应，远远近近缭缭绕绕，满眼都是清新的绿和绚丽的紫，天地间紫云遮绿霞罩，真如梦幻一般，看得人神魂颠倒。那是一次无比美妙的旅程。

"谷雨时节看牡丹"，洛阳牡丹果真正是好年华。那天，我起个绝早跑到王城公园，公园游客尚稀，鸟声之外，一片寂阑，流连园中，但见繁花满眼，姚黄魏紫，一朵朵堂皇富丽，丰腴妖娆，捧在掌心里，柔软丝滑，勾魂摄魄。彼时，来了一个练唢呐者，他从背囊中取出唢呐，立在花前吹奏，应该是个高手，一支不知名的曲子，他吹得高亢明丽，悠扬婉转，乐音穿过飘飞的柳絮，穿过百鸟的喧嚷，直嘹亮到云层里去了。此境只有天上有，人间哪得几回见？直到现在，每逢谷雨，我还会想起那年的牡丹，想起柳絮飞扬里的声声唢呐。

谷雨时的乡村，没有看花的闲人，谷雨是农事最忙的时候。种花生，种棉花，种芝麻，移栽各种秧苗。"谷雨种棉花，能长好疙瘩"，棉花播种起来很劳人。我少年时，父亲每年要种十多亩棉花，放学后，我常常帮忙磕营养钵，像磕煤球一样，把加了肥料的泥土打成一个个瘦长的圆柱体，将催好芽的棉籽用土掩进其上的小窝里，拿塑料薄膜覆盖起来，等它长成小苗，再一棵一棵移栽在田里。那满地稚嫩的秧苗，慢慢地长成株，开出花，再结出棉桃，开出雪白的棉花。其间，农人要流下多少汗水，土地之外的你，不能明白。我们盖在身上的每一床棉被，都要从谷雨时节的一粒棉籽开始。

清明之后，气温火箭一样蹿得老高，庄稼不辜负雨水和温暖，都长得飞快。清明节那天去田野踏青，小麦还只有腿肚高，腰身也都还细着，这才一转眼，就没过膝盖了，就开始抽穗了。油菜花且开且谢，青角子一层一层，都结到了梢子上，而院子里那一树豆子大的樱桃，日胜一日地饱满起来，眼看着就黄了，就红亮起来，"流光容易把人抛，红了樱桃，绿了芭蕉"。光阴似箭，吃罢樱桃，春天就过完了，就要跨进夏天的门槛了。

立 夏

　　立夏是夏天的第一个节气。中国第一部词典《尔雅》这样解释"夏"："夏，大也。"立夏，也就是说，清明和谷雨里种下的种子，此时都已长大。立夏前后，所有的生命都在蓬勃生长。我日日上班经过的那一行紫薇树，冬天里枝条尽被剪光，前几天发出的紫红色嫩芽，眼瞅着，就出落成一尺多长的枝条了。国槐的树荫密了，圆了；换了新叶的香樟树，开出满头米黄的碎花来。出门走走，就觉得满世界都是绿，黄绿嫩绿翠绿深绿，干净的叶片在明亮的初夏的太阳底下闪闪发光。满世界的新生，满眼的清新欲流，让你的心由不得不明媚，也想同绿叶里面的黄莺那样，扯开嗓子高歌一曲来。

　　立夏时节，天气最宜人，没有春天的干燥多风忽冷忽热，也没有炎夏的潮湿闷热汗流浃背，天凉得刚刚好，热得也刚刚好。风是清新的，不疾不徐，风里带着蔷薇花的香、苦楝花的香，如果你往城外走一走，还有浩荡的小麦花的香。小麦此时已经在扬花了，虽然星星点点的，却架不住田野辽阔，辽阔的麦田让小麦花香有了浩瀚之势。农人背着手，在田头踱来踱去，这瞅瞅那看看，丰收在即的喜悦陶醉得他嘴角翘老高。是的，要灌浆了，马上就能吃上青嫩的小麦了！"灌浆"这个词很可爱，你想想，每一株健壮的小麦，都铆足劲，憋得小脸通绿，努力吸收着初夏的阳光，努力地把土壤里的养分源源不断地往麦穗里输送，每一粒麦子都因此饱满起来，有了二八女郎的甜美和丰腴。面对如此美好，怎不教人心花怒放？

初夏的雨也是宜人的，不会电闪雷鸣地狂暴，也不会萧瑟得人心瑟缩，那么细细的凉凉的，一线一线，落进清亮亮的池塘，一声一声，要唤醒小荷的梦。果然，一支小荷从水底下钻了出来，怯怯地探出尖尖角，悄悄地，将那如画轴一样卷起来的叶片向两端舒展，在水面徐徐摊开一片嫩绿的圆。雨水在上面滚来滚去，滚成一颗颗亮晶晶的珠子。不几天，就是一池的尖尖角，一池的鲜绿的亭亭的嫩荷。一场雨的召唤下，青蛙也来了，跳到小荷上，在砸碎的水珠里咕咕呱呱唱起歌来，虽然仅仅寥寥数声，却是明了地向你宣告：夏天来了！是的，虽然还没有南方的暑热，虽然北方的春花都还开着，但这里，这片黄淮平原上，已经进入夏天了。

"却是石榴知立夏，年年此日一花开。"立夏时节，蔷薇和芍药之外，最不可辜负的，就是石榴花。遥想当年，在怀远读书时，每年立夏，漫山遍野都开满石榴花。周末，我们常常三两成群，带着干粮到山上去，那些苍劲虬曲的老石榴树，油亮的绿叶间簪满耀眼的红花，我们坐在花下看书、聊天，说自己仗剑天涯的远大理想，累了，就望着远方白练似的淮河水，发呆。初夏的风从宽阔的河面上拂过来，拂过白乳泉，拂过布谷鸟的歌声，拂过夺目的绿叶红花，吹在我们青春的脸上，在岁月里留下醒目的印记。那是初夏的时光，人和新苗一样，都有着蓬勃的理想和力量。

立夏时节，还有美味不可辜负。说立夏有"三新"，窃以为少了，除了樱桃、青梅和新麦外，蚕豆、豌豆、黄瓜、新笋，也都不可忽略吧。古人多情，此时节要办送春宴，宴席就用这些食材，"无可奈何花落去，且将樱笋饯春归"。送春之外，还要"迎夏"，似乎，南风拖着初夏的雨水和阳光，行到郊外，就咯噔顿住，等天子带着满朝文武礼罢请罢，方才哗地起身，呼啦一下拥进城去。这是一种什么样的场面和情怀？我们太多地了解自然之后，节气再也不能带来如此的神秘和浪漫。

今天晚饭，煮了盐水豌豆，拍了一盘嫩黄瓜，动筷之前，忽然想到，这也是送春迎夏之肴啊，于是合掌暗祝：亲爱的夏君，恕不远接，你就入了我的城吧……

小　满

　　远离了村庄和土地，远离鸡犬相闻的农耕生活，我们伸向大自然的触角慢慢萎缩，对节气的反应已经迟钝了。偶然远离街道，走进一条狭窄的老巷，忽见一枝黄杏从一户人家的墙头上斜伸出来，才倏地长叹一声：真快啊，卖花姑娘的身影仿佛刚刚转过巷口，这厢杏子就已黄熟了。杏一黄熟，节气就走到小满了，小麦就要成熟了。

　　走到城外一看，黄淮平原广袤的原野上，满眼是青绿的麦田，健壮的麦秆举着一支支饱满的穗子，正幸福地在风里招摇，摇成一波一波的麦浪。站在田埂上，但见那麦穗的浪涛，一波赶着一波，从南向北，滚滚涛涛，潮涌而来，夹杂着植物的青芬和细碎的虫鸣。踩着茂盛的野草杂开的小花，伸手拽两支麦穗来，放在手心里揉搓，麦芒扎得手心痒酥酥的，揉皱糠皮，噗地吹掉，剩下一撮青青的麦仁，迫不及待捂进嘴里，细细嚼来，弹力十足，浆汁满口，鲜滑细嫩又香甜清新，还是童年的味道。所谓小满，说的正是这种乳熟，夏熟作物从灌浆走向乳熟，接下来，几天的南风收尽水分，麦子就渐次黄了，等到下一个节气芒种，它们就完成使命，要被收割了。

　　儿时的乡下，这个时候，乡亲们已经开始忙碌起来，磨镰，轧场，打

扫粮仓，准备投入夏收的战场。那时候，收麦就是一场战斗，蚕老一时，麦熟一响，时令不等人，若是一场雨来，一年的收成就泡汤了，再说，还要赶快腾出土地来，再种大豆种玉米种红芋呢。"乡村四月闲人少，才了蚕桑又插田"，家家户户都忙得不停歇。哪像现在，农忙已经没有农忙的样子了，到田头转一圈，眼见着熟透了，一个电话把收割机叫来，轰隆隆一阵子，麦粒就直接装进口袋被收购了，打麦场也不进，家门也不进。

大概出于对农忙的留恋，经常在城里生活的父亲，非要在老家种一块油菜，小满时节，油菜已经可以收割了，父亲弯着腰，一镰一镰把它们放倒，抱孩子那样，一趟一趟，把它们抱到门前的空地上，将黑珍珠似的籽粒捶出来，送进炸油坊。转眼之间，那些油亮的黑珍珠，那曾经轰轰烈烈的一地黄花，就变成我们厨房里金黄的菜籽油，整整一年，香艳我们的餐桌。

小满时节，气温依然宜人，早晚微凉，要加一件薄薄的外套，中午时分，大多短袖着身，有畏热的，已经早早把空调打开了。公园里，林木蔚然而深秀，枝头百鸟喧嚷。石榴树上挂了亮红的小石榴，却还有花朵在梢头燃着，枇杷枝头，果实还没有变黄，就有嘴馋的孩子忍耐不住，要踮着脚尖，伸长胳臂努力去够。小满这天，闲走在运粮河畔，立在一株楝树下，看几个老年人摸纸牌，楝树叶子已经很繁密了，开到尽头的紫花，扑簌簌落下来，碎糟糟地掉在地上，掉在他们花白的头发上，残香袅袅。

小满，像一个红裙绿褂子的乡下姑娘，身体饱满，面目清新，活泼可爱，笑意盈盈两腮间。

正写着这篇短文，孩子探过头来，看着文档上的"小满"二字，好奇地问：小满呀，有大满吗？

我忽地一愣。二十四节气里，有小雪就有大雪，有小暑就有大暑，有小寒也有大寒，怎么有小满，却没有大满呢？先人起名的时候，忘了给小满找一个姐姐？断然不会是这样，先辈们智慧如此，定然自有道理。儒家的中庸之道历来认为，月圆则亏，水满则溢，他们定是觉得，人生小满即可，莫要贪婪，莫要求全，知足才能永葆太平永享安乐。一定是这样。

原来，小满，并不仅仅是一个节气。

｜　芒　种

　　芒种，顾名思义，就是芒和种，芒是指有芒作物成熟，种是指夏种开始。在指导农业生产这个意义上，芒种在二十四节气中可谓表率。皖北这片土地上，芒种不来，小麦就不熟，仿佛有着"你不来我不老"的旦旦约定。芒种前后，几乎只需要一天的工夫，麦田就完成从青绿到青黄、又从青黄到金黄的转变。原野里碎金铺地，把雪亮的阳光都染成了金色，风吹麦浪，那波涛都是金黄的，一浪一浪拍打过来，拍在农人胸口，农人眼睛里放出的光芒也是金色的。

　　黄金铺地，老少弯腰。乡村五月，老老少少都要动起来，老人烧火做饭，颤巍巍地把咸鸭蛋、大饼和绿豆汤送到田头，孩子们拾麦穗，捆麦个儿，那些"壮劳力"们，一人揽着几趟麦子，身子弯下去，左手搂住麦秆，右手里雪亮的镰刀唰地抹过来，从田头到田尾，头也舍不得抬一下。是啊，"收麦如救火，龙口把粮夺"，别看这会儿头顶的天空瓦蓝瓦蓝，忽地一片乌云飘过来，说不定就是哗啦啦一场暴雨，更怕狂风相伴而来，刮得麦子倒伏一地，饱满的麦穗泡进水里，不疼死人才怪。

　　晴好的天，阳光热辣，云朵雪白——儿时的天空真蓝，云朵真白，一

大朵一大朵，浮在那儿，慢悠悠地走，慢悠悠地变幻着形状。布谷鸟总是单枪匹马，在雪白的云朵下掠过，留下一串"咣咣朵咕""咣咣朵咕"的歌声。我们总追着它奔跑，边跑边呼喊，"咣咣朵咕，你在哪住？"我们不知道布谷鸟就是书里的四声杜鹃，我们都叫它咣咣朵咕，"咣咣朵咕，你在哪住？我在王庄家后。吃的啥饭？面条子浇醋。"这首歌谣不知始于谁，不知一问一答中有什么故事，只知道，小时候，每当麦收，布谷总会来，我们总追着它奔跑，追着它唱这首歌谣，直到它成为一个小小的黑点，消失于远方的天空。彼时，田野金黄，白杨翠绿，田头河坡的青草地上，粉白的打碗碗花和紫色的七七芽开得绵延无尽，我们跑得汗水淋漓，兴奋得小脸通红。

颗粒归仓后，紧接着就要忙种了。"麦茬豆，豆茬麦"是这片土地上大致的种植规律，麦收后多种大豆，红芋和玉米也有种植。手工收割的麦茬很短，两行麦茬之间的空趟里，可以直接点豆子，要翻一下地的，则吆喝着牛，拉着犁子，深深地翻耕一遍，麦茬被埋到底下，化作夏泥护佑庄稼。播下去的种子，在夏天的雨水和阳光里，不几天就长成一地葱绿，与之一起葱绿起来的，还有野火烧不尽的草。这时，锄头就该上场了，农人光着膀子，脖子上搭条毛巾，毒日头下，伏着身子，长一锄短一锄，锄锄相挨，收拾遍地野草，"锄禾日当午，汗滴禾下土"，诗谁都会念，可其中辛苦，没几人懂得。

要收，要种，要管理，芒种之忙，全年无匹。

与芒种并肩而来的，还有端午节。儿时的故乡不过此节，不包粽子，因为太忙，也可能因为贫穷得吃不上糯米。我只记得，这时节里芦苇很绿，森林一样茂密幽深，一场暴雨过后，苇塘里青蛙咕呱咕呱，歌声密集如雨，响彻记忆。

年岁渐长，久居城市，思乡之情渐深，记忆里涌出的，越来越多的是农耕生活片段，那时耕田用牛，割麦用镰；那时池塘草青，蛙鸣如阵。那时真慢，老酒一样的"从前慢"。新时代的芒种，与联合收割机有关，与除草剂有关，与奔向远方的高铁有关，只是，再也不关从前，不关慢。

　夏　至

至，极也。夏至这天，日长之至，日影短至。早晨四点半，天色就已微明了，一直到晚上七点多钟，太阳才慢慢落下去，白昼长达十五个小时之多。"吃过夏至面，一天短一线"，夏至是个转折点，过了这一天，白天一天比一天短，等到冬至，则达到另一个极致，变成夜晚最长了。

夏至时节，虽然还没有入伏，不是全年最热的时候，但阳光白花花地照着，三十八九度的高温已不罕见，太上老君炼丹炉里的感觉，人们已经略略领教了。天热，天公的性情，也开始暴躁起来，动辄要发脾气了，这厢正烈日炎炎，呼啦一阵风来，咔嚓一声雷响，忽地就会来一场暴雨，还可能，马路这边哗啦啦雨帘如瀑，那边却干天干地，"东边日出西边雨，道是无晴却有晴"，不只是唐诗里的情景了。

夏至日在每年的六月二十一日前后，农历的五月中旬，这时候，皖北的小麦已经颗粒归仓，该种的也都种下了，要返城务工的，都跨上高铁走了，乡村又恢复了以往的寂寞。"打完场，垛完垛，知了猴，一大摞"，知了猴即蝉的幼虫，《诗经》里说"五月鸣蜩"，蜩即蝉也，五月的乡村，知了嫌寂寞，纷纷振起鼓膜高歌起来，"吱——喽""吱——喽"，从早到晚，

不知疲倦。乡村树多，树上蝉多，"吱——喽"声稠得跟暴雨似的，一点缝隙都没有，乍一听来，真觉得太吵，但久处其中，也就习惯了，所谓"蝉噪林逾静"呢，慢慢你会觉得，这单调的音乐很宁静，很让人安详。

明末清初的小资文青李渔说，"午睡之乐，倍于黄昏，三时皆所不宜，而独宜于长夏"，这句话很有道理，夏日这样长的白昼，暑气铄金，人皆疲倦，午间小睡不可或缺。午饭毕，拖一张凉床放到树荫里，慵懒地躺下来，缓缓摇一把蒲扇，稠密的蝉声被摇得一漾一漾，宛若水波，人恍惚如在摇篮里一般，慢慢地，手里的扇子一松，就进入梦乡了。午梦酣沉，长长一觉醒来，树影已移，淡淡的光斑透过树叶的鳞隙，薄薄地漏在身上，光影闪烁中，蝉声依然洪大如潮水，而日头，已经偏西了。

夏至的星空很美。晴朗的夜，天幕是干净的墨蓝，星星又密又亮，镶嵌其中，一颗一颗，宝石似的闪闪烁烁。偶有流星倏地划过去，拖着亮亮的尾巴。又宽又长的银河里，繁星点点，光芒闪烁，牵牛织女隔着耿耿星河，遥遥对望。小时候，那些乘凉的夜晚，母亲常指着星空，讲牛郎织女的故事，讲牛郎担子里挑着的那两个孩子，我们尚不懂得什么叫"纤云弄巧，飞星传恨"，不知道什么叫"金风玉露一相逢"，只是一个家庭的分崩瓦解，令人心生惆怅。

荷是这个世界上最隆重的花朵，是夏天的精魂。夏至前后，它们凌着水波，渐次开放。一支支亭亭的荷，袅娜摇曳，拂拂夏风里，清雅的香气让人心神俱醉，暑气全消。若是逢了一场雨，碧绿的荷叶上，圆圆的水珠子滚来滚去，白的红的粉的荷花被雨洗过，鲜妍明媚，更是一幅清新的图画，置身画中，再炎热的天，心头也凉意习习。

夏至是毕业季，雪白肥硕的栀子花还开着。栀子花是毕业花，是离别花，是少男少女心头一份纯洁的心事。何炅那首《栀子花开》，舒缓温柔，适合做此时节的背景，那个拖着行李远去的背影，多年后忆起来，还让你有一小抹浅浅的伤感……

│　小　暑

暑，热也。小暑，顾名思义，热，但还不是最热，他还有个叫"大暑"的哥哥，脾气更暴躁更刚烈。"小暑大暑，上蒸下煮"，小暑的日头白花花光芒万丈，烧窑似的烹着炙着，若多日不雨，大地就要裂开缝卷起边，冒出一股焦煳味儿了。小暑还未长大，人间就已炎热似火。

古人总结，小暑节气里有三个物候特征：其一温风至，风是热的了，带着一股夏日特有的黏滞，吹在身上，再没有凉爽的宜人的感觉；其二蟋蟀居宇，本来生活在野地里草丛中的蟋蟀们，被滚滚热浪驱赶着，纷纷跑到农家的屋檐下避暑来了；其三鹰始鸷，老鹰为躲避大地上的火热，开始远离地面，在清凉的高空盘旋。

动物们都知道避暑，人当然更知道。尾随小暑而来的就是伏天，所谓"伏"，就是潜藏、躲避之意。大热天的，人马倦怠，神思昏昏，就闭门谢客吧，赤着臂膀，哪凉快哪呆着去。王羲之写过一篇《今日热甚帖》，"足下将各匆匆"，表达的就是这个意思，别来看我，咱们各自保重。开了空调躲在屋里，或者搬个小板凳找片树荫坐下，拿瓶冷饮解解暑气。在没有冰箱的年代，古人消暑，会用冬天里贮存的冰块去镇瓜果，没有冰块的，就

学汪曾祺，"西瓜以绳络悬于井中，下午剖食，一刀下去，咔嚓有声，凉气四溢，连眼睛都是凉的"。暑热天气，纳凉是头等大事，大神们各显其能，有的泛舟荷塘，有的藏身山林，有的驱车北上，"携杖来追柳外凉，画桥南畔倚胡床。月明船笛参差起，风定池莲自在香"。总之，哪儿有凉气，就往哪追寻。

当然，这是幸福的人，每年伏天，躲在空调屋里啃西瓜看电视时，我都会忆苦思甜，想起小时候。小时候的小暑，一地棉花正开花结桃，父母终日泡在十亩棉田里，逮棉铃虫，打棉杈，打农药，锋利的阳光直直地劈下来，万道光芒罩在身上，汗水顺着下巴顺着脊背流淌下来，将近晌午回到家里，整个人都是虚脱的。这样的暑天，我不知道见了多少个。

六月初六晒龙衣，不知是哪辈子传下来的规矩。每年这一天，热烘烘的院子里，母亲都会搬两张床放下来，床上各铺一张高粱秆子织的大箔，全家一冬的衣服鞋袜都摊在上面晒。当然，被子也要全部抱出来，搭到绳条上"过日头"，据说这一天晒了，一年都不遭虫蛀。古时候这叫"晒伏"，不光是防蛀，还有显摆的潜意，门前绫罗狐裘，家世不言自明，用竹竿挑一粗布大裤衩出来的，晒的是名士狂放魏晋风流，而卧在石头上晒肚皮的，一不小心，却出了"直钩钓鱼"的效果。

天越热，知了叫得越欢，乡间树林里藏着知了无数，它们不知疲倦地拉着丝弦，"吱吱吱吱"地抱怨热，树底下，白山羊无精打采地卧着，狗趴在那儿，耷拉着长长的红舌头，人，手里攥着一把芭蕉扇子，不停地摇。如此炎炎赤日，庄稼却不闹情绪，都在铆足劲生长，玉米穗吐出了胡须，豆荚日胜一日饱满起来，拖得无限长的红薯秧子根部，土地正向孕妇一样鼓胀起身形，"君看百谷秋，亦在暑中结"，秋天的收获，都在这一夏的火热中悄悄积蓄呢。与此同时，一池一池的荷花绽了，一株一株的木槿开了，城市里那一路一路的国槐树，梢头浮起无数米黄的小蝴蝶似的碎花，热风吹过，波涛般摇漾。同小暑的火热一样，夏花开得真是尽兴，真是绚烂……

　大　暑

太阳白花花地射下来，万道白光罩着大地，罩着山川河流，罩着每一棵树每一株草，热浪腾腾地翻滚着，风被炙烤得晕头转向气息奄奄，整个世界热烘烘的，仿佛到了燃烧的临界点，谁要是划一根火柴，呼啦就会蹿起火苗来。一年中最热的时候来了。尽管小暑已经预演一番，对于大暑的狂热，人们还是忍受不了。走在热烘烘的大街上，汗珠子啪嗒啪嗒地往下掉，流下的虚线渐渐成了直线，成了小河，不只是"浃背"，全身的衣服都汗透了，身上黏黏的，糊了一层垢似的。大暑，启动的是烧烤模式，人在太阳底下呆着，感觉就是炭火上的一根肉串。

对着白花花刺目的日头，正心烦意乱地抱怨着，忽地一阵狂风刮起来，走石飞沙，刮得人睁不开眼睛，就在眨巴眼的工夫，乌云涌上来了，天昏下来地暗下来，紧接着，一道闪电撕破昏黑的天空，咔嚓嚓，几声闷雷在耳际炸响，随之而来的，就是噼啪啪豆子大的雨点。豆大的雨点猛烈地砸下来，砸在身上可真疼啊，砸在烫人的地面上，似乎滋滋地冒起烟来。人们抱起头猛跑，还没来得及找到躲避的地方，雨就大起来了，瓢泼似的，不，比瓢泼更大，天幕像被撕开了口子，雨泄洪似的漏下来，城市的下水

道来不及排水，一会儿，道路上、小区里，积水就脚脖子深了，就没膝深了。大暑突如其来的暴雨，考验着城市的排水功能。这样的雨，可能会哗哗地下一整天，更多的是一会儿就过去了，乌云散尽，太阳高悬天空，还是那样白晃晃的刺眼，很快，就炙干了雨水带来的那层凉意。

土润溽暑，大雨时行，这是大暑的脾性。中伏天里的大暑，就是如此一副热烈和暴躁脾气。

萤火虫却喜欢这样的溽热，晴朗的夜，它们从烂树叶中点亮灯火，一群一群起飞——古人不知道萤火虫是把卵产在腐叶败草上的，一直认为"腐草为萤"，说它是草木所化，这个想象很诗意，什么样的灵通草木，能化出如此轻灵美妙的精灵？树林里，墙角下，萤火虫闪着星星点点的黄绿色冷光，那微弱的灯火与深蓝天幕中美丽的星星呼应着，传递着我们猜不透的手语。这样的童年夏夜，尽管闷热，却是多么的梦幻，就着月光星光，手心里痒痒地攥着几只萤火虫，去捉知了猴，去小河里嬉戏。那时的河水真清亮，浅浅的小河，被日头晒得温乎乎的，泡在里面，真爽滑真凉快。更还有蝉歌和蛙歌相伴，有水草缠了一下脚趾，有游鱼撞了一下腰……

草木也喜欢这样的炎夏。大暑节气里，所有庄稼都在可着劲儿生长，原野里青纱帐绵延无际，没人深的玉米地，齐腋高的棉花田，秋季作物蓬蓬勃勃地孕育着生命，静夜里，你坐到田埂上，能听到它们成长的窸窸窣窣的细响。农家的小院也绿意蓬勃，丝瓜、葫芦、眉豆，都密密匝匝地攀缠在篱笆上，叶子层层叠叠，果实垂垂累累，碧绿的葡萄架上，青的紫的葡萄，一嘟噜一串沉甸甸地坠下来。在葡萄架下纳凉是一件惬意的事，一边摇着扇子，一边品尝甜蜜的果实，扇子摇着摇着，就摇到了七夕。传说那一晚，葡萄架下，能听到牛郎织女的私语。天空中，银河横亘，夜的黑和星的闪，都有着细滑的质地，人躲在幽深的葡萄架下，躺在一张摇椅上，侧起耳朵细细聆听，听那对苦难夫妻彼此倾诉了什么情话。听着听着，就恍惚入了梦乡，一夜酣沉，直到天光大亮起来，灼人的阳光刺痛了双目。——又是一个下火似的响晴天。

晴热难熬啊，真难熬！暑天什么时候才能过完？掐指算一算，"夏满芒夏暑相连"，咦，这大暑，不是夏天的最后一个节气了吗？正所谓"物极必反"，暑热张狂到如此地步，寿就将终了，下一个节气，就是立秋了。

立 秋

　　上蒸下煮的大暑天，热得人焦躁不安，掐着指头恨恨地盘算，什么时候才能立秋？似乎一到立秋，烧烤模式就能瞬间切换，天地从此一派清凉——所谓立秋，不就是暑去凉来嘛。可是，立秋却有些让人失望，世界竟然还是炎夏的模样，树还碧绿着，原野还碧绿着，白亮亮的太阳高悬天空，火辣辣地炙烤着大地，人们依然热汗直流。心里怅怅地失望一下，转念想想，这个节气，毕竟还在三伏天里呀，"秋后加一伏"，秋老虎逞逞威风，也是情理之中的事。

　　然而，仔细体味一下，立了秋，却又的确不同了。日头虽然毒辣，余威已经没有那么猛烈了，到了夜晚，吹在身上的风有了丝丝凉意，黏糊糊热烘烘的感觉，悄悄地消失了，不开空调也可以入睡了。凉下来的夜里，蛐蛐儿叫得欢了，楼下的草丛中，它们"唧唧"地齐声歌唱，每个声音都细细的，麦芒一般，合唱出来的歌声却洪大嘹亮。此时，如果是在乡下，当可看见一弯月亮，大地被梦一样薄薄的月色笼罩着，潮水似的虫声一浪浪打在身上，当更有一番清凉滋味。立秋日在农历的七月上旬，乡谚有云："交了七月节，夜凉白天热"，在乡下，夜晚已经要盖一床薄被了。对于节气的反应，乡间比城市敏感。

"悲哉，秋之为气也！萧瑟兮，草木摇落而变衰。"最先感受到秋的气息、变衰而摇落的，要数梧桐。梧桐叶大柄长，容易受风，往往立秋一到，就开始有黄叶了，巴掌大的黄叶噗的一声掉下来，砸在地上，让人心里一惊，"呀，已经是秋天了！"宋代宫廷里有一种报秋仪式，立秋时辰一到，太史官就高声启奏——"秋来啦！"与此同时，桐叶应声落下几片来，宣布秋天从此开始。果然是"梧桐一叶落，天下尽知秋"。

立秋后的雨也不同了。虽然白天气温仍然很高，但秋雨毕竟不是夏雨，夏天的雨是热心肠急性子，落在地上像掉在热锅里，转瞬晴了，天地还热得烫手，草木也仍在生长，仍然生机勃发，秋雨走的却是下坡路，它引导着草木走向凋零。几场秋雨过后，梧桐的叶子很快黄尽，很快掉光，只剩下青枝青干，干净而醒目地立在那里，提示着人们季节的转换。而天气，也一天凉似一天了，"一场秋雨一层寒，十场秋雨就穿棉"。秋雨貌似热烈，却深藏着一颗肃杀的心。

"立了秋，挂锄钩，庄稼老头满地溜"，每年秋天，母亲都会如此自言自语。一夏阳光充足雨水丰沛，庄稼生长得呼呼有声，地里的青草，一茬一茬，锄之不尽，立了秋，百草都会很快结籽，新草不再生发，农人终于可以闲下来，可以休息一阵子了。那些草尖的种子和地下的根芽，都要隐忍和等待，等待春天给它生命。秋，毕竟是一个衰颓的季节，茂盛的生命底下，隐藏着收获，也隐藏着消亡。

但人们感受到的更多的是秋天的收获，是收获的喜悦。苹果脸上渐渐地有了胭脂色，一树一树的酥梨和柿子，身形也一天天地膨大起来。田野里，芝麻花开到了顶，芝麻粒在一节高似一节的青壳里涅槃，棉花碧绿的桃子鼓胀着，孕妇似的揣着一肚子雪白的心思，旺盛的黄豆秧上，豆角日胜一日饱满起来。收获在望，闲下来的农人背着手，笑眯眯地在田头来回巡视，走着走着，被脚下南瓜绊了一跤，顺着藤蔓一拨拉，天，胖娃娃似的大南瓜，喜人地趴了一片呢。

白天毒辣的日头蒸发掉的水汽，在凉下去的夜里悄悄地凝聚，悄悄地

落下来，立秋后的早晨，便常常有缥缈的白雾。白雾笼罩着碧绿的原野，笼罩着开满紫色花朵的眉豆架、开满黄色花朵的丝瓜藤，鸡声起伏的乡村一派安宁。记忆里，我蹚着湿漉漉的青草，挎着篮子，去东边菜园里摘茄子，沾满露水的小脚丫凉凉的，正走向日出，走向秋天更深处。

｜ 处　暑

　　民谚有云：七八月看巧云。果然不虚，从哪一天开始，天空已经如此好看了呢？高远湛蓝，云彩一朵一朵的，都那么白，如雪，如絮，如山川，如走兽，在微风里慢悠悠地走，慢悠悠地变幻着形状，真好看。我立在路口看着，竟看得呆了，错过了一个又一个绿灯。路口的风也真好，轻轻地吹过来，摇着头顶树梢上一串一串的槐豆子，闹哄哄开了一夏的国槐，如今花朵谢尽，一穗穗果子沉甸甸地挂在梢头，散发着幽幽的凉意。穿过十字路口的风，拂过槐豆子，落在我身上，凉沁沁的，浸在水里一般清爽，真舒服。节气已经走到处暑。处暑，出暑也，伏天结束了，夏天真的离开了，这样的早晨和夜晚，凉意浸人，受够了暑热的我们，感觉真是惬意。

　　也是到了处暑，才算真正意义上进入秋天，之前的立秋，还在三伏天里，秋老虎那么威猛，它是夏的余孽，处暑，才算真正意义上的早秋。这时节，空气中流动着一层薄薄的凉，凉得懂得人心似的，丝绸般顺滑体贴，见肤即止，这样的早晨和黄昏，最是宜人，加一件薄薄的长袖衫，刚刚好。晴好的中午，太阳底下，还能感到些许暑热，但那热，已经垂垂老矣，没有气焰了，日头一斜，热气立刻就散了，世界立马凉意笼罩。草木都还碧

绿着，乍一看来，还是盛夏的样子，但仔细瞧瞧，它们都已沉静下来了，不再有炎夏的焦灼浮躁，身上散发的绿意，也是冷光了。

潮水般的蝉声委顿了。几场露水打下来，凉了生命的热情，蝉们都不怎么爱唱歌了，偶尔几只还在吟唱的，也气息奄奄，歌声嘶哑哀伤，充满挽不回季节的悲凉。但世界从不会因为个人个物的情绪改变它的轨迹，秋还将一天一天地深，直到最后一只寒蝉停止悲鸣，成为枝头衰老的躯壳。此消彼长是大自然的规律，早就忍耐不住的蟋蟀们，早已取而代之，开始夜夜不息的歌唱，歌声里充满占领场地的胜利的愉悦，它们的演奏会从黄昏开始，一口气持续到天光大亮。

蟋蟀还有一个名字叫"促织"，抑或"纺织娘娘"，在这样的浅秋里叫得最欢，所谓"促织鸣，懒妇惊"，天就要凉下来，冷下来，诸位小妇人小娘子，都快点纺线织布，裁剪十月衣裳吧。过去的几千年里，促织声中，有多少女子深夜不寐，在一盏昏黄的油灯下，在沥沥秋雨里准备寒衣？

处暑时节的田野，所有的庄稼都还碧绿着，都在努力孕育，加快走向成熟的脚步，大地正准备着一场浩大的分娩。夏花开到了荼蘼，紫薇、木槿将谢，荷塘里飘起采莲的歌声，城市的大街上，也有了挎着篮子卖莲蓬的大娘，买几支拿回家，撕开青碧的莲蓬头，一颗颗把莲子剥出来吃，水嫩清甜的滋味弥漫舌尖，真是美味。舍不得吃的，就插在陶瓶里任它干老，老成黑铁，老出禅意，留待雪天里欣赏把玩。

与莲子一起成熟的，还有秋天的枣。记忆中，舅舅家院子里有一棵木桶粗的大枣树，每年这个时候，舅妈在树下铺上草苫，拿个长竿打枣，我们小孩子，则爬到树上去摇枝条，通红的大枣落雨似的，哗啦啦掉在草苫上，火焰似的一片，那情景，真是喜人。而今，枣树早已经不在了，舅妈满头白发，腰身成九十度弓着，耳朵也听不见了，当年那个矫健的精神抖擞的妇人，她已进入生命的秋天……

白　露

晨起，加一件薄外套，往野外走一走，西风轻轻地拂着脸，拂着裙裾，微微有一些凉，但只是浅凉，很清爽很体恤的那种浅凉。树还绿着，草地还绿着，阳光慢慢升起来，树叶和草尖上的露珠，闪烁着七彩的光芒。节气已经到了白露，虽然中午还是稍微有一点炎热，但夜里已经要盖被子了，如此大的温差，让雾气都凝结成水珠，一颗颗圆润剔透，晶莹遍布原野。

白露，真是一个好听的名字。那一天，应当也是这样的早晨，我们的先人看到芦苇的叶尖上挂着水珠，牵牛花的小喇叭里盛着水珠，看到蜘蛛的丝网也坠着水珠，它们水晶似的，圆圆的，溥溥瀼瀼，透明灵动，在初升的朝霞里，在七彩的晨光下，熠熠生辉，于是兴致大好，于是涌起了不可扼制的爱意和诗情——这个节气、处暑之后秋分之前的这个节气，就叫它白露吧。"蒹葭萋萋，白露未晞"，"蒹葭采采，白露未已"，"白露"，多动听，仅仅这两个字，就是一个神仙般的画面，就是一首诗。

白露时节，皖北的早玉米、早花生已经收获了，空出来的大地大口地喘息着，像耗尽气力的疲惫产妇，但她很快就会休整过来，重新养育起一地新苗。黄豆、芝麻的角子已经饱满了，青绿中泛着一片一片的金黄，分

娩的日子指日可待。广阔的原野上，黄绿相间，秋色开始斑斓。那些立在旷野的树，乍一看来还满头碧绿，但树冠里已经掩着些许黄叶了，一场雨下来，会落得满地都是。毕竟是秋天了。

走在沱河岸上，西风沿着河面吹过来，有了飒爽的感觉，芦苇开始吐穗了，沉甸甸的新穗子湿漉漉的，微微透着紫意，再过些日子，它们都将打开自己，开成白雪一样的絮，风来，成片地低伏起舞，像群飞的蹁跹的白鹭。河水没有了炎夏的热闹，没有了那许多戏水的人，一河碧波渐渐冷静下来，有了逼人的凉意。瓦蓝的天空和流动的白云映在里面，清泠泠的干净。岸边的柳林里，穿梭来去的燕子少了，它们已经开始了南迁，还有那么远的路要跋涉呢，得早早动身才好。

夜晚，月亮悬在高空，中庭地白，冷露无声地落下来，空气里开始有了桂花的香气，稠稠的，沉甸甸的，酒浆一般，风化它不开，只好带着它游走，浓香扑入鼻息，真是惊喜。是的，白露时节，桂花开始绽放了，夏花唱罢，新登场的，该是秋花了。君不见，田野里，到处开满了野牵牛，开满了鲜艳的红蓼和娉婷的野菊。桂花一开，秋花一开，就快到中秋了。中秋和白露，总是一脚门里一脚门外，中秋有时在白露里，有时在白露后，一派新凉里，远行的游子提着行李、拖着儿女，都要回家团圆了。夜晚，坐在月光下，凉露霏霏，蛩声啁啾，就着浓烈的桂香，吃月饼，吃石榴，看着星河，说会儿闲话，那情境真温馨。

白露是一个纯洁的小女儿，沉静清白。没有了让人烦躁的溽热，也没有让人瑟缩的寒冷，西风徐徐，碧树未凋，瓜果满地，谁说"自古逢秋悲寂寥"，如此秋意，想要伤感想要寂寥还真难。田野的秋色自不必说，城市也美着呢，满街栾树花开正盛，西风吹拂，落花簌簌，浩大如一场金色的雨，人行树下，莫名地就觉得快乐，就生出几分醉意，想舞之蹈之，想歌之啸之，怎么表达呢？就唱一回青衣吧！心底的丝弦咿咿地响起来，环佩叮当的杨贵妃碎步出场——"海岛冰轮初转腾，见玉兔，玉兔又早东升……"玉腔一抛，水袖一抖，簌簌金雨里，流动的，全是她白露莹莹的眼波……

秋　分

　　夏天的暑热太顽劣，难以驱逐，立秋时有秋老虎，处暑里有猛太阳，白露时分它且战且退，到了秋分，终于真正败走，天地彻底凉了下来。"暑退秋澄气转凉，日光夜色两均长。"秋分和春分一样，不仅宜人，它还是一把雪亮的剪刀，呲啦一刀裁下去，平分了整个秋季，也平分了白昼和黑夜，气温也被平分了，成为介于冷和热中间的一种清淡和冷静。冷静下来的天空高远蔚蓝，秋风清新飒爽，这时节，到户外走一走，风吹着流云，吹着栾树上酒红的果子，风衣和裙裾轻轻飘着，人心开始真正地安宁下来，慢下来。

　　旷野里的树多是黄了头的。故乡的平原一马平川无遮无拦，秋风长驱直入，徐徐地，抽丝剥茧一般，悄悄滤掉树叶里的水分，丰润的碧叶渐渐薄了，软了，黄了，渐渐落了。柳树和槐树的叶子好看，干净柔软，玉骨冰肌，落在地上，细细的，像花。我小时候，院子里有两棵洋槐，这时节，每天天刚麻麻亮，母亲就在院子里洒扫了，嘶啦嘶啦，扫帚细细的丝纹划了一地，如花的落叶聚了一堆，早起的鸡在干净的满是丝纹的地面上踱步，印出许多凌乱的"个"字来。多年以后，再无院子可扫的秋日，每每走在

街上，看见环卫工人打扫落叶，我脑海里就会闪现那梦一般的扫帚丝纹，梦一般的童年。

秋水不知道是什么时候沉静下来的，河面安静了，古镜一般闪着明亮的冷光，幽森森的，隐约透着一股寒意。水边上，白了头的芦苇蓬蓬勃勃，远远望去，像浮了团团的雪，像堆了密密的云，风起，雪乱云飞，茫茫一片，有宏阔苍凉之感。晴好的黄昏，红彤彤的落日坠下去，霞光满天，水面半边瑟瑟半边红，怒放的芦花披上霞光，簇簇犹如透明的一般，亮晶晶金灿灿，风起，金光摇曳，白光散乱，真让人疑心，是否误入了神仙境地。

"秋分无生田，准备动刀镰"，这是一个当之无愧的收获季节。像上帝失手打翻了颜料桶，金黄、浅黄、碧绿，田畴一块一块，斑斓铺展。电话那端，母亲在刨花生。在花生秧的外沿，抓钩重重地落下去，轻轻往上一钩一提，伸手把秧子薅起来，甩甩泥，一嘟噜白胖胖的花生就露出来了。揪一颗，剥掉外壳，把饱满的花生米送进口里嚼，脆生生的，舌尖上有清香的浆汁流淌。花生秧朝下果朝天放在地里晒着，一地都是白花花的果实。秋分的田野里，到处都是果实，金黄的玉米和大豆，明黄的酥梨，彤红的苹果。当下的故乡，梨园面积达百万亩之多，此时梨子熟透，一咬一汪蜜汁，酥得渣都没有一点。摘下来的酥梨一筐一筐摆在地头，一车一车运到各地，去甜蜜全国人民的秋天。

小时候，故乡更多的是棉花。棉花是天下最温暖的花，它饱蘸了一夏热烈的阳光，到了秋分，肚子已经膨胀得容纳不下，于是陆续炸开，一朵朵蓬松柔软。大人孩娃，每人腰里系一条水裙，把底边折上去掖成一个布兜，采下来的棉花放在里面。一会儿工夫，人人腰里都鼓胀胀的，像怀胎十月了。如果碰上下雨，更要全家齐上阵，每人挎一个篮子，把咧嘴的棉桃摘下来，带回家剥。记忆里，满世界秋雨沥沥，雨线顺着屋檐瓦慢慢流淌，光线黯淡的堂屋里，剥棉桃的窸窣声与雨水的滴嗒声混合在一起，寂寥、幽深。深长的寂寥里，忽地会响起一串长长的嘹亮的鸡啼，今天想起来，有"暖老温贫"之美、之感慨。

——我是什么时候开始喜欢上回忆的？说不清了。岁月老华发新，人进秋分，渐渐就喜欢怀旧了。2019年的这个秋分日，我在芜湖。晚上，湖边转了一圈之后，斜倚床头，闲翻贾平凹的散文集《五十大话》。贾当时也是喜欢回忆的人了，他说他衰老的身体如同陈年旧屋，椽头腐烂，四处漏雨，灵魂却安详了。人到五十，如同节气走到秋分，沧桑和激情都渐渐沉淀下去，潦水尽寒潭清，生命就历练成一种清淡的平和，无为，不争，得过且过。热烈过也冷寂过，还有什么见不得的呢？春来了且看花开，秋到了，就扫扫落叶吧。

寒　露

原以为寒露时节的山野，已然是层林尽染五彩斑斓，不料还是早了些，多数乔木都还在黄与绿之间过渡着，枫树也只是略微有一点红意，落叶散散地铺着，明黄的、棕黄的、褐色的、淡红的、深绿的，铺在寂寥的台阶上，铺在似乎闲了许久的秋千架上。坐在秋千上荡了一回，木架子咯吱吱响，惊飞树丛里的几只鸟。鸟雀明显地少了，夏日时，一进山，满耳都是蝉声和鸟语，喧嚣无比，此时壑深山空，黄叶落地的细响清晰可辨。

菊花却爱此寂寥，正这一丛那一蓬地开着。树根旁，石缝里，陈年的落叶堆中，它们开得汹涌澎湃意气风发。于菊来说，我就喜欢这种碎叨叨的小野花，梗子碧绿纤细，花朵小巧秀雅，黄得明亮照眼，即使干老了，插在瓶子里，依然婷婷袅袅风姿绰约，可堪清贡。那种花大如盘的园艺菊，我一直爱不起来，以为笨拙木讷，散了精神气，没有魂魄似的，枯萎时也不雅，像一团破抹布。

攀到山顶，一身细汗被秋风一吹，猛地打一个激灵，穿上系在腰间的外套，坐在那儿，看树，看山，看云。长空万里，云去云留，一会儿工夫就痕迹不再。我坐在那儿，背倚一丛菊花，听周信芳，"我主爷起义在芒砀，拔剑斩蛇天下扬，遵奉王约圣旨降，两路分兵进咸阳……"周信芳只有到晚年，倒了嗓子并进入人生的秋天以后，才唱得如此酣畅淋漓，嘶哑的声音苍凉悠远，洪波涌起。听他的戏，宜就一壶老酒，像这样看着远天，看着渐浓的秋意，任酒和丝弦，从身体里流过，二醉合一。

雁阵飞过。好多年不曾看到南归的雁阵了，它们这会儿阵势有点乱，不像"一"字也不像"人"字，正挥舞着翅膀，从我头顶呼啦啦飞过。赶紧关了周信芳，听雁声。"嘎——嘎——""嘎——嘎——嘎——"，叫声急慌慌的，乱乱的，慌乱中透着一股凄凉。所谓"雁阵惊寒"，说的就是这种暗含的哀音吧，大概越来越浓的寒意，让它们感到"雁生"凄楚，大概它们难舍故园，难舍翅膀下目送它的故人……

"吃了寒露饭，难见短衣汉"，寒意，确是越来越浓了。早晨起来，浓浓的雾气里，氤氲的都是凉。露珠也不一样了，白露时节，露珠是嫩的，晶莹的，是皎洁的。到了寒露，就变得凝滞了，沉重并闪着寒光，冷冷有一股肃杀之气。等到了霜降，它就要凝结成花了，临摹着雪花的模样。白露—寒露—霜降，是闷热到凉爽再到寒冷的转换。于无声之中，时光暗转，物候偷换。

寒露带着淡淡轻寒，打湿西风，西风吹渭水，落叶满长安。说不定哪一会，一场寒雨突袭，眼前就是碧树凋零，红衰翠减。披衣站在窗口，看着楼下满地黄叶，人就容易忽起感伤：秋将尽，一年又所剩无几了，这一年，我留下了什么？这个世界上，什么是可以留住的？年岁长了，就容易感慨，远不似小时候，哪个季节都没心没肺地热闹。小时候的寒露也的确热闹，黄灿灿的玉米堆成山，白胖胖的花生铺满院，墙角里堆着老南瓜，门楣上挂着红辣椒，爬上土墙的扁豆花紫荧荧的，弯刀似的扁豆天天摘不完。童年的秋天，世界是满的，心是空的。

这个忽然就冷下来的寒露里，我一边准备晚餐的藕粉，一边回忆童年。把嫩藕切成丁，加糯米，加莲子和百合，兑水，放进料理机里打成糊状，据说可以润燥，很符合秋日的养生。只是，加了糯米的藕粉，已经没有记忆里的味道了。当年，怀远的小街上，西风卷着法国梧桐的黄叶漫天飞舞，

学姐唐水晶带我在小店里吃一碗藕粉，那是我第一次吃藕粉，琥珀状的液体在舌尖上滚动着，温热，细腻，它缓缓地滑进喉咙，甘甜里飘着一股新鲜桂花的袅袅香气。十几年不见，对面那个素手调羹的温婉女孩，她于一场人生的磨难后，落户远方，不知道，在这严凉的深秋，她心可暖衣可单？是否还记得那碗藕粉，和藕粉般晶莹滑腻的那场青春？

霜　降

秋真是深了，风里含着一股肃杀之气，扑在脸上，霜意凛然。是的，节气已经到了霜降，气温陡地降下来了，那些曾经自由摇晃在叶尖的露珠，静夜里哆哆嗦嗦抱紧自己，都疼成了雪花的模样。浓霜雪花一样均匀地铺着，铺上屋瓦，铺上大地，清冷冷闪烁，世界一片轻白晶莹。小时候，这时节早起上学，常常是冷月孤悬，白霜铺地，天地寂静，瘦得只剩筋骨的芭根草披一身霜花，脚落上去，咯吱吱响。有一次，沿着乡间小路走到学校时，太阳刚好探出头来，金光罩着大地，遍野霜花在金光里水晶般熠熠生辉，真美！我站在那里，一时间愣住了，幻也？真也？呆了一下，揉揉眼睛再看，没了！那些美丽的金光银光，一瞬间便消失了，消失于升腾的雾气里，仿佛从来就不曾存在过一般。多年以后，当我读到"富贵草头露，人生瓦上霜"这几个字时，立即影片一样闪出此幕，只觉得呼啦一声，醍醐灌顶，霍然惊悚，霍然通透。

白霜摧残着树，也成全着树，林子开始斑斓起来，站到山巅往下看，金黄明黄紫红橙红，深绿浅绿黄绿墨绿，斑斓铺陈的，何止是七彩？好一个锦绣壮阔的"层林尽染"！在叶与霜的斗争中，乔木回光返照一般，把最

后的生命绚烂到极致。它知道，霜降是最后的限数，是谁也逃不脱的命运，辞树，也要奏一曲《广陵散》，西风里，以蝶的姿势，翩然委地，与君诀别，与世界永别。看客以观花的心情，于缤纷的乱叶中舞之蹈之，离别的宴席就少了许多惆怅。每年这个时节，我都喜欢立在窗前，看楼下的几株银杏树，经霜的银杏，整个树冠明亮金黄，鲜艳得似乎要燃烧起来，每天都有小区里的老人，蹲在黄叶丛中捡拾掉下来的银杏果，都有幼稚的小孩快乐地把玩扇形的落叶。两株与银杏比邻的柿子树，枝头有稀稀拉拉的红叶和灯笼般红艳的果实，数树深红出浅黄，温暖的色彩让深秋不再那么萧索。当然，再顽强的叶子，最终都会败下阵来，变成寒风里光秃秃的枝干。这是乔木的命运。

树下那些一秋里唧唧复唧唧的虫子呢？已经好些天听不到它们歌唱了。《诗经》里说"八月在宇，九月在户，十月蟋蟀入我床下"，前些天还嫌蟋蟀多得绊脚，长歌聒耳，可如今，楼道里一只也见不到了，它们没有遵照祖先的规律，到我的家里我的床下躲避寒冷。秋蝉也彻底哑了，干老的身体伏在树枝上，还保持着鸣唱的姿势。霜降的风是高悬的利剑，了断了它们的生命。而该蛰伏的，都躲进了温暖的洞穴，闭上眼睛，开始做梦，开始规划明年的美好，就等春雷咔嚓一声将它唤醒，美梦就可变现。没有虫唱的深秋有些寂寥，惟闻霜风凄紧，裹着落叶，擦着即将干枯的枝条，呼啸而过，带着刀剑的锋芒。

风似刀，霜似剑。《红楼梦》里的林黛玉说，一年三百六十日，风刀霜剑严相逼，她在锦衣华服的贾府，在丝竹管弦里，感到了人生的霜意。但贾府里珍馐堆叠歌舞繁华，风从何来？霜从何来？都是内心的孤单惊惶罢了。我时常想，那个貌似疼她爱她的老太太，为何不能痛下决断，成全了她的执念？众人的眼睛是雪亮的，她的那份执，宝玉懂得，大家也懂得。而结局，她只能在迎亲的隐隐乐声里，吐尽最后一口鲜血。黛玉一直都生活在秋天，生活在深秋，貌似花红柳绿的世界里，西风闪着凛利寒光，席卷潇湘馆，她的生命里萧萧秋雨不歇。

老家的柿子熟了，迢迢数百里，没人回去吃。母亲知道我喜欢，都摘下来，一颗颗摆在桌子上，摆在簸箕里，每天小心地翻动查看。那天到家，母亲正把头埋在簸箕中，火红的柿子上，她那头雪白的霜花，亮得耀眼……

立 冬

　　立，开始也；冬，终也，万物收藏也。立冬于是有两层含义：一是冬天开始，二是万物进入收藏状态。正所谓秋收冬藏，那一秋金灿灿的收获，都被农人堆到了粮仓，就连小老鼠小松鼠们，也把粮食备足，从此丰衣足食，可以夜阑卧听北风呼啸了。

　　"立冬天短，无风就暖"，如果晴好，如果不起风，十月的确算得上"小阳春"。太阳暖融融的，照着远处半黄半红的稀疏林梢，照着马路边上晒太阳的老头老太太，也透过巨大的玻璃窗，照在我们的办公桌上。这时候，看着稿子，看着发梢在明亮的光线下闪着橘红的光，人就有了倦意和睡意，有了置身春日的错觉。"董存瑞为人民粉身碎骨，刘胡兰为祖国热血流干，咱看了一遍又一遍，你蓝笔点来我红笔圈……"《朝阳沟》栓保的唱腔由远及近，划破似是而非的梦境，在楼下的阅报栏前停住，嘹亮起来。吾乡的老人喜欢豫剧，每每看到他们抱着收音机自在地听戏，我们这些坐在办公室里忙碌不休的人，心头就起了羡慕之意。这初冬阳光正好，正适合负暄听曲啊，丝弦声里眯上眼打个盹，生活多么美好！

　　但这时节的天，翻脸比翻书还快。眼看着连续几日都温暖如春，说不定，哪一个黄昏，风突然就刮起来了。风是什么时候转了方向的？没有人知道，只知道北风刮起来，可不似西风那样徐徐的偷梁换柱的潜移默化的了，它的性子烈着呢，仿佛蓄势已久急不可待，翻墙踏瓦呼啸而来，急行军似的，扫荡着大地上的一切。夜晚躺在床上，就听它飕飕地从窗户缝隙里钻进来，带着尖利的哨声，树枝折断的声音、杂物落地的声音夹杂其中。早晨起来，一开门，一股冷气劈面撞来，乾坤已经暗换了，只好乖乖地退回去，把棉袄从衣柜里拿出来，换上。冬天是真的到来了。

上班路上，遇一手持木瓜者，让我想起去年，也是这个时候，小苗自合肥来，我们几个人一起去夹沟，在山上摘了好多木瓜。夹沟的山不高，初冬里满目衰颓，踏着松软的枯草往上闲走，走到半山腰，老远就看见那片野生的木瓜林，绛红的落叶丛中，金黄的木瓜掉了一地，仍然挂在枝头的，在阳光下很明亮的样子。我们兴奋地捡了许多摘了许多，怀抱着诸多果实登上山顶，心情像阳光一样鲜妍明媚。那天天气很好，站在山顶极目远眺，蓝空底下新绿的麦田绵延无边，几乎掉光了叶子的简净的白杨，成片成片的，一身银白林立地头，林立在村庄里，萧索的样子很是入画。那些从山上带回来的木瓜，而后被我们供在案头，日日抚摩，香气流溢了整整一个冬天。

一夏里那些灿烂的荷塘，而今都彻底地萎谢了，破败的荷叶雨伞一样收拢着自己，遗落的莲蓬干老如黑铁。一条条雪白的藕，从黑乎乎的淤泥里被拽出来，藕的白与泥的黑，两个世界的鲜明反差。但英雄不问出处，这道洁白脆嫩的美味，走到哪里，都会受到隆重的欢迎。初冬的干燥清寒里，我最喜欢煮糯米藕，小火慢煨，糯米在莲藕深深深几许的内心里缠绵起来，与它的高洁化为一处，入口，是无限的软糯香甘。

这个周末天气不错，一个懒觉起来，日头已经升得老高。拉开窗帘，楼下的空地上，几个邻居坐在小石桌前摸纸牌，邻家阿婆正把棉袄棉裤往衣架上晒，几只麻雀从高高的柿子树上飞下来，驮着阳光，越过她的头顶，落到一朵还在盛开的紫红的月季花前。没有风，没有喧嚣，没有虫鸣，那一刻，天地静美，时光仿佛按下了暂停键……

小 雪

　　"小雪"这两个字好听，它首先是一个邻家小姑娘的乳名。叫小雪的那个女孩，白白净净的，她机灵又羞怯，长睫毛下水汪汪的眼睛眨呀眨地望着你，欲说还休的样子，远远地跑过来，塞给你一个热乎乎的鸡蛋，扭身又跑开了，辫子和书包在背上一甩一甩的，让你看得发呆。

　　从乌泱泱的云层里掉下来、化作银色花朵的，名字也叫小雪。和那个邻家小姑娘一样，小雪也白白净净的，她胆儿小，从天空掉下来，被粗犷的冬日的原野吓着了，迟疑着，怯怯地，飘摇着慢慢落下来，轻轻地落在黑瓦上，落在枯草上，落在最后几片红枫叶上，毛茸茸的，亮晶晶的，太阳一出来，转瞬就没了，那些躲在土坷垃侧面、躲在落叶缝隙里的，对这个世界多张望几眼，也很快消失了。小雪太害羞了。

　　害羞的小雪，常常落在一个名字叫"小雪"的节气里。小雪是冬天的第二个节气，它之所以"小"，是因为"寒气未盛"，是因为她还有个生猛而张扬的姐姐，那个叫"大雪"的姐姐，是下一个节气的名字。小雪是来探路的，为她那暴脾气的姐姐。小雪一来，淮北平原上的冬天就真正开始了，气温呼呼地往下掉，零下已经是寻常事了。

　　小雪时节，该收的收了，该种的种了，天也冷了下来，空闲下来的农人，就开始腌菜了，"小雪腌菜，大雪腌肉"嘛。贫穷的年代，腌菜是为了一冬的餐桌，现在新鲜蔬菜四季不断，很大程度上，腌菜的任务就是抚慰那个忆旧的并且开始油腻的胃了。我小的时候，每年此时，母亲都会腌洋芋头，或者芥菜头。把那些根茎刨出来，洗净削好沥干，在阳光下晒几天，晒得疲软了，丢进缸里，丢一层，撒一层粗盐，丢满了，压实，淋些水密封起来，过一阵子，就可以取出来吃了。那些细小的不堪入窖的萝卜头，也可以丢到里面，腌透了捞出来佐粥，韧劲十足，陈香绵延。

　　腌菜这样平民化的东西，多出现在穷人家里，在《红楼梦》第87回，高鹗让林姑娘吃"五香大头菜"那茬事，一直广遭热评——喝燕窝粥吃茄鲞，动辄胭脂鹅脯、松瓤鹅油卷的林妹妹，弱不禁风的天仙似的林妹妹，你让她吃穷人家的大头菜？读者们觉得老高太大胆太违和也太残忍了，简直就是对林妹妹的虐待。可是，刘伶病醒相如渴，在长鱼大肉食不厌精的贾府，二等丫头晴雯都吃腻歪了珍馐美味，要到厨房里点一道芦蒿面筋还交代少搁油，作为主子的黛玉，如何就不能吃一回大头菜？大头菜就是我们小时候吃的咸芥菜头，切成丝，淋点麻油，嚼到嘴里脆嫩清爽，满喉都是绵绵陈香，用来就一碗江米白粥，简直是人间绝配呢，给林妹妹换换口味爽爽肠胃，如何就使不得？

　　节气一进入小雪，漫长的寂寥的冬天就开始了，每年这个时候，我的耐性也来了，就开始迷恋包包子。今天包的是豆沙包。豆沙是我亲手做的，玛瑙似的红豆泡上一夜，红枣挨个撕掉核，配上百合和枸杞，用煮粥模式慢慢在电饭锅里熬，熬得一锅红消玉残，再放进炒锅里加油、加冰糖，炒成糊状。我坐在案板前，一边听着喜马拉雅播放的"阅读经典"，一边往包子皮里塞馅，认真地把口收出18道褶子。整齐列队的包子们鼓囊囊的，除了豆沙，它们的肚子里还装进了曹操的"孟冬十月，北风徘徊"，装进了史铁生的合欢树，装进了朗诵者背后的宫商角徵，以及窗外阴沉沉的天空和渐次飘起的小雪。它们都是文艺的包子，小雪的包子。

　　天色越来越暗了，碎碎的雪花越来越密，锅里熬着的南瓜小米粥已经

飘出了香气，一碟子五香大头菜也切好了。这群白胖胖的文艺豆沙包热气腾腾，请何人共享？晚来天正雪，你在哪儿呢？我不善饮，咱们就以粥代酒，来喝上一碗，何如？

｜　大　雪

　　节气到了大雪，并非一定会有大雪落下来，只是说，天更冷了，具备了降一场大雪的气温条件。呼啸的北风已经打扫好战场，将落叶和飞蓬都卷到沟壑里去了，牛羊关在圈里不再出来，除了瑟瑟发抖的麦苗，淮北的原野空荡荡的，就等一场大雪兵临城下。

　　也的确是冷了。即便是晴天，太阳也没有多少热乎气，即便没有风，冷气也呼呼地往脖子里钻，让人把围巾紧了又紧。骑车子上班，不戴手套是不行了，一会儿手就冻得麻木了，要时刻腾出一只来到嘴边哈一哈，耳朵也不能露在外面了，会有刀割一样的疼痛。这时节出门，得全副武装。大雪时节的世界，乡亲们说是"冷天冻地"，概括得很简要，天是寒的，地已经冻硬了，河面也开始冰封了。

　　冷天冻地里，说不定哪一天，气温出奇地回暖了，黑云低垂着沉沉地压下来，这大概就是在"温雪"了。黄昏时分，雪花悠悠地飘起来，越飘越密，早上醒来，窗外一片白晃晃的，推门一看，大雪拥在门口，已堆起一尺多高，房屋白了，大地白了，院子里的树也白了，早起的人们，已经在微信朋友圈了晒起了各样的雪景。山舞银蛇，原驰蜡象，千万里琼楼玉

宇银装素裹，人们赏雪的兴致就被勾惹起来了，也像张岱那样锦帽貂裘，揣个手炉子，湖心亭看雪去了，或者忽然也想起某一位姓戴的好友，要迢迢千里寻过去，相邀着"能饮一杯无"。想程门投师的或者请人出山的，挑这个时候拜访，最显诚意，当然，最好雪还下着，雪花如席片般扑脸封眼；最好风还刮着，朔风凛凛，其锋如刀。刘备二访孔明，挑的不就是这样的天气吗？

这样的天气，有人在"阳春白雪"，有的则在"下里巴人"。"下里巴人"忙着腌咸鱼咸肉呢。在软乎乎的肉体上抹料酒抹花椒盐，这样的事我还真不敢做，每年这个时节，看着先生的手在那些红肉白肉上揉来搓去，我都远远地闪避着。他似乎热爱这个，还买了个灌肠机，扯着肠衣在家里亲自灌制香肠。待那些肠啊肉啊在阳台上风干，我那排斥与发瘆的感觉就慢慢消失了，用雪亮的刀锋把鲜艳的腊肉割一块下来，切成薄薄的片，配上蒜苗爆炒，盛到盘子里，红与绿都油光光的，肉片肥的透明发亮，瘦的韧而不柴，咬起来醇香满口，真是诱人食欲，米饭不自觉地就吃多了。这可得引起警惕，毕竟，人到中年发福容易，"肉来如山倒，肉去如抽丝"啊。

入冬容易长肉，还有炖菜的罪过。天冷，炒菜端出来就凉了，还是一锅烀好，猪肉白菜炖粉条，牛肉萝卜炖山药，或者熬一锅牛骨汤、羊骨汤涮火锅。窗外寒风猎猎彤云密布，你坐在热气腾腾的菜锅前，不及动箸，心中就已升起暖意，升起现世安稳之感恩。凡尘中如我一般的饮食男女，幸福来得多容易啊。

金圣叹的人生一大乐事，是"雪夜闭门读禁书"。雪夜里，围着炉子，读那些所谓"诲淫诲盗"的禁书，没人来造访，没人来捉拿，书好炉暖，不亦快哉！现在咱们读的这些书，放在那个年代，大概十之八九会被列为禁书吧。晚上，刷好碗碟，我坐在沙发的一角，把腿伸到茶几上，用小被子把自己裹起来，就开始享受读书之乐了。我觉得，寒夜是适合读集的，断章短句，细究闲品，翻翻注释，查查背景，会心处，呵呵一笑，挺好。《世说新语》《小窗幽记》《梦溪笔谈》，都挺有意思。昨天晚上，读到《枕草子》里的一则短文——《香炉峰的雪》：

　　雪在落下，积得老高，这时与平常不同，仍旧将格子放下了，火炉里生了火，女官们都说着闲话，在中宫的御前侍候着。中宫说道：

　　"少纳言呀，香炉峰的雪怎么样了呀？"我就叫人把格子架上，将御帘高高卷起，中宫看见笑了。大家都说道：

　　"这事谁都知道，也都记得歌里吟咏着的事，但是一时总想不起来。充当这中宫的女官，也要算你是最适宜了。"

　　清少纳言和众女官们所说的"歌"，是白居易的诗，"遗爱寺钟欹枕听，香炉峰雪拨帘看"。回答定子皇后的问题，如果说"雪下得很厚啊，都盈尺了"，那就俗了，聪慧的少纳言只把窗帘子卷起来——香炉峰雪如何，我拨开帘，你自己看啊。真机敏，难怪定子喜欢她。

　　我看得有趣，抬头见那人正埋头给孩子检查作业，就拿捏着腔调问他："良人呀，香炉峰的雪怎么样了呀？"只见他一脸懵懂："什么，香炉峰，什么香炉峰？"

　　哈哈哈……

冬 至

天越来越短，不到五点就已黑透，五点半下了班，一出门，寒风呼啸着扑面而来，不由得人就缩起了脖子。人行道旁那一排脱尽了叶子的国槐树，干枯的枝条在惨白的路灯里瑟瑟发抖。母亲回乡下了，淮北的乡村要比城市冷许多。拿掉手套，掏出手机打了个电话，她老人家都已吃过晚饭，坐进被窝里看电视了。

节气已到了冬至。北半球的冬至，全年里太阳最低，日影最长，白天最短。朋友炫耀她的新居时，就拿这说事："我的阳台，连冬至日都是全天阳光！"冬至的白天最短，夜晚当然也就最长，这漫长的寒夜，常让诗人反复咏叹，"饮羊羔红炉暖阁"者，围炉读书还有红袖添香青衣奉茶，他们抒发的是雪酒风雅，而那些"冻骑驴野店溪桥"者，可就夜漫漫光阴难挨了。白居易有多首冬至咏怀诗，"邯郸驿里逢冬至，抱膝灯前影伴身""何堪最长夜，俱作独眠人"，杜甫也有"年年至日长为客，忽忽穷愁泥杀人"。夏之日，冬之夜，在愁苦人相思人那里，就是一把剔骨的利刃，刀刀痛到最深处。好在今天，我们都不穷愁，也不寂寞了，屋暖被温，只刷刷手机上的新闻和抖音，就够忙乎到后半夜。

　　让诗人倍感羁旅客愁的还有，冬至是一个重要的阖家团圆的节日。在周代，冬至是作为一岁之首的，是新年伊始，要鼓瑟吹笙普天同庆。汉朝时有隆重的祭祀仪式，还是法定节假日，这一天，"百官绝事，不听政"，军队商旅全部放假。唐朝时此节更盛。就是当下，还有许多地方是过冬至节的，叫作"小年"或"亚年"。吾乡不过此节，但冬至一到元旦就不远了，元旦那天我们也放假，也可以"绝事，不听政"，任性地在家睡上一整天懒觉。

　　如果说小雪、大雪节气还是冬天的序曲，那么到了冬至，严寒就真正开始了，就"数九"了。母亲回忆当年艰难，开场白常常就是"那数九寒天，冷天冻地……""数九"就是进入"冬九九"，自冬至日算起，熬过九九八十一天，冬天就结束了。冬九九歌我们熟稔于心，"一九二九不出手，三九四九冰上走，五九六九沿河看柳，七九河开八九燕来，九九加一九，耕牛遍地走"。古代没有电视没有网络，这漫长的八十一天的严寒与寂寞，如何打发？别发愁，除了围炉饮酒、拥衾读书、谢庭咏雪、雪夜访戴，他们还可以画"九九消寒图"。冬至日那天，画一枝素梅，枝上着八十一朵梅花，一天染一朵，待全部染完，"九九"就结束了，就可以出门赏春了。闺中小姐们如果嫌这个难度系数太低，可用刺绣代替，一天绣一朵，功成则寒气尽矣。

　　别以为消寒图离我们很遥远，去年冬至时，我的朋友蜜枣妈，就晒出了蜜枣的九九消寒图，她给还在上幼儿园的小蜜枣制作了那么一枝梅花，让她每天用水彩笔染一朵，说是培养孩子的专注力。其实何止是这些，仅消寒图背后的故事与文化，就可以跟她聊上许多个夜晚呢。

　　梅花也开在了书窗下。冬至到，寒梅就开放了。我所说的寒梅，不是早春的大雪里凌寒独自开的春梅，我说的是蜡梅。蜡梅没有春梅娇艳，却比春梅更香，更耐寒。我居住的小区里有一树金钟蜡梅，花一开，满院子都是异香。金钟蜡梅是重瓣的，一小朵一小朵，在枝条上排得密密麻麻，花瓣重叠，娇黄明亮，蜡雕一般晶莹剔透，逢一场雪来，一树浅金淡银，在萧索破败的冬天里，非常好看。更可贵的是，即使花朵被冻进冰块成了

"化石"，日暖冰融之后，仍然是怒放的姿态，仍然吐着幽幽奇香。"孤芳移种自仙家，故着轻黄映日华"，骨骼清奇的寒梅，高标逸韵的寒梅，是"士"的化身，是中国古代文人的精神气节所在，愿当下的读书人，可以人种一株。

│　小　寒

　　俗话说"冷在三九，热在三伏"，此言真是不虚。正在"三九四九"当中的小寒，天和地都要冻成一块冰团了，太阳白惨惨的，光芒也被冻住，如同虚设一般。风在严冷的天地间磨利了锋芒，刀子似的，奔跑着，肆虐着，掠过寒山，掠过冰面，掠过干枯的树梢，打在人脸上，生生地疼。出门的人，无不把自己包裹成粽子，手套要厚的，棉鞋也要厚的，就这装备，还忍不住把脚跺来跺去，仿佛一停下来，就会冻成一坨冰疙瘩。

　　小时候，这样严冷的天，我最喜欢灶门口。坐在灶前烧火，灶膛里的劈柴噼噼啪啪地燃烧着，通红的火苗舔着锅底，舔出灶门外，把脸烤得热烘烘的，浑身都热烘烘的。饭做好了，在尚有余火的灰烬里埋上一块红芋，饭后取出来吃时，它已经被烤得软烂香甜。

　　火真是对抗严冬的利器。那时候，乡亲们都会在堂屋里放一个煤球炉，架一个铁皮的排烟管道通向门楣外。炉子彻夜烧着，屋里暖融融的，热乎乎的管道把屋檐下的一片冰凌都融化了，寂静的或者雪落簌簌的寒夜，就听到吧嗒吧嗒的滴水声，滴下去的水转瞬又凝结成冰，在地上形成石钟乳似的一个大冰锥。

冷天冻地里，最容易让人感念家的好。漫漫风雪夜，晚归的人深一脚浅一脚地摸回来，遥遥听见自家的犬吠，看到那一窗橘黄的灯光，心就开始暖和起来了。待门打开，一股暖气迎面扑来，亲人争着帮你拍打身上的雪花，简直就要感动得热泪盈眶了。围坐在炉火前，搓一搓冻僵的手，捧一盏热茶慢慢喝着，说一说羁旅轶事，一家人笑叹连连，炉火盖子上烤着的花生被感染着，小鞭炮似的哔哔剥剥炸响，那场景，可不就是一幅现实版的长夜消寒图嘛。

三九天里，每一粒火苗都被珍惜着。印象中，黄昏饭罢，母亲会把灶膛里没有燃尽的炭火铲到废弃的搪瓷脸盆里，放进卧房，漆黑的暗夜，它带着淡淡的烟火香气，一闪一闪的红光迷蒙着睡眼，连梦都是红彤彤的。早晨醒来，总不愿意从被窝里爬出来，对此，母亲也有办法，她把我们的棉袄棉裤拿到厨房的灶火上烤热，揣着一路小跑到床头，我们快速穿上，袖筒子裤筒子都是热乎乎的。有些人家精细，会把淘牛草的荆条篓子罩在炭盆上，烘被子，烤棉衣，或者给婴儿烤尿片。这篓子，也就是薰笼大致的样子吧。白居易的"红颜未老恩先断，斜倚薰笼坐到明"，其薰笼，只是比这牛草篓子精致一些，炭火里增加了些香料罢了。但你看看，再精致的薰笼，再香暖的环境，少了亲人，少了陪伴和爱，也只能长夜不寐，只能孤独叹息吧。

那时候，同学家里有一树蜡梅花，大雪天里开得满枝金黄，这在少有花木的淮北农村，真让我们惊为神异，争相邀约着跑去观看。成年后寄居城里，所见的冬花多了，并且也有了一些养殖经验。水仙头如果买得早，小寒就已经开了，每年我都把它摆在鞋柜上，一开门，花香就扑面而来，养得好时，每一根叶子都碧绿如翠，每一枝花箭子都亭亭玉立，不歪也不倒，花前欣赏，成就感满满。山茶颇能适应这里的严寒，种在院子里，顶着风披着雪，也能开得满枝满梢。我小时候过年，祖父常买一种插花，很漂亮，蜡质的红花瓣叠了几层，中间有几根弯曲的长长的黄色通草芯，我和姐姐插在辫子上，感觉好得很。当年，"女孩要花，男孩要炮"是新年的标配，每个女孩头上都插着这种红的或粉的蜡纸花，多少年以后才知道，原来它就是茶花，原来茶花开在冬天。

　　茶花一开，新年就不远了，就又该插花了，可我早过了戴花的年纪，祖父也早就不在了……

大 寒

大寒是二十四节气的压轴戏。它披着厚厚的白雪、挂着长长的冰凌最后出场，千里冰河是它的缠腰玉带，万里北风是它行走的足音，可威风凛凛一上台，却发现，原来喉舌都冻僵了，只好愤怒地嘶吼，嘶吼，夹着冰带着雪，把零下十来度的严寒扑在空旷的田野上，扑在光秃秃的树上，扑在过往的行人身上，夺走整个世界的温热。小雪和大雪的严寒积累着，冬至和小寒的严寒积累着，积累至此时，便将一年的严冷推到了极致。

乡村小路上，冻成冰疙瘩的雪坚硬如铁，滑溜溜得硌脚，如此，却误不了乡亲们赶集的热情，"过了大寒，又是一年"，作为压轴戏，大寒到，新年也就来了。年关将至，再深的寒也锁不住人们欢腾起来的内心，要杀年猪了，要买年货了，馒头要蒸，丸子要炸，被子要清洗，屋子要打扫，灶王爷、门神、春联，一样都不能少。更重要的，打工的上学的那些亲人们，都要从遥远的他乡回来了。这个时候，留守的人尤其关注天气预报，哪趟车被雪阻隔了，哪趟航班误了点，都起伏着亲人们的情绪。而那些背着大包、拉着箱子、抱着孩子的游子，从拥挤的车站走过来，看到被白雪覆盖着的村庄，看到雪白的背景中袅袅飘起的白色炊烟，一路的劳顿登时就消失了，剩下的，就是欢聚，就是春联一样热烈的火红。

　　放了寒假的孩子们，就尽情地玩吧。把厚实的一块冰从水缸里捞出来，中间穿个孔，插个木棍横轴，当车轮子推着走；在门口堆一个巨大的雪娃娃，给它戴上脸盆帽子，再插上胡萝卜鼻子和棉花桃眼睛；去河面上的坚冰上蹦极，看谁能把厚厚的冰蹦出一丝裂纹……我觉得最好玩的，莫过于少年闰土那般去套麻雀。天寒地冻的，麻雀们的胃空得很，在院子里的雪地上打扫出一小片空地，用木棍支起一个扁筐，筐下撒下诱敌的粮食，人扯着系在小棍根部的那根绳子远远躲着，待麻雀吃得正欢，绳子一扯，倒下的筐子可能就把它罩在里面了。在寂寞的少年时代，寂寞的乡村的寒冬，我们曾这样捉到过多少只麻雀，不能再自由飞翔的麻雀绝望着，不吃不喝，不几天就饿死了。每个人都是有罪的，我们曾用那弱小的无辜的生命，鲜活过白雪皑皑的腊月。

　　大寒在"冬九九歌"的"四九""五九"里，"三九四九冰上走，五九六九沿河看柳"，冷到极致的强悍的大寒，过到后来，慢慢也就透出了虚弱，一冬不曾融化的那檐下的冰凌，在某一个晴好的正午，坚冷的心忽然就开始柔软，滴嗒，滴嗒，有脉脉的温情流下来，虽然只是几滴，传递的却是一个转折的信号，严冷已经不是不可撼动了。厨房角落里的白菜根和萝卜头，不知什么时候已经长出了叶子，开出了米黄的碎花，到河边走一走，风虽然还刀子似的逼人，可那干枯的柳枝条儿，你用指甲刮一刮，皮底下已经开始泛青了，再过几天，就会有雀舌似的嫩芽儿冒出来，就会氤氲出一片鹅黄嫩绿。送走大寒，就跨进春天的门槛了，洞天石扉，訇然中开，接下来你面对的，是一个绚烂的妖娆的季节，是新的一年。

蒹葭苍苍

"蒹葭苍苍，白露为霜。所谓伊人，在水一方……"《诗经》里的这个句子好美，我常常不自觉地吟咏出来，并解释给孩子听，孩子也早早地就明白了，芦苇原来还有一个好听的名字，叫"蒹葭"。这几天在给孩子讲"蒙鸠为巢"的故事，孩子缠着要去看蒹葭，她不明白蒹葭为何如此易折，会连累筑巢其上的蒙鸠家破子亡。可是，城市里哪有芦苇供她看呢？

儿时，故乡的村后倒是有一塘的，两三亩的样子，夏天里，苇们挨挨挤挤，修竹一样亭亭立满水塘，满眼都是逼眼的绿，风吹过，飒飒的，响动声势浩大。那时候，小伙伴们都喜欢去那片塘，下水去摸鸭蛋，捉在苇叶根部筑巢的小鸟，或者和大人一起打苇子。苇棵上的鸟窝很精致，那鸟也身形玲珑，叫声细细脆脆，有金属的质感，不知是不是这寓言中的蒙鸠。没谁见到过苇折卵破的情景，倒是我们，常常连窝带卵一起端了去，窝里甚至还有刚孵出的张着鹅黄小嘴的幼鸟。现在想想，童心有时候就是这么残忍。

这个寓言里，当事的蒙鸠一直被人们当作反面教材。为什么不把基础打牢？为什么如此没有远见？因为对那些小生命心怀愧疚，我一直不肯把它当成这样的傻鸟。它肯定知道树比苇更可以依靠，只是喜欢这粼粼清波拂拂翠叶吧。鸟各有志，幸福哪有范本呢？

父亲编苇席很拿手。黄昏，我们拖了打好的芦苇回来，父亲很快破好了眉子，晚饭后，就着满庭月华，边打席，边给我们讲故事。没有"蒙鸠为巢"，总是"老大和老二"，不同版本的"老大和老二"，结局总是善良勤劳的老大花好月圆，狡诈自私的老二罪有应得。父亲手里的苇眉子上下翻飞，眉子上的月光一荡一荡，我们就在那样的月光里暗下决心：一定要勤劳，一定要善良！

及哥哥上了高中，读了些书，那样的晚上，就会多一些书本上的故事。起伏的芦苇荡中，神出鬼没的游击队员把小鬼子打得落花流水；《山海经》里，神荼、郁垒二神专门用苇叶编成的绳索缚鬼……这个捉鬼的故事我印象尤深，芦苇原来就是桃木棍一样的神器呀，有它在，何惧有鬼？之后，再一个人去苇塘边玩，那空旷的飒飒声也不让我胆寒了，反正，有如此多的芦苇守护着呢。现在想来颇觉好笑，若真有鬼，那神荼、郁垒有钟馗高明吗？这二兄弟捉鬼离不了苇索，而钟馗，只要铜铃似的俩眼珠子一瞪，鬼就颤颤地束手待毙了。家乡的灵璧县是全国有名的钟馗画之乡，到处都是钟馗铁面虬鬓的画像，他替我们守护着家园呢。

父亲编茅窝子也很拿手。初冬，塘水冷碧，苇叶枯黄，苇上的鸟儿早就迁徙了，一派瘦寒冷硬里，飘飘的芦花显得格外柔软温暖。一支支采下来抱回家，拍落一身的絮，开始去梗、浸水，以木为底以绳为经，织鞋。那一撮一撮的芦花，在父亲手里驯服地排列着，一圈一圈，有条不紊，很快，一只踩雪的茅窝子就编好了。20世纪六七十年代的乡人，谁没穿过几双这样的冬鞋呢？腊月的冻土上，随处可以听到"咔嗒咔嗒"的鞋底声，随处都有芦花带来的温暖。

在我的印象中，故乡的芦花也仅限于编这样的冬鞋，再不然，就是塞在鞋里当保暖防潮的鞋垫，像闵子骞的后妈那样拿来做棉袄，大概仅属于个人创意。亲子袄里是厚实的棉絮，继子袄里却是蓬松的芦花，这真让天下的母亲颤栗和切齿，恨不得先食之而后快。但闵父要休妻，子骞却为继

母跪地求情："母在一子单，母去三子寒。"一个小小的孩子，怎么就有如此的胸襟和气度，还想着顾全两个同父异母的弟弟？这样的爱人和忠恕之心让我们感慨，也让孔子胜赞，他长长地叹了一声——孝哉闵子骞！这声赞美，让宿州人多了份骄傲，让闵子骞那被鞭子抽破的棉袄里的芦花，沿着汴水飘飘飞舞，飞入黄河，飞入大海，纷纷扬扬飘满天下。

那芦花曾飘过汴水的，那么，这汴河里，应该有芦苇。天近黄昏，赶紧牵着女儿奔北关而去。时值立冬，汴河两岸的草木正在凋零，萧疏之中碧色犹在，又有数树深红出浅黄，是五彩斑斓的深秋美景。水面残阳斜照，半边瑟瑟半边红，那片红光里，果然有几丛芦苇，一茎茎袅袅地立着，头顶的芦花已苍苍飘絮了。孩子扯住一根，使劲一拉，果然倒了……

采采卷耳

"采采卷耳，不盈顷筐。嗟我怀人，寘彼周行。"

——两千多年前，一个眼神忧郁的女子，一边往筐里摘卷耳，一边朝路上不停地张望：他怎么还没回来呢？心绪纷乱如麻，脚边的卷耳纵然繁密茂盛，却迟迟也摘不满那浅浅的斜口筐，再后来，干脆把筐往大路边一撂，不摘了！

这是《诗经·卷耳》里的一个思妇形象。我读到这首诗的时候，最关心的不是她思念的心，也不是她思念的人，而是她篮子里的卷耳。这卷耳究竟是什么呢？是菜，是草，还是花？后来查过一些资料，有的说是菊科的苍耳，全株有毒，可入药；有的说是石竹科的卷耳，蔓生，可入药，嫩苗可食；有的则说苍耳即卷耳，卷耳即苍耳。隔着几千年的时光，似乎谁也分辨不清了，但它让我无法拒绝地忆及苍耳子，就是那种枣核形、浑身长满勾刺的小果实，一味名满华夏的中药。它也是我们最熟悉的童年的玩具。

故乡的河坡沟坎上，苍耳无处不在，盛夏时节，它手掌般大小的叶子浓密青碧，叶柄处，一簇簇碧玉似的苍耳子挑出来，个个披满硬硬的碧绿

177

的尖刺，如一窝可爱的小刺猬。我常常蹲在跟前，一粒一粒小心地摘，轻轻拢在一起偎成团，做成一个翠绿的大刺球，带回家滚着玩。或者，每一粒苍耳子都是一枚小钉子，可以把自己的画钉在土墙上。秋天，成熟的苍耳子变成灰褐色，一触即落，因为不再有那种碧玉般的美，我们对它减了兴致，但它毫不介意，反而会主动粘到我们裤管上，粘到路过的小狗的尾巴上，跟我们一路回家。苍耳子俗称荆棘狗，或者老鼠愁，正是这种粘附的本领，让它把种子传播得很远。

男生们玩苍耳子，可比我们野蛮得多。他们会在上学的路上，突然从口袋里掏出一把，撒在同伴衣服上，有更调皮的，会在课堂上，女老师转过身板书的时候，一个一个地往她头发上投掷。最恶作剧的莫过于闹新娘。谁家娶新媳妇了，不光是小孩儿，一些成年人，也会揣一把苍耳子，瞅个机会，一下子捂在新娘头发里，再用力揉搓几下，把新娘气得粉面通红。长发里的苍耳子极难去除，因为它的每一根刺端都有倒钩，要一粒一粒非常小心地择拣，那一头苍耳，可得耗费新郎半下午的好时光。

原以为苍耳子就是为这样的玩笑而生的，后来才知道，它更重要的使命是治病救人。如同苏东坡所言："药至贱而为世所要用，无若苍耳者。"这个小东西无论南北夷夏，山泽斥卤，都能顽强生长，且效用极广，可以治跌打肿痛、麻风病，治疟疾和腮腺炎，还可以治鼻渊。这些妙用通过《神农本草经》等药学专著流传下来，惠及一代又一代人。杜甫是一个少有的谙熟中药性情的诗人，困厄的时候，曾以采药种药卖药度日，他晚年患有风疾，苍耳子恰是治疗此疾的良药，所以他对苍耳很有感情，溢美之辞甚多，还曾写过一首叫《驱竖子摘苍耳》的诗，"卷耳况疗风，童儿且时摘"，灰扑扑的小小的苍耳子，医治诗人疾患的同时，也顺便丰富了后人的精神世界。

我初尝作为中药的苍耳子，还是在2012年。那年冬天，患了恼人的鼻窦炎，医生给开了一种叫鼻窦炎口服液的中药，其主要成分就是苍耳子。后来每次感冒，鼻渊发作，我就喝它，很苦，喝时紧蹙着眉，但还算管用。每每放下药瓶，我都对这些小刺猬心怀感恩，童年的记忆亦在心里痒痒地温暖。前些日子，朋友荐来一个治鼻炎的偏方，仍然是苍耳子：取五十粒，捶破，以铝锅盛，兑麻油煮沸，以油涂抹鼻腔。这种方法我还在用。

我握着一瓶苍耳油，一边抹，一边想诗经里的那个思妇。她臂弯里的斜口筐，总被人们当作菜篮子，何尝不会是药篮子呢？商周之前，早已有神农尝遍百草，苍耳子的妙用应该广为人知，或许，她正是摘苍耳子以备药用，摘着摘着就思念良人了——他感冒头痛，谁为之煎苍耳汁以服？他患了鼻渊，谁为之熬苍耳油以涂？……

木槿篱笆半年红

故乡种类不多的观赏花卉里，曾经有一些木槿树，油绿的叶丛中，红花繁密地压在枝头，花瓣一层层叠得沉沉的，饱满到有些肥硕。当初我并不喜欢这样的木槿，嫌那颜色红得不正，像小妹画水粉画时没调匀的颜料，又隔了时日，皱皱巴巴。事实上，这一树红花，也确实像皱纹纸做出来的假花，有些俗，像擦多了胭脂的村姑，不蚀骨不销魂，只是感官上的艳丽。但母亲喜欢，这么热热闹闹的一树，从春花初残的五月到风露凄凄的十月，一直都这么喜庆着，很对母亲的胃口。

这几年，宿城的花多了起来，木槿的花色品种也多了，单瓣的重瓣的，紫的白的黄的，看来看去，竟觉得还是红花木槿好。人近中年，渐渐识多了人和事，虽忙碌不堪喧嚷不休，骨子里却是寂寞的，寂寞到像母亲那样，开始喜欢热闹，喜欢听戏，喜欢兄弟姊妹相聚。艳丽的村姑有何不好，绿裙红裳，不懂机巧的朴拙才更加可爱。诗经时代形容美女，也喜欢用木槿花，"有女同车，颜如舜华"，这"舜"，就是木槿的别称，车上的那个新娘，美丽得同木槿花一样，这个比喻多好，嚼一嚼，后味里也尽是诗意呢。

小区的水池边有一圈鹅卵石小路，我常在那儿健身，大步走几圈路，那小径边上，就有几株粉红的木槿，花开之季，枝头尽是丰腴的繁花。薄暮时分，它们整朵整朵地掉下来，噗——噗——噗，一会儿就落了一层，弯腰捡在手里，还都有几分颜色，花瓣也好好地抱在一起。站在树前，看着它们一朵一朵栽下来，像纵身坠楼的绿珠，带着与石崇负气的决绝，看着看着，心下就有几分苍凉。有诗说"最是人间留不住，朱颜辞镜花辞树"，朱颜变老，有个长长的让你渐渐适应的过程，而这花，刚开一天，就忽地萎谢了，怎不让人心惊呢？光阴无情，无论是花是人，它都不会为你停留。

不过，也无需多么伤感，"暮落不悲容艳好，旭日依旧无穷花"，你早上再来，会惊喜地发现，树上依然是繁花满眼！朝开暮落，本就是木槿的习性，你方落罢我登场，每天都是新的生命呢。新一茬的花儿，清晨里哗啦啦争先恐后地开放，尤其在秋日，百花萧疏，院子里只有桂花怯怯地藏在叶柄里，这一树新鲜的花朵齐齐开怀大笑，西风里惆怅的人，也会立刻惊喜和明朗起来。

中国人讲究吃，这初绽的带着露水的木槿，自然逃不过下油锅的命运。据说，此花养颜解毒，清热利湿，吃它的历史可追溯几千年。吃法还颇多，如南瓜花一般，可以裹面油炸，可以炖肉烧汤，我曾经吃过一道徽菜，好像叫木槿豆腐羹，红红白白的一盆，豆腐的嫩滑里有一股别致的淡香，那时我还不喜欢木槿，入口时没有一点迟疑，而今，面对这一树年画似的花，还真不忍心采去做菜。毕竟，木槿不是南瓜。

故乡的老屋前有老大一片园子，长着许多果树，那些修剪下来的树枝，母亲都抱去夹了篱笆，篱笆边上种丝瓜眉豆。老两口其实吃不了多少菜，只是想让篱笆有点生机。前段时间，我见矿务局栅栏上的蔷薇开得娇艳，决定明春给母亲种此花为篱，而现在，我改变主意了，蔷薇虽美，毕竟花期短暂，哪像木槿，可以轰轰烈烈开上半年。木槿也本来就是可以作绿篱的植物，一株一株植上，枝条相互攀缠交叉，慢慢就会长成紧实的篱笆。长长的篱上绿叶红花，母亲每天看着，定会有满堂儿孙欢聚膝前的喜。到时候，篱上的那些花儿，母亲想吃就摘吧，反正，明天还会密密地开。就当是南瓜花吧。

栀子花开

"栀子花开，so beautiful so white，这个季节，我们将离开，难舍的你，害羞的女孩，就像一阵清香，萦绕在我心怀……"喜欢何炅这首《栀子花开》，舒缓温柔，歌声里浮漾着浅浅的甜蜜浅浅的忧伤，听来让人怀恋青春，怀恋曾经的校园。毕业季，那些没有说出来的话，那个害羞的女孩，都被初夏的长风吹走，惟留下栀子不散的花魂。

栀子花魂如它的花朵一样，唯美，洁白，纯净，纤尘不染。重瓣的白栀子怒放起来，凝脂似的花瓣层层堆着，丰腴得像小牡丹。花骨朵则尖尖的，翡翠般碧绿，打着旋儿紧紧束着，恰似青春的心事，羞红了脸，却牙关咬紧，怎么也不肯说出来。栀子花开在夏日的晴光里，真怕太阳把它晒化了，风把它吹破了，然而它却是坚忍的，不仅绿叶四时不凋，它的花蕾，竟从冬天就开始孕育了。正是因为从冬到夏这长长的酝酿，它开起来才会如此的浓香馥郁。

关于栀子花的香气，汪曾祺有一段有名的描述："香气简直有点叫人受不了"，"栀子花粗粗大大，又香得掸都掸不开，于是为文雅人不取，以为品格不高"，对此评鉴，汪竟然让栀子花怒了——"去你妈的，我就是要这样香，香得痛痛快快，你们他妈的管得着吗？"这实在不符合栀子花的气质，冰肌雪魄的栀子花，它是豆蔻年华的少女，纯洁羞涩，对于不懂它的人，只会垂首敛眉，一笑而过，裙袂飘处，唯余幽香。

栀子香是青春的体息，它缭绕在毕业季，是一份纯洁的心事。

纯洁的栀子花，最宜雨后观赏。一夜细雨，早上起来，推开门，微凉的香气沉甸甸扑面而来，本就油亮的翠叶，经水一洗，浑身都是翡翠的流光，肥美雪白的花朵，花蕊里汪着水珠，花瓣上溅着雨点子，满目清新，一如记忆里那个"害羞的女孩"。

最难忘那场与它的邂逅。那年初夏，高速遇雨，就近停进那个服务区时，暴雨初歇，乌泱泱的云朵沉沉地压着大地，信步后园，忽被一阵浓香吸引，循香而往，竟见几十米长一条栀子花绿篱，千百花朵怒放其中。我惊喜极了，流连其侧，不停地伏下身子去触，去嗅。管理员大姐见我喜欢，大方地说："你摘吧，可以摘的！"怎么舍得摘呢？怅怅地走开，没想到，她却小跑着追上来，把一大捧栀子花塞给我。

我愣住了。一大捧雪白的花朵在手心里，饱满肥硕的一团白，软软凉凉，丝绸一样滑滑地贴着肌肤，花蕊里的雨水顺着小臂流向肘尖，醉人的香气直冲肺腑，我欣喜得整个人都呆住了，一时间，旅途的困顿，乌云的压抑，被驱赶得一干二净。继续旅程，把花一朵一朵簪在车里，一路开心地唱着那首《栀子花开》，浓香袅袅中，往事历历，心思缠绵。

去江南，这个季节，常有挽着发髻的老太太，坐在人行道的树荫下，卖栀子花。行人被花香绊住，会停下来买几朵，别在发间，或者带回家，浸在装了水的敞口瓶子里，放在床头。夜晚，月光当户，照着帐中人，照着瓶中花，月色如玉，花色如玉。栀子花，也是宜于月下看的，且等一个圆月，月悬中庭，清光流泻一地，庭中花影婆娑，花月交辉，朦胧间，虫声唧唧，花香浮动，斯景斯情，当属人生一醉耳。

栀子，古代写作"卮子"，是因为它的果实，"卮"是古代的酒杯，栀子花谢后，其果实形状如卮，遂称"卮子"，后为"栀子"。又香又白的栀子花，擎着一杯一杯酒，已让华夏沉醉几千年。

牵牛花开满篱墙

　　天终于凉了下来，上下班的路上，不用再为避暑热急惶惶地赶了，沿着人行道从容地走走，看看马路边上的风景，心里也有了删繁就简的淡定。

　　那日早上，沿着纺织路向东，走到试验田边，忽地就看到一垛花墙，鲜绿的叶丛中，一朵朵红色的蓝色的牵牛花盛开着，薄薄的丝绒布一样的小喇叭朝天吹着，成片成片的，凉风吹过，叶动花摇，青芬的植物的气息扑面而来。脚步，便就此被绊住了。

　　试验田的边界原本立着一排铁栅栏，夏天，栅栏外侧长满了野草、蒺藜、灰灰菜，还有一株一株的小椿树。不知道牵牛藤什么时候爬了上来，攀上一米多高的栅栏，攀上比栅栏高许多的小椿树，攀上野草，碧藤翠叶，缠缠绕绕，就成了一道牵牛的墙，早晨花开，密密匝匝，这墙，便如花垛一般了。

　　有花便会引蝶。几只橘红的带着黑色斑点的大蝴蝶，正绕着花儿翩翩起舞，有一只栖在了一朵蓝牵牛里，翅膀一张一合，惹得那小喇叭微微颤动。一个六七岁的小女孩眼尖，猫着腰蹑手蹑脚地去捉，可手指还未合拢，蝶就倏地飞走了。小女孩略略失望了一下，随即采了一把牵牛花，欢天喜地地走了。

小时候，我也常在牵牛花架上捉蝴蝶。牵牛花算是野花，河沟畔、篱墙边随处可见，它们攀着篱笆，攀着树，这一垛，那一丛，粉的蓝的白的花儿，从夏末开始，就开得铺天盖地，直到西风凋碧树，草木都黄了，连牵牛的叶子也快落尽了，早上起来，还可以看得见藤蔓上托举着花儿，花儿上挂着秋露，在瑟瑟秋风里招摇，像不屈的号角。而那些早起的鸡们，喜欢在牵牛藤下挠食，寻找被风吹落的牵牛种子，说不定，还可以顺便捉只蟋蟀当美餐呢。

因为这些记忆，我特别喜欢齐白石画的牵牛图。书橱里有小妹的美术书，闲时翻看，见白石老人画了很多牵牛图，大都是疏藤、墨叶、蓝花或红花，每次看了我都会暗叹，要怎样用墨，要什么技法，才能画出小小喇叭的如此神韵。这就是大师吧。不知要起多少个牵牛一样的早，才能练就这等功力。

白石的牵牛图里，点睛之处，总是一些小动物，一只翩跹的蜻蜓，一只飞舞的蝶，或者一只扬着触须的蟋蟀，这些小生命让整幅画有了动感，有了悠然自得的田园野趣，也让我这样从乡村走出来的人，瞬间起了童年之忆和故园之思。

据说，白石这些牵牛图的灵感，多来自梅兰芳的花圃。齐梅二人是惺惺相惜的至交，梅喜欢养牵牛，说是要和牵牛花比勤劳，看谁起得早。梅每天都更胜一筹，天未明花未开，他便在牵牛丛中练身段、吊嗓子了，边练功，边看着朝阳一寸一寸地升起，花儿一丝一丝地旋开，一点一点绽放娇嫩的容颜。在他的花圃里，据说有碗大的牵牛花，颜色有30多种，甚至还有银灰的。我从未见过这么大的牵牛花，如碗大，风一吹会破吗？想起来怪怪的，未必就好看吧，还是寻常的好。白石老人也说，他画梅家的牵牛，都是拣小朵的，如同眼前的这些小喇叭。

因为这些美丽的花儿，每天上午上班，我都要在这儿驻足一会，静静地看一会。在藤蔓之巅，一个个嫩头小蛇一样向上昂着，无处可攀了，便三三两两缠绕在一起，盘旋着往外长，早上见时，嫩嫩的芽头还刚伸出栅

栏顶，中午下班，就蹿出一大截了，还长出一片披着细白毛绒的嫩叶。说不定明天，那个嫩头处，就会开出一朵红艳艳的花来。

可惜的是，这道栅栏上，浓密的牵牛花垛只有三两处，没能把栅栏整个包围起来。等到深秋，我要收集种子，贴着栅栏根撒一遍，待来年，再于这车流人流之旁，于这嘈杂的市声中，看一垛长长的花墙，看满眼安然自得的小喇叭。

一架秋风扁豆花

最近上班，总从一架扁豆花旁经过。

那架扁豆紧挨着人行道，后面是两间老旧的小民房，扁豆藤沿着墙根爬上去，很诗意地覆盖了一大片屋瓦。茂密的新绿的叶丛里，一串串紫色的扁豆花挑出来，小小的，油光光的紫，鲜亮亮活泼泼，一对一对，蝶翅儿般。风吹过，便似无数的蝶在绿叶丛中翩翩起舞。

常有一个老妇人，从老房子后面逼仄的院子里走出来，提一个小板凳，坐到扁豆架旁，择菜，剥毛豆，或者戴上老花镜缝补一件旧衣服。在她的身旁，有一只摇着尾巴的小黄狗和两只笨拙的摇摆着走路的鸭子。我站在那儿看花时，老人就慈祥地笑，一脸的宁静和宽容，像极了乡下的老母亲。

在乡间，过日子的人家总离不开扁豆。房前屋后，篱旁树下，初夏时节丢几粒种子，秋来就是一架白的紫的花，一架鲜绿的淡紫的扁豆。彼时茄子、豆角都罢园了，它成了餐桌上的主角，直到初冬。记忆中，母亲端一只小筐，把那薄薄的弯弯的扁豆角儿摘下来，撕去筋，切成丝，加蒜末爆炒。母亲做这些的时候，我正踩着小凳摘扁豆花，摘满一衣袋，一个一个用线穿起来，一串串的，小风铃一样。我把它挂在脖子上，挂在床头，

挂在门楣和树枝上，现在想来，电影镜头一般。这样的镜头让扁豆和扁豆花有了童年的味道，有了故乡的熟稔和亲切。

扁豆是一种民间的菜，能给寻常百姓的饭桌添香，也能慰藉寒士如晦风雨中的孤苦。

诗、书、画三绝的郑板桥，当他流落在江苏一个叫安丰的小镇时，冬天吃瓢儿菜，秋天就吃扁豆。当西风渐紧萧萧而来，清瘦如竹坚韧如竹的他，常独立院中，看满架扁豆花撒着欢儿盛开。长空中雁唳成阵，声声寒啼紧擦着花朵掠过，花儿不惊不惧，勿自开谢。"小小的扁豆花儿尚不惧秋严，何况我有竹石一样的筋骨？"诗人意从中来，当即写了一副对联："一庭春雨瓢儿菜，满架秋风扁豆花。"这副对联贴在低矮厢房的门框上，闲庭信步的从容之气立即扑满小院，把气势汹汹赶来的肃杀都给镇住了。苦，原本是可以作乐的，快乐面前，困苦没有立足之地容身之所，人生的秋寒，也果真就要过去了。

扁豆花入得诗，也入得画。"文革"期间的汪曾祺，被赶进拥挤潮湿的大杂院，屋里屋外尽是点点霉斑。素来淡定的他，顶着那顶别人看来重若千钧的帽子，却从来不气馁不恼怒，把小屋收拾得一尘不染，还找来一口破缸，装上土，在里面种上扁豆，扁豆花次第开放，他就对着画画，在他的画里，花似人，人如花，同样不择环境，随遇而安。

画过花，把果实随手摘来，就可以做菜。在汪曾祺手里，扁豆有很多吃法，凉拌、清炒，还用来蒸面。在他的文字背面，我看到一个相貌寻常的中年男人，瘦弱憔悴，头发花白，戴着蓝布护袖在院子里摘扁豆，有条不紊地择洗，在煤油炉上慢慢炒。这个场景让我有些感动，又有些感伤，谁说文人不治生产不懂生活？一盘寻常扁豆里，有他身披风雨的淡定，有他阅透光阴的从容，有他的一丝不苟和不悲不喜。而那个大杂院里，忙于衣食算计的市井百姓，谁识这盘扁豆的滋味，谁知道他就是中国文学史上有名的作家、散文家和戏剧家，有着喷薄欲出的满腹才华？

曾经的裂岸惊涛遮天飞瀑，都被岁月历练成如镜之水。此水与彼水，唯有懂得的人识得。

立在这架扁豆旁，我突然觉得，这个在城市的人行道旁种扁豆养鸭子的老妇人，是不是也深藏着汪老那般的一倾波涛？当良田变成了眼前的马路和高楼，房屋只剩下这逼仄的一隅，当无法拒绝繁华入眼喧闹入耳，就种一架扁豆花吧，领着我的狗我的鸭子，坐在马路旁边，听风卷黄叶，看花开花落。

如此甚好。

亭亭水中蒲

　　淮北的水生植物里，香蒲算是很寻常的一种。春天到来，最后的冰皮化去，粼粼波光里很快会钻出嫩绿的芽尖，渐暖的阳光下，不几天，芽尖就长成细长的尖尖的翠叶，一条一条挺立成片，先是疏疏落落，很快就挤挤挨挨密密麻麻。春日的新蒲挺秀柔美清纯可爱，有击中人内心的美好与柔软，"彼泽之陂，有蒲与荷。有美一人，伤如之何！寤寐无为，涕泗滂沱！"我怀疑，《诗经·泽陂》里那个单相思的女子，就是因为这样一河新绿，因为新蒲里的洋洋春意，感情和泪水才泛滥到无法收拾。

　　蒲草开花，好像是在初夏，细圆的青薹子从水底钻出来，举起青绿的肉穗状的花序，雄花在上面，雌花在下面，而后雄花谢去，雌花发育成香肠一样的果穗，就是我们说的蒲棒了，淮河以南的人管它叫水蜡烛。蒲棒也确是可以当蜡烛点的，旧时农村没有供电，拿它浸了煤油就可当灯点燃，只是嫌费油不常用罢了。蒲棒盛夏时节成熟，变成棕褐色，一支支举在一人多高的青蒲叶间，高高低低地投影于如镜的水面，游鱼过来搅起波纹，蜻蜓过来点出涟漪，它们便眩晕似的在水面晃荡，坐在岸边的我看着，心里也有了今夕何夕的迷茫。

常常高卷裤腿，蹚水去折一把蒲草棒，撕那湿湿滑滑的细绒玩，干了也好玩，干老的蒲绒棉花一样炸开，对着吹一口气，就像蒲公英一样漫天散去。印象中，一些人家的门框上会挂几支蒲棒，谁扎破了手刮烂了脚，撕点蒲绒按住伤口，很快就能止血。也有人喜欢用蒲绒做枕芯，小时候去舅舅家，他家里就常是蒲绒枕，感觉滑滑的腻腻的，有点凉有点硬，我一直不喜欢。现在想想，那倒是很好的塑形枕芯，中间捶个窝出来安放后脑勺，对颈椎有很好的支撑作用。

故乡的蒲草多是野生的，这一片那一片，与芦苇、与野生的荷一起杂处着，没见谁去收割过，但蒲草叶在身边的应用却很广泛。那时的故乡，好像许多人家里都有几个蒲草团子，圆的，高不到一尺，坐上去软软的，冬天里老人常提着它找墙根晒太阳；而炎热的夏天，人们睡蒲草席，摇蒲草扇子，与蒲叶更是亲密接触。印象最深的是蒲草编织的口袋，也就是蒲草包，故乡产梨产苹果，秋天里有长长的车队往外运输，那时候没有纸的塑料的包装箱，用的全是蒲包。一汽车蒲包卸在村头，谁家下果子，就用平板车拉一车，我高高地坐在一板车软软的蒲包上，感觉身边全是温软的干草香。至如今，想起蒲草，最先跳出来的不是长叶葱绿，也不是水烛高举，就是这种蒲草包散发出来的干草的暖香。

蒲绒可以止血，雄花花粉晒干是可以消炎的蒲黄，这些我们都知道，独不知道蒲芽还可以当菜吃。其实国人吃蒲芽的历史已经有几千年，《周礼》上它的名字叫"蒲菹"，就是取蒲茎淤泥里的部分，芽或者假茎，烧、炒、烩、煮都可，据说脆嫩香甜，如今在江苏的淮扬一带依然流行。蒲芽之所以在淮扬流行，里面还有一段历史故事：南宋建炎年间，女将梁红玉带领淮安军民抵抗金兵进犯，被敌人大军团团围困，粮草断绝，眼看着无法支撑，梁偶然发现马吃蒲草，于是带领军民采蒲食蒲充饥，并很快恢复体力打退金人。淮安地区的人们，至今仍称蒲菜为"抗金菜"。

然而梁红玉的结局，却远没有淮安一役的圆满。她与金人后来的一场战斗，《英烈夫人祠记》里有这样的描述，"梁氏身被数创，腰腹为敌刃割裂，肠流三尺，忍痛纳回，以汗巾裹腹"，"血透重甲，入敌阵复斩十数人，

力尽落马而死。金人相蹂践争其首级，裂其五体……"我读着，叹着，感觉浑身都颤栗起来。一个女子忠烈如此，谁还会计较她是否出身营妓？蒲芽也出自淤泥，但它清纯白皙美味可口，蒲叶也出自污泥，但它亭亭玉立柔韧如丝，出淤泥却不染处浊世却不污，还有什么比这更可贵的呢?!

秋天的火焰

那年秋天，在徐州，好像是云龙公园附近，人车稀疏，我漫无目的地闲走，偶然抬头，见灰色的水泥路面上，有厚厚一层酒红色的果子随风滚动，正朝脚下涌过来。那是很奇特的果子，湿润，鲜亮，三片紫红的翅搭出一个空间，里面藏着几只小小的、圆圆的青豆子，外形像精致的小灯笼。这样的灯笼果满地堆积，骨骨碌碌地滚过来，有点像波涛，红葡萄酒一样的紫色波涛，人在其中，感觉有梦幻般的惊艳。

这些果子来自路两旁的行道树。那些树都十几米高，碧绿的巨大的树冠上，一大簇一大簇红灯笼挤挤地挂着，哗哗地往下落着，我跳起来去接，弯下腰去捧，忘形得跟孩童似的。

那时候，我还不认识这种树——栾树，无患子科，落叶乔木，早就是公认的最美的园林景观树之一，待我知道时，宿州已开始广泛种植，西昌路有，运粮河公园有，沱河景观带也有。运粮河公园南段的栾树，好像也没几年，就很有气象了，已窜至七八米高。我常常在那条浓荫蔽日的小路上散步。晚春时节，栾树发出红红的芽，而后不知哪天，就忽然蓬勃成一树绿荫，开出一大蓬一大蓬细密的黄花，金子一样黄，夕阳照在上面，流

193

溢出炫目的灿烂的光华。花儿且开且落，夏末仍繁密不减，人行树下，便有枣花一样轻巧的碎金簌簌地掉下来，落到发丝和衣襟上，地上软软的，也铺了一层，让人不忍落脚。栾树有一个名字叫灯笼树，是对应其果，还有一个名字叫金雨树，算是得了花的神韵。安静的运粮河畔，于这样的漫天金雨中信步，真觉得岁月安恬美好。

待到初秋，早落的花儿就结出一盏盏小灯笼，有浅绿的，有紫红的，在很长一段时间里与碧叶金花并存，算是美到了极致。但我还是更喜欢深秋的栾树。秋深，寒意渐浓，西风裹着肃杀之气扑面而来，落叶黯然地集体飞坠，此时，那一蓬蓬火红如同燃烧的晚霞，烧得宏大、欢快，烧得花团锦簇五彩斑斓，烧得人心也跟着明媚起来。

当年，刚刚失去双腿的史铁生，终日躲在荒寂的地坛里，躲在各种树木之间，思考生与死——一个二十一岁的曾经矫健的青年，当他不得不呆在轮椅上时，想得最多的就是要如何面对死亡。但他终究是挺过来了，母亲的爱那样深沉，地坛栾树的果子那样艳丽，一株树在秋天里都可以如此绚烂，一个坚强的汉子，又如何不能在逆境里燃烧？史铁生做到了，终于，他用笔尖写意了一株怒放的人生的秋栾，让我们景仰，让我们敬重，让我们在三秋和严冬里，感觉到一线热火火的希望。

行走在秋天的栾树下，是宜听一曲唢呐的，听一曲欢快的、阔大的、嘹亮的、激情燃烧的唢呐，最好是《百鸟朝凤》，如果是萨克斯，就听《茉莉花》吧。风起，紫云涌动，火红的灯盏与火红的音乐一起铺天盖地，把心里的那一点秋的感伤，扫荡得无影无踪……

秫秸花开一丈红

"秫秸"是淮北方言，指玉米秸或者高粱秆子，"秫秸花"是淮北人给蜀葵起的乳名，蜀葵茎秆如箭，一条条直直地向天空射去，高可三米，有秫秸的样子，可秫秸不好看，蜀葵大不同，碧绿的细秆被花朵围裹，裹得密密匝匝满眼繁华，粉紫红白，婷婷袅袅，把锄的人想不出"文君惭婉娩，神女让娉婷"之类的比喻，就用秫秸开花来形容它命名它了。以此推断，原产四川的蜀葵，"麻秆花""一丈红"那些小名，肯定也是劳动群众起的。

蜀葵虽美，它却像皖北的秫秸一样，太过寻常。春天里，它和野草一起，在荒地上，在猪圈旁，在坍塌的老墙中长出来，和茅草、臭麻、狼蒿长在一起，蓬勃葱绿，不分你我，可是，等春天一老，它的个头就窜出来了，像鸡群里脖子伸得老长的白天鹅。待天再暖一些，野杏黄了脸，麦穗烫了金，石榴花张开绣口，它就要开花了，从离根不远的茎开起，芝麻花一样，拾级而上，一层高似一层，不久就通体皆花了。蜀葵花与木槿花相似，只是瓣更光滑些，花蕊色深边缘色淡，如果是粉花，芯必是红的，如果是红花，芯必是紫的，如果是紫花，芯则近黑了，淡淡的细线从芯里辐

射出来，这种变化，让单瓣的花朵也不显单调，如果是重瓣的，花瓣层层叠叠，就富态得有些妖娆了。

蜀葵初开，乡间是没有几个人欣赏的，端午时节，忙于割麦种豆，都弓着腰脸朝黄土呢，这一点，蜀葵心里明白，所以它要把花期拉得很长，孟夏不行，仲夏总行吧？季夏总行吧？我的姿容，一定要让你看见。不知道哪一天，大雨绊住了脚，你坐在屋里，隔着檐下的雨帘，无意中一抬眼，就看见了一丛艳丽，梧桐似的叶子更加翠绿，红的紫的花朵经雨一洗，也更加的烂漫照眼。

农人都知道，蜀葵和苘、麻一样，割下来沤在水里，是可以取皮做线的，搓绳子或者织布都行，但谁也没有这么做过。大概，那苘那麻，都是家里皮实的男孩子，要让他摔摔打打吃些苦头，而蜀葵是女娇娃，打扮得满身锦绣，格外惹父母怜爱恩宠。即使等到秋末，花尽了茎老了，真正成了干老的秫秸，农人把它割下，也是捆扎好单独放着，新年时点炮仗，煮元宵时扎火把，它们耐烧又藏火。当茎秆成了节日里欢乐的灰烬，留在土里的根却悄悄地积蓄着力量，春来还会发芽，夏来还开花。

儿时的故乡，没见谁刻意种过蜀葵，但夏天里到处都有它花开如锦的样子，我们与它的关系，也大抵如此了。而在旧时的风雅闲人眼里，它们就完全不同，不仅是吟诗的素材，还是造纸的原料，当然，只是造几张小花笺，多了就没意思了。五六月间，摘叶捣烂取汁，拖染挂干裁剪，做出的纸色泽碧绿，精美细致，估计还有蜀葵的青芬暗香，这种小笺就叫葵笺，用它写首小诗投个名刺，很有文艺气息。

林语堂特别欣赏的那个清朝女子关秋芙，有名的"蕉叶续诗"的女主人公，就很喜欢做这种小纸，"秋芙以金盆捣戎葵叶汁，杂于云母之粉，用纸拖染，其色蔚绿，虽澄心之制，无以过之"。她身后，她的先生蒋坦这样撰文回忆。文中的戎葵即蜀葵，用来制纸，肯定需要很多叶子，这说明，秋芙一定种了非常多的秫秸花，想这个病子西施，花前流连采叶，叶片在她的纤手下变成碧绿的浆汁青绿的纸笺，这个过程多么怡然自得。谁说封建时代的女子尽是水深火热，像秋芙这样，弹琴作画，攒花簪鬓，续诗制纸，还时不时郊外驴行，较之今天打拼职场会赚钱会开车的女强人，谁的幸福指数更高？

秋芙制纸时，还往葵叶汁里加了云母粉，带云母粉的葵笺，当如今天的云母宣一样，有零星的玻璃光泽吧。想那清香的绿笺上碎银闪烁，如白色的蜀葵花开，即使不着一字，也是文玩清供的好物件了。白色的蜀葵花也很美，青秆白花，素洁雅致，像一百多年前这个晶莹剔透的小女子。

竹 魂

故乡广袤的平原上，有绵延百万亩的梨花雪海，有浩荡无垠的麦菽碧浪，却鲜能见到几丛翠竹。在我儿时的印象中，竹似乎从来就生长在遥不可及的江南，生长在板桥的水墨画和王维的山水诗中，它高洁绝尘地，婆娑在我无法企及的梦里。

东邻聋大爷，让我第一次见到了这仙人般的植物。聋大爷原是村小的老师，后来因为用药失去听力，不能再上课的他喜欢养花弄草，还在院子里栽了蓬蓬勃勃的一大片竹。他常坐在门前的阳光里，坐在竹影里，捧着一本书或一张报读。严冬时，故乡秃树灰天，土墙草屋，坑坑洼洼的冻土铿锵有声，那一片绿意盎然的竹，和他手里的书报一起，就成了荒冷乡村里高不可攀的精神生活。

我们这群孩儿们，对那片神秘的植物充满好奇，常常偷偷地接近，试图折一枝回家把玩，但每次我们的小手还未触及那尖锐的叶，篷窗里面，就会传来一声躁怒的、有些嘶哑的断喝。失聪的人，总怕别人也如自己一般与世隔绝，说什么话都震天响。我们在他凌空的断喝里四散奔逃。

我不断央求父亲，也在院子里植一丛。终于，有一天，父亲拿来一串芦苇根似的东西，埋在院子东南的那棵枣树旁。当新枣叶碎碎长成的时候，便有尖尖的小竹笋从泥土里钻出来，渐渐地拔节，渐渐地挺立成了一根根修长的细竹。待小枣儿红脆，那竹已出落成高高的十几根，有风拂过，疏朗的枝稠密的叶轻盈起舞，飒飒作响。熟透的枣儿扑扑地落进竹丛，惹得鸡们纷纷钻进去啄食。我常立在跟前，痴痴地看。人在少年，尚不懂文化赋予竹的精神和气节，但它的与众不同、它的顶雪傲立，那样招人仰视和喜爱。我期待它快快成林。

次年夏日，果然添了许多新篁，密密地，真像一个小林子了。我常引以为豪地领伙伴们来看。可一日中午，放学归来，见枣树旁边已是狼藉一片，我的小竹林，竟被母亲完全地铲除了！母亲给它定的罪名是"胤"得太快，怕它很快长满院子。我忘了我当时是什么反应，是不是有很痛苦的号啕，只隐隐记得，那晚，父亲用八根细竹为我撑了一个蚊帐，碧绿光滑的新竹，架着雪白崭新的棉纱帐，我躺在里面，竟失眠了。月光从木窗棂上斜洒过来，床上毛茸茸的白亮，竹新鲜的青味萦绕鼻息，我在它新鲜的疼痛里良久地伤感。

几十年过去，那个镜头，依然在我的记忆里隐藏着。现在想来，蓦然发现，我毕生之梦，不过是于瓦屋纸窗之下，于竹影婆娑之中，读一卷书，喝一杯清茶。我还会想到那个"胤"字，母亲不识这个字，更不懂得古汉语里的名词活用，她一直把它当作"印"，想想也真形象啊，竹的生长势头，不就是在成片成片地"复印"吗？像我指头下键盘的复制键，还有什么字眼，能更准确更生动地表述它的生命力？母亲没读过几年书，但她的语言，常常是智慧的。这一点，我当年不懂。

原来一直以为，竹只是靠根来"胤"的，后来翻闲书，才知道竹子也会开花，结红米一样的种子。庄子说的"练实"，就是这样的种子。练实是凤凰唯一的食物。竹几十年或上百年才开一次花，花一绽放，竹就会成片地枯萎死亡。花期就是死期，如同荆棘鸟把身体刺进树枝，攒尽一生气力，唱出最后一支绝美的歌来。这样的果实，只有凤凰这样的神鸟方才食得。

《庄子·秋水》里，凤凰被称为"鹓雏"。相关的这个故事很有趣，惠

子在梁国当宰相，庄子去拜访，惠子很害怕，担心庄子取代他的相位，庄周从容地打了一个比喻：南方有鸟，其名为鹓雏，子知之乎？夫鹓雏发于南海而飞于北海，非梧桐不止，非练实不食，非醴泉不饮。于是鸱得腐鼠，鹓雏过之，仰而视之曰：吓！……

　　"你拾到一只死老鼠，还宝贝似的护着，怕我抢，我可是只栖梧桐食竹实饮醴泉的凤凰啊！"我看后窃笑良久，圣人如子休者，说话亦如此尖酸刻薄啊。如果换成郑板桥，他大概会挥毫画几根竹，然后拂袖而去，不与理论……

苹　果

　　泰戈尔说他小时候常穿粗布衣服，吃水果会吃到核。我觉得，以他的出身和家世，断不至贫穷，懂得物力维艰罢了。我小时候吃苹果也吃到核，甚至吃到散了骨架，露出油亮的黑种子，就是知道苹果到口的不易。自小在果园里长大，看着一株株小苗长成树，开出第一朵花，长成第一个苹果，真恨不得把核子也吃进去。作为报酬，我也发现，越靠近核，果肉的味道就越好。成年以后，看有些人吃苹果，只用刀切下周边几片来，一个长方体的大核直接扔了，真想甩他一巴掌。

　　苹果园是我们小时候常去的地方。春天，苹果花要开了，五六朵一小簇，玫瑰红的花苞鼓胀得像一个个酒窝，待到绽开，酒窝里却是桃花般的浅粉。这些瑰红淡粉闲散散地挑在枝头，被寥寥几片新叶衬得异常娇美。村西头的大片土地全是苹果树，一直延伸到另一个村庄，少说也得有上千亩，这样的娇美，就一枝挨着一枝，一树连着一树，连得漫无边际。东风吹来，千树万树花朵拂动，空气里荡漾着土壤苏醒的香和花的香。正午时分，在这样的果园里割草，人就容易变懒，总想打呵欠，倚着树干歇一会，一不小心便会睡着。果园很静，花朵窸窸窣窣像催眠曲，做的梦会很香。

如果被惊醒，一定是因为突然蹿来一只野兔，或者身边落了麻雀，再或者，一只讨厌的蜂或蝶栖在了鼻子上。

苹果花的花期很长，大概有半月之久，盛花期的黄昏，我常被母亲支使着，拿个空瓶子去园里捉虫。有一种小拇指头大小的金壳虫，会飞，大概叫金龟子，黄昏时出来活动，专门伏在花蕊里吃花蕊。一撮花蕊就意味着一个苹果，我对这种虫子深恶痛绝。好在它们很蠢，只顾贪婪地吃，一捏一个准。天黑的时候，总可以带一满瓶虫子回家，赏给枣树下的那群鸡。

当年的果树，花季捉虫都是全家出动，一朵花一朵花地摸，不记得从什么时候起，农药越用越多，金壳虫就不大见得到了。可惜的是，其他病虫害却多了起来，在剪枝、施肥、采摘等环节之外，打药成了一项最繁重的劳动。伏天里，十天一遍，七天一遍，父亲常拖着沉重的长长的管子，吃力地举着药枪，一棵树一棵树地绕，一喷就是一天，药水汗水湿透衣衫。

收苹果的时候，虽然累，但果园鼎沸的人声里，笑声还是最响亮的。红红的苹果像花一般挂在树上，把枝条缀得弯弯的。大家一个个提着篮子，绕着树摘。我不喜欢摘底枝的果子，我最爱爬树顶，树顶的苹果又艳又大，特有成就感。而且，那种俯瞰满园果实的感觉，很好。摘累了，在枝上坐稳，捡个最好的果子，用袖口擦一下，咔嚓一口，甜蜜的汁液顿时流了一嘴。丰收的苹果一筐一筐地装上车，用保鲜袋装好，堆得家里满满当当，连我们的床底下都塞满了。印象最深的是那年卖红富士，收了两万斤，是十几年前，一块四一斤。父亲笑得好灿烂。

前几年回乡，发现那片果园全被砍光了，有的种了庄稼，有的抛了荒。我家的老园给了我二哥，也被他砍了。二哥说苹果难管理，打药太累，现在销路也不好，还是出门打工更挣钱。父亲很舍不得那些树，在家门口的地里又栽了一些，花花果果也好几载了。父亲今年已六十有六，我们怕他太累，都劝他别种了，他总不肯，说果农没有果树，心里不踏实……

丝瓜闲话

在乡下，夏日里，丝瓜架是最寻常的美景了。说它是美景，并非夸饰矫情，丝瓜通常在农历二月下种，六七月份最炎热的时候，正是它的花季，一架架丝瓜藤绿叶油亮，朵朵黄花挑出叶间，花梗纤细，花瓣薄嫩，有风即摇摇颤颤，风情万种。花蕊里又多粉，招惹得蜂蝶成群，有一种细腰的黑色土蜂总奋不顾身，把头扎进花蕊中采蜜，肥硕的屁股露在外面，一不留神就被鸟儿叼去了。丝瓜架各式各样，傍篱而搭，它就爬满篱笆，涂得满篱秀色；种在墙根，它就缘墙而上，把花开上灰瓦。如果遇到一棵树，它会一直往上攀缠、攀缠，把藤蔓挂上树梢，树枝上翠蔓披拂黄花招摇，可不就是一处乡间美景？

乡人常有有心者，于院外开阔处搭一丝瓜架，埋四根木桩架棚，从地面扯几根绳子系在棚顶，让丝瓜缘绳而上，形成一个密实的丝瓜架。盛夏之际，绿叶满棚花朵满架，一丛丛招招摇摇，风从田野里吹过来，花叶飒飒，清芬扑鼻。农人干完活回来，坐在棚下乘凉，二三邻人棚下弈棋看棋，落子的时候啪啪作响，"对花六月无炎暑"，如此消夏，哪里还惧什么暑气熬人？及至夜晚，明月高悬，花影参差，月光从花叶的罅隙间漏下来，疏

疏点点，犹如残雪。此时，棚下设一凉床，床脚旁燃一盘蚊香，高卧床上，手里的芭蕉扇有一下没一下地摇着，远远近近蛙声成阵，蛐蛐放歌，蝉鸣枝头，流萤闪闪烁烁。这些光和声，都被那柄扇子摇得一晃一晃，这时候，丝瓜架就是一个底儿朝上的摇篮，蛙歌虫鸣就是母亲不眠的双手，在摇篮里朦胧睡去，一觉醒来，天色已明，几朵丝瓜花落在枕边，正散发着清幽的香气。

　　旧时候种瓜点豆，没有塑料大棚，循的都是节气，按照节气栽种的丝瓜，初秋才开始大量结实，细长碧绿的瓜条儿一根根从藤叶间垂下来，头上还顶着未老的黄花，这时候，摘三两条下来，用刮皮刀削去绿皮，露出光滑的淡青色肉身，把它横陈在案板上切成小块，投入炸了蒜片的油锅里清炒，出锅前再丢以红椒丁，这样一盘子素炒丝瓜，既有看相，入口又清香滑糯，滋味绝佳。嫩丝瓜清淡肉厚又多有汁液，与鸡蛋同炒也是寻常做法，口感不差。如果是喝了酒又啖多了鱼肉，那就来一盆丝瓜鸡蛋汤吧，一碗落肚，肝肠都为之舒适清爽。丝瓜是清淡爽洁之物，窃以为不宜辅之大荤，与馓子、油条相搭，倒不失为一种创意。馓子抓碎或者油条切段，待丝瓜出锅前投入略煮，馓子油条既吸附了丝瓜汁的甘滑，又保持着自身的酥香，个中滋味，妙不可言，君家不妨一试。

　　少年与暮年差别之大，判若二物者，大概没有哪一种物事可与丝瓜相比。青嫩修长顶着黄花的丝瓜，及至老去，则大如捣药之杵，内里丝丝缕缕，筋络纠缠如织，人们称之为丝瓜络。深秋，一场严霜过后，丝瓜藤叶尽枯，丝瓜络带着满腹纠结，在树上吊着，在藤上缀着，或者在高高的电线上悬挂着，西风里晃来荡去，满心的种子哗啦作响，放眼望去，易生苦寒萧索之感。待碧树尽凋，雪飞漫天，不知道哪一刻，它"啪"的一声掉下来，被路人捡去，撕掉老皮，磕去瓜子，刷锅洗碗去了。丝瓜络还有一个名字叫作"洗锅罗瓜"，用它涤釜器，油污易去，是农家厨房里必备的洗锅神器。当然，洗锅罗瓜也不仅仅呆在油污之所，"丝瓜涤砚磨洗，余渍皆尽而不损砚"，陆游早就如此鉴定过，它不仅下得厨房，还上得书房洗得砚台，与文房四宝是近亲呢。更有女子沐浴，用它来搓洗玉体，去灰屑又不伤肌肤。如此看来，它不仅入得书房，还入得闺房，可与佳人亲近呢，可见不是俗物。这老丑纠结的丝瓜络，较之它刀俎之上的青春，也算是老得其所了吧。

苦楝之恋

　　小时候，故乡有那么多的杂树，桑、榆、椿、槐，数不清叫不清，它们沟畔地头到处生长，组成的林子这一片那一片，疏疏散散地荫蔽着村庄。春天，林子里开出一树树的花，村庄里就飘浮起这样那样的香，包括苦楝之香。

　　苦楝的花很小，花梗青绿纤细，花柱浓紫瘦长，花瓣月白狭窄，整朵花弱弱的，像一颗忽闪的小星星，这些小星星一簇一簇拥挤满树，就有了大气象，远远望去，影影绰绰招招摇摇，像一团飘忽的紫色的云雾，云中散出浓浓的中药一般的香气来，引得我们竞相去摘。

　　楝树常常几丈之高，但高不是难题，乡村的孩子都擅长爬树，抱着树干噌噌几下，就蹿到树顶了，折了枝条扔下去，树下的人把一簇一簇的花连着梗摘下来，集成一大束一大束，回家找个敞口的罐头瓶，装些水插起来，搁在床头，香气会劈头盖脸溢满小屋。朗朗的晴夜，月光从木格子窗棂穿过来，在花瓶上铺一层迷蒙的雾，花气凉凉，浸得梦乡犹如仙境。楝花、槐花、泡桐花，乡村的花事一场连着一场，我童年的衣襟，就一直染着这样那样的草木香。

树下铺一层碎碎落英的时候，苦楝的枝梢就系满了翠绿的铃子，那些小铃在初夏温暖的阳光里很快长大，我们够下来，正好可以裹在弹弓里射林子里的鸟，赶巧了，就真的能射下一只来。我们都知道楝实是不能吃的，它可以入药打肚里的虫，可以治小孩子疳疾，嚼来却苦涩无比，就连放羊时，母亲也会一再叮嘱，千万别把它们拴在楝树下，免得吃多了楝子中毒。但总有好奇的小儿要尝一尝，结局大家都知道，肯定哭得响彻林梢。

楝子秋天成熟后，就变成黄色了，待满树楝叶落尽，枝头上金铃点点，煞是好看。若等到冬日，落一场雪，簇簇金铃驮上皑皑的白，那景象还要好些，活像楝树又逢了一场花期。那时候，少了食物的鸟儿会聚在枝上，一颗一颗啄破雪中的楝实，挑里面的种子充饥，它们跳来跳去，踩得雪落簌簌，打湿树下行人的脖颈，不过谁也不会恼，抬头看看，真值得玩味一番呢。

楝树长得慢，所以木材非常坚实，从前的乡亲给女儿做嫁妆，它算是上等木料。母亲陪嫁的那个大柜子就是楝木的，漆了紫红的漆，一直放在床前头，里面未着漆的木板很好看，有些发红，有一圈一圈美丽的纹路。柜子用来装衣服，每次打开，都有好闻的木香扑出来，衣服上也沾着好闻的木头味。这个柜子已经四十多年了，依然完好如初。而今农村娶媳嫁女，怕是再没有这么好的木料了，流水线上出来的那些家具虽然花哨，但多是锯末压合的。急速发展的年月，谁还等得及一棵楝树从容长大，连桑、枣之类的杂树，也几乎都被速生杨取代了。

城市里更少有楝树。去年春天，花事将了的时候，在外环路上闲逛，远远看见一片淡紫的云霭，走过去，竟是两株开满繁花的苦楝。它们站在一处民宅门口，身上扯着一根绳子，晾着一条刚洗过的床单。一个头发花白的老人，坐在树下认真地拣一簸箕黄豆，脚边光影闪闪，碎花成片。我站那儿看着，突然间有想流泪的感觉——这是一个多么熟悉的场景，是昔日乡亲常常定格的画面，是我们永不能回转的过去的生活……

一架蔷薇一架花

离家数日归来，刚到楼下，就有一股花香扑面而至，越往前走，香气愈浓，人简直被那芬芳围困住，脱不开身了。抬眼寻找，只见西边的木头回廊上，是满满一架蔷薇满满一架花。绿叶丛中雪白的、朱红的花朵团团簇簇，枝枝交错朵朵垂挂，美得如同图画一般。

宿州人爱蔷薇，院里院外常要栽上几株。春末夏初，在小街小巷里走走，常能看到丛丛繁花从墙内翻过来，劈头盖脸地这样挂着，越是古旧的老民居老巷子，花就越多越茂，斑驳的墙灰颓的街，映衬得它们愈加娇媚鲜亮。

电视台西门前的那丛蔷薇，在这个城市里算是规模庞大的，沿着运粮河公园的小路，一直向南，绵延四五百米。那些蔷薇都有很多年了，十年前我初来宿州时，就已经很壮观。它们大多无处攀爬，新生的枝条向上举着，举着，又坠将下来，年复一年，压成山般的一垛翠帷，一道厚重得密不透风的绿岭。这道绿岭逢了花季，花朵简直就是铺在上面的，铺得高低参差，如锦如霞。

它们开的是粉色花。粉红的蔷薇有一个好处，就是能开出三种颜色来，花骨朵玫红，盛开者粉红，将谢的淡粉。淡粉的将老的蔷薇，花瓣依然清洁水灵，没有一点枯槁颓败之相，风一吹，悠悠飘去，如天女散花。可惜人之老态，就难有这样的优雅。"故蕊逐行风，新花对白日"，因为将老者不恋枝头，此花才得以一茬紧挨一茬，永远青春明丽。

唐朝有个才女叫李季兰，她六岁时，父亲以院中的蔷薇为题，让其赋诗一首，她脱口而出：经时未架却，心绪乱纵横。"架却"与"嫁却"谐音，其父因此断定其日后必为"失行妇人"，将小小的她送至道观修行。且不论六岁稚女能有什么样的"心绪"，只说蔷薇，蔷薇藤状蔓生，的确是要架却的，不架却，就会像这垛一样，纵横交错，堆成山墙，纵然花开繁密，终是少了灵动之态。

你看那些伸出来爬上树的枝条，看那些开上了树的花，就知道什么叫灵动之美。运粮河公园的那垛蔷薇，旁边有一排栾树，蔷薇的枝条努力向上伸，偶有幸运者，就抓住一截树枝爬了上去，在树上高高开出一丛艳丽，因为枝条柔细披垂，那些花枝又瀑布般挂下来，在风里摇摇拂拂，香气溅得乱纷纷到处都是。盎然生机之外，许多野趣就横溢出来，难怪会惹得行人走不动路，一个个仰起头来且赏且叹了。

攀了高枝的蔷薇，气质立马不同，这也是有道理的。从园艺管理上来说，高枝上的蔷薇得光得风，占尽天机，自然开得春风得意，而那伏在一处的，则风水欠佳，像低处的人，阴暗角落里，容易有疏散不开的心结。

唐朝的道观是一棵高高的树，被父亲抛出家外的李季兰，像攀上了旷野大树的蔷薇，她在那里弹琴赋诗，唱和才子，无拘束无顾忌，终落得诗名远扬艳名远播，真正成了父亲预言的"失行妇人"。我以为，这个结果，是李父造成的，唐时的道观，原本就是女子的是非之地，所谓"诗谶"，后人的风雅附会罢了。不过李父的抛却，摧毁了季兰也成全了季兰，让一个原本可能平凡一生的小女子，开成了大唐历史上一抹粉艳的霞光。她开得恣意放纵，散散萧萧，一千多年过去，那"美姿容，神情萧散"的样子，那口口相传的咏絮之才，还被后人思量揣摩，依然香艳和光芒四射。

在春天的二十四番花信中，梅花排名第一，蔷薇倒数第二，最后一名

是苦楝花。蔷薇和苦楝花期大致相同，都在谷雨时节绽放，春雨惊春清谷天，夏满芒夏暑相连，谷雨之后，就是立夏了。"开到荼蘼花事了"，蔷薇是一只挥别春天的手，历来带着一点感伤的意味，不过，蔷薇不谢，夏花又如何开放呢？

第三辑　人间烟火

渔沟的石头会唱歌

说起渔沟，许多人可能不知何处，但提到灵璧县，不知道的大概不多，灵璧奇石甲天下，名气如日中天，而渔沟这个小镇，就是灵璧石的源头，是灵璧石的主产区磬云山所在地。"磬云山"名字的由来，原本就跟编磬有关，编磬这种几千年前的古乐器，原材料就是能发出清脆声音的磬石，而磬云山是我国优质磬石的唯一产地。在磬云山脚下的国家地质公园博物馆内，我拿起一个小木槌，敲响了陈列在那里的一组编磬，它们发出青铜一般的清亮的声音，高高低低，每一声都袅袅飘着余音。我国第一颗人造卫星升空时，播出的音乐"东方红"，就是用这种乐器演奏的。渔沟的石头，真的会唱歌。

秋登磬云山

灵璧县去过多次，灵璧石也收藏了几块，但磬云山我还是第一次来。那个下午，刚下车，就被山脚下的一片石滩惊艳到了，但见草丛中灰石磊磊，有的似卧牛，有的似伏龙，有的如绵羊成群，白筋毕露者有之，翅羽粼粼者有之，随便哪一块挖出来都是奇珍。同行的灵璧县灵璧石资源管理

办公室原主任任树文说，现在此处已经划进保护区，不准再发掘了。三十年前，这里曾经遍布奇石，常有人不远千里甚至迢迢万里而来，专门来挑拣石头，或者动用机械深挖，成车成车地拉走，而后，藏石售石之风渐渐盛行，石头越来越少，相关部门只得采取保护措施。

进了国家地质公园的大门，往里走，见到的采石坑越来越多。宋代老坑遗址处一片荒寂，长着一片成熟的芝麻，一片豆荚鼓胀的豇豆，还有一片高粱，火红的穗子沉甸甸地垂着。秋草黄了，毛茸茸的狗尾巴草在风里轻轻摇曳。中国历史上的藏石热，在宋徽宗时期曾经达到最高峰，那些从这片土地下挖出来的石头，千里迢迢被运往汴京，运往全国各地，不知道如今都在哪里。老坑不远处，那片现代采石坑上，也长满了荒草和庄稼，前几年，中央电视台曾在这里拍摄过赌石的场面。所谓"赌石"，就是竞价拍卖山下的某一地块，能不能从地底下挖出奇石，就要看竞拍者的运气了。今人采石，用的都是现代工具，挖掘机和吊车，或许一铲子下去，你立即就成百万富翁，也或许掘地八尺，一无所获。石坑附近，随处可见遗留下来的残石断片，随手拣了一片，指甲扣之，叮叮然有清音。

磬云山不高，拾级而上，到处可以看到非常特别的石块，有的纹如竹叶，有的图似汉画，寂寂的，半掩在野花藤蔓之间。山顶的一面石壁上，有斑驳的宋代摩崖石刻，大大小小许多被凿去了头的佛像坐在那儿，一身被岁月风化的沧桑，几根青青的野藤披垂下来，在他们面前荡悠着。虽然石像不见面貌，却感觉宝相庄严，静气扑人。

上山的时候是多云天气，后来还飘了几点小雨，待爬到山顶，竟一下子放晴了，斜阳白亮，天空蔚蓝，白色的一团一团的云朵挤挤挨挨，秋风吹到身上，清新飒爽。立在山头，极目远眺，但见方方正正的田畴一块连着一块，青青黄黄，如泼油彩，渐向远方延伸铺展。山脚下一片村庄，白色的小楼星罗棋布，倚山面田，静立如画。这个小镇真美，真奇特。

奇哉天一园

渔沟有许多传奇，比如，一块垒猪圈的石头被外地石商看中，几十万元买了去；一块压咸菜缸的石头被炒出百万天价；一个失意的贩卖水果的农民，通过倒腾石头成了资产数亿的富翁……天一园的园主李福贵，就属于最后这类富翁。比暴富更传奇的是，他和一个上海石商联手，在渔沟镇建了一个私家园林，专门展示收藏的灵璧石。

他的石头很多，很特别，白的静影沉雪，黑的光洁似玉，有的如蛟龙腾空，有的若猛虎下山，更奇特的一块，是青石上自带了"天一"两个清晰的黑字，这也是他的私家园林——"天一园"名字的由来。这个园子占地近百亩，在北方小镇上可谓独特了，可建筑材料更独特，多是从清代李鸿章创办的江南织造局拆卸收购来的，栋有画，梁有雕，木材是最好的美国洋松，老瓦上有岁月的痕迹。园林的设计和建造，请的是专攻园林的苏州专家。园子内，亭榭楼阁，飞檐翘角，拱桥精致，回廊幽深，错落的花木幽幽森森。前后几进厅堂里，上万块形态各异的奇石摆放在红木架上，任游客参观。

园子里的每块石头都有故事。一块一人高的象形石，瘦骨嶙峋，像游走的龙，又像展翅的凤，无论从哪个角度观赏，都栩栩如生，灵气四溢，这块石头，李福贵曾经以68万元的价格卖给一个远方石商，可卖后恋恋不舍，失了魂似的茶饭不香寤寐思服，终于又花了两倍多的价钱赎了回来，灵魂才重回体内。而一块尺把高的山形石，貌似不起眼，却是宋人把玩的老石头，石座上有米芾的收藏刻章，我看到它时，底座上镶嵌的许多宝石已经残缺，园主说，有些被游客撬了去，剩下的十几粒，他只好收起来了。

后园有一池绿水，很清，水面泛着幽幽的古镜似的光，亭台和树影倒映其中，两只大白鹅在里面快乐地戏水，边游边高歌，脖子扯得老长。原来这鹅也是有故事的。一个小男孩摔坏了园里价值15万元的巧石，园主索赔，其家穷困，就拿了这两只白鹅抵偿。李福贵拍拍胖乎乎腆起的肚腩，乐呵呵地说："这两只鹅，十五万哪！"爽朗的笑声在园里回荡开去，惊飞了一群在树上唱歌的鸟，它们呼啦飞开去，落到屋顶鳞次栉比的黑色小瓦上，那里攀缠着一丛凌霄花，橘红的花朵锦绣似地铺了一片。

谁收藏了谁

　　灵璧石迷人，渔沟多石痴，渔沟的石头养育了许许多多的石痴。前面提到的那个任树文，也是个石痴，他家里堆满了石头，哪块都是他的命根子，再穷也舍不得卖一块，似乎这辈子他就跟石头过日子了。痴迷石头的人，要让石头陪伴生命，鲜活生命。

　　宋徽宗赵佶这个石痴，作为帝王，他的影响力比普通痴迷者巨大得多，他带动了整个社会的搜石藏石热潮，举国上下收集来的奇石，许许多多的花石纲，供他装点京城的万寿山。花石纲改变的不单是青面兽杨志的命运，挖人祖坟掘石，破城之门运输，破坏的更有百姓的安宁、国家的太平。后来，金兵侵宋，那些费尽心机搜罗来的珍奇石头，被士兵砸成一块一块，当炮弹投掷下去防守城池了。剩下的，许多被金兵当成战利品掠了去，运到北方，或者遗留到沿途各处。近千年转瞬过去，而今，万岁山遗石仍在，赵佶连一把枯骨也找不到了。而那个见到奇石就兴奋地拜倒在地的米芾，他心爱的藏石，那块底座镶满宝石的山形石，今天在天一园，在李福贵手里，可是，天一园的石头，几百几千年之后，又将去往哪里？

　　用亿万年天地灵秀造就的灵璧奇石，它的生命没有尽头，当一代一代的收藏者都成了泉下之土，它还是那样坚硬，那样灵气四溢，如此看来，到底是石头收藏人，还是人在收藏石头？石头到底该在山头或者土下，还是该在某个人的手里？

　　灵璧石心思通透，它什么都知道，但它什么都不说，只叮叮当当地唱歌。

醉　态

古今中外酒不一样，但它对神经的麻痹和兴奋都是一样的，那些嗜酒的人，你看看他们烂醉的样子，虽林林总总，却如出一辙，总归说来，或歌或哭，或酣睡或闹腾，不管怎么说就三个字：非正常！杜甫的《饮中八仙歌》里描写了几种情形：贺知章在马背上坐不稳，晃晃悠悠如同坐船，醉眼迷离跌到井里，就呼呼在那里睡着了；汝阳王喝了三斗才去朝见天子，路上碰见人家拉酒糟的车，那味道又惹得他口水流到了衣襟上；张旭呢，脱巾散发，用头发蘸墨写他的草书……他们都是文化名人，李白说得好听，叫"饮中八仙"，要是难听点，就叫"饮中八疯"也很切题。

我原来单位有个领导，平时中规中矩斯斯文文一副学者派头，孰料每当醉酒，就要表演"蝎子倒爬墙"，也就是贴墙倒立，有时候来不及到家，在酒店里就表演开了，年龄大立不上去，又谁拉也止不住，一次一次坚持，总会跌得鼻青脸肿。他的夫人倒很宽怀，说："有的男人喝醉了回家打老婆，俺家的就这样自己玩，玩累了倒地就睡了，省心呢！"还有个经典的段子也发生在一位同事身上，一次他喝多了，月下骑自行车回家，路遇一电线杆，非摇铃铛让其让道，电线杆不让，他就边吆喝边骑车往上撞，摔倒

了，爬起来继续，锲而不舍地吆喝了半夜撞了半夜，最后抱着电线杆睡着了。

在酒闹中，这些应该属于武闹。古人武闹者中可不罕见，辛弃疾醉里挑灯看剑，一番沙场秋点兵的回忆过后，接下来恐怕就是挥剑狂舞了，这时候要有个店小二进去，说不定就会闹出人命。可别小看辛弃疾，他可是行伍出身，真刀实枪杀过人的，他之所以醉，也就是因为郁闷，因为不能秣马厉兵上前线，不能疆场杀敌驱逐胡虏，他的剑，可是货真价实的青锋宝剑。而宋朝诗人刘克庄，酒酣耳热说文章，"惊倒邻墙，推倒胡床"，也是典型的武闹，论起来，公共场所闹事，不光要赔偿店家损失，说不定还会被拘留几天呢。

在醉酒的人当中，总体说来，文闹应该居多。文闹是什么样子呢？大概就是李白那样，犯魔怔，邀请月亮喝一杯，给自己的影子喝一杯，一杯一杯复一杯，絮絮叨叨，话特别多。苏东坡也好此道，半醉的时候话也贼多，拉一根花枝就说上半天，什么"持杯复更劝花枝。且愿花枝长在、莫离披"，跟月亮也说，"持杯遥劝天边月，愿月圆无缺"，是花枝想谢吗月亮想缺吗，它管不住自己怎么办呢？他们可不论这些，接下来还会进行更深更多的研究讨论，要是不被人拖走，估计能絮叨到天明，或者是倒地入梦。

本人天生对酒精过敏，从来不知道醉酒滋味，我想，我要是喝醉了，应该属于不闹型，谁说醉了就非得闹呢？李清照家管理比较宽松，她待字闺中时就喜欢喝几口，不是有"常记溪亭日暮"那阕词吗，喝得"沉醉不识归路"，划着小船，一直划到藕花深处，你瞧，迷路了。也只是迷路而已，她并没有歌哭笑闹，不算失仪。大概是因为酒德还好，她的父亲以及后来她的丈夫，都不曾要求她戒酒，所以她也就从少女时代一直喝到晚年。只是，境遇不同，她后来的醉酒，再没有当初小舟轻荡的快乐了，"三杯两盏淡酒，怎敌他，晚来风急"，人生的风雨突至，那酒，浇得都是悲愁之怀了。

也就是有像清照这样的不闹者，才让我们观醉汉没尽以白眼，有个美好的词叫"玉山倾倒"，那身长七尺八寸的风流才子嵇康，潇洒美少年，岩岩若孤松之独立，据说他英俊得好生了得，去朋友家做客，朋友的妻子都要在内室的墙上挖一个洞，偷窥他。他善饮，好醉，醉的时候，《世说新语》上说，"巍峨若玉山之将崩"，喝多了，不哭不闹，摇晃几下，扑通一声倒在地上，玉山崩塌。他用自己的醉相，用自己的身体语言，打造出一个世界上最美丽的醉态：玉山倾倒。

如果我有一天也能一醉，亦要来个"玉山倾倒"。

酸

对酸的味觉记忆，当数青杏了，初夏时节，瓜秧上结的瓜还是纽儿，苹果梨子还在绿叶里藏匿，门口杏树的枝条就已垂垂累累了，伸手揪一个，还是青疙瘩，在衣襟上擦掉那层茸茸的白毛，啃一块放嘴里嚼，汁液从脆生生的果肉里渗到舌尖，天啊，真酸！酸得咧嘴龇牙，生出满口津液。可架不住嘴馋，等那阵近乎痛苦的酸在味蕾上消失，还要咬一口，再咬一口……书上说望梅止渴，在还没有尝过梅子的那个年龄，我对酸的感受和想象力，就定位在这没有成熟的青杏上了，谁若高叫一声前面有杏林，保准可以给我立马止渴，加快行军速度。

那时的生活慢条斯理，几个青杏便打发掉半上午光阴，嘴馋倒是满足了，只可怜了牙齿，都给酸倒了，软软的，中午吃饭，连馒头都嚼不得。还有就是山楂。山楂最有欺骗性，你看它红艳艳的那么诱人，甚至捏着都面软了熟透了，却是一副蛇蝎心肠，咬一口，能酸得人七窍生烟。谁说醋酸？醋再酸，只是调味而已，菜里倒那么一点拌拌，不会诱惑得你酸倒牙齿，就是现在流行的醋饮料，也只酸得适可而止。至于酸菜，故乡不大腌，我后来吃到的酸白菜酸豆角等，其酸也都颇为小儿科。

　　葡萄之酸，几乎可以与青杏比拟，因为汁液淋淋的，一入口，倒比杏更有杀伤力，所以它不比青杏，可以让你悬梁刺股地忍下来细嚼慢咽，它是绝对不能忍受第二颗的。所以我买葡萄，总要抱着十分的怀疑精神先尝上一粒，确认微酸才敢入手，纯甜的也往往不买，没滋味，淡淡的酸浓浓的甜，才是最可口的搭配。如同人生，从根甜到稍从内甜到外，也挺没意思，总得五味尝遍才叫滋味。对于一直吃甜的人，最初的那点微酸总不能容忍。记得娃娃刚三个月大的时候，给她挤葡萄汁喝，小塑胶勺子里的一点汁液，感觉挺甜的了，可抹到嘴里，却把她酸得五官移位，头摇得跟拨浪鼓一样。这是她人生的第一勺酸吧，很快她就接受了这种味道，而且，终有一天她会明白，味蕾之酸只是口腹刺激，真正入骨的酸，是辛酸之酸、酸楚之酸、寒酸之酸。

　　明末清初的那个文学批评家金圣叹，那么穷的日子都没让他觉得辛酸，他的名片是幽默，是洒脱和任性，那个酸得连观众都失魂落魄的场面，是他的刑场别子。那天，人群把刑场围得里三层外三层，稚子抱着身披枷锁的他号啕大哭，他把泪忍下来，含笑抚着孩子的头说，宝贝别哭，爸爸给你出个对联吧，"莲子（怜子）心中苦"如何对？伤心的孩子怎么会有心思联句？金长叹一声——傻孩子，"梨儿（离儿）腹内酸"呐……"怜子心中苦，离儿腹内酸"，这种父子之别、阴阳之别，是何等的黯然销魂？父亲舍去幼子的那颗心，那种蚀人魂骨之酸，又岂是梨儿之酸所能比拟？在场的，大家群体落泪，不在场的你我，想来也觉得鼻子一酸吧。

　　死别之酸，其重如山，太沉重，幽默如圣叹者，也是努力忍下鼻子的酸，才把泪咽下去的吧。都说他临刑还在说笑，告诉别人"花生米与豆腐干通嚼，有火腿滋味"，如果此言当真，我真想知道，他那么强大的内心是如何修炼的，如何腹中泪已载舟，还能保持着五官的谑浪嬉笑？

　　拈酸吃醋之"酸"，有类似于金圣叹的幽默，却是把"酸"这个象形字画成人脸漫画的冷幽默。那个悍妇不让为官的老公纳妾，皇帝要给他的大臣出气，就给悍妇一瓶醋，说是赐死的鸩酒，悍妇怒目而视，宁愿一死，也不可与人分享老公！脖子一仰灌将下去，其酸倒牙，才知道是醋，严肃

221

刻板的朝堂立马"轻松一刻"。冰心发表小说《太太的客厅》讥讽林徽因，林就把从山西带来的一坛子老陈醋捎给她，"呵呵，你嫉妒我，吃我的醋吧？"此举在文坛广为传扬，气得冰心从此与她再不往来。林这一招，可比在报上反唇相讥公开抓挠更有水平吧……

你看，有了酸，生活就小说似的有了起伏之波澜，文似看山不喜平，吃食也是，酸苦也好，酸甜也罢，都是人生滋味，都能滋养人生。有些酸味你不想亲尝，世界那么大，就做一做看客吧。

| 甜

　　我口里正化着一块巧克力，真的像广告里描述的那样，是丝滑的，它在我舌尖上变软，在我的口腔里缠绵，牙齿、舌根、上下颚，无不在柔顺的甜蜜里快乐地轻舞。"甜"这个字，这种感觉，真是有诱惑力的，怪不得人们喜欢它，爱情甜蜜，生活甜蜜，睡梦甜蜜，都是生活里的至高理想。

　　如今渐近中年的我，与这个年龄段的许多人一样，日常刻意地与味觉上的甜蜜保持着适当的距离，理由当然是：怕血糖高，怕肥胖。如果挖掘一下更深层次的缘由，我想，还有就是怕"腻歪"，做减法的年龄，万事皆淡，太甜了，有齁心的肥腻感，如同戳了一筷子白花花的猪油。但我又不得不时不时给自己补充一点甜蜜，因为血糖低，每天上午11时许，我就要吃一块这样的巧克力，或者喝一杯甜的酸奶，再不然，掬一勺红糖放嘴里也行——我桌上放着一瓶红砂糖，随时供我救急之用。只需一会儿，这些糖，就可以通过我的肠胃流进血液，参与我血糖的合成，帮我摆脱虚脱、出汗那些痛苦的症状。

　　桌上的这种老红糖，现在大概少有人吃，家庭也未必常备。在我小时

候，它可是寻常百姓家中之珍，逢年过节，拎两包就可以串亲戚，当然，如果再带上二十个草鸡蛋，就是不薄的礼物了。那时候的红糖都是草纸包装，由草纸搓的细绳系着，绳子底下还压着一张大红或玫红的亮光光的花纸。打开盒子来，里面红褐色的散糖沉甸甸的，亮晶晶的，有的成疙瘩状，捏一团放进嘴里，它在湿润的舌头上迅速化开，满口软软糯糯，咕咚一声带着一团口水咽下去，那真叫享受！连牙缝里残存的碎屑，也够人再甜蜜半天呢。这种甜，是缠绕我半生的最牢不可破的记忆。

还有一种记忆，是蜜之甜。那时候的村庄，杂树比现在多得多，春天一来，泡桐、苦楝、洋槐，一树一树的花开，一树一树的繁华，村庄被宏大的甜蜜的气息笼罩着，常引得养蜂人来。我的表大爷在镇上开着一个玻璃店，他让女人照管着，他只爱养蜂，到处去放蜂。春天，他把一箱一箱的蜜蜂拉到我家的院子里来，院子里的几株洋槐开得白云流泻，表大爷一开蜂箱，黑压压成群成队的小蜜蜂拥着赶着飞到树上，一头扎进花蕊里。中午小睡，耳畔嘤嘤嗡嗡微响不绝，小木格窗棂外阳光白花花的，花香浓得化不开躲不开，梦真是甜蜜酣畅。黄昏蜜蜂归队，表大爷常常拿个碗来，掠蜂蜜给我们吃，晶莹黏稠滑腻的鲜蜜入口，扑通一声从舌尖掉进胃里，感觉那天空、那灿烂地射进小院里的晚霞，都像蜂蜜一样光彩流溢。

这几年的春夏，报社前面的空园子里，也会落脚一户养蜂人，老两口，据老头说，他们从年轻时就开始放蜂了，每年从天南到海北，一路逐花而居。老人很健谈，采蜜卖蜜，他口中描述的多是辛苦劳顿，而我总觉得，逐甜蜜而居，该是世界上最浪漫的事业了，如果我有一个强健的体魄，真愿意做这样一个追逐花朵的人。

我现在偶尔还吃蜂蜜，只是早不贪恋了，太甜的东西，若不是必需，常常不自觉地就给摒弃了，甜点心、甜饮料总是不碰的，儿时爱吃的送子宴上的甜糯米饭，竟好多年不曾入口了。也不光是甜，细思量，凡是太浓烈的东西，似乎都已不甚喜爱了，当然，睡梦除外。——我倒希望我的睡眠可以甜到酣沉，只是它早已不似当年。

人到中年，渐渐淡下去的，不只是口感，一路行来，酸甜苦辣咸，能描述出来的只有五味，而事实上，还有千种滋味万般风情，不可描摹。无论哪一种，都被岁月稀释着，渐渐地淡了下去，淡到不可说，不想说。

苦

味觉上的苦，最甚者，莫过于胆汁和黄连了。有一回炖鸡，杀鸡人不小心把胆弄破了，煮出来的鸡汤，一锅都是苦的，只好倒掉。稀释过的胆汁尚且如此苦，由此可以想象，越王勾践每顿饭前都要舔一下的苦胆，该是多么的苦不堪言。黄连之苦，我切实领略过一阵子。那段时间调理身体，喝中药，处方里每每有一味黄连，药在陶罐里咕嘟嘟煮沸时，苦味就已经从腾腾的热气里飘出来了，喝下去时更不用说，不敢让它在舌尖停顿，咕咚咕咚迅速吞咽下去，胃里翻江倒海，口腔里却还苦得缠绵不休，似乎那滋味渗进了每一个味蕾里，漱过好多遍口，余味仍绕梁不绝，恨得你眉头蹙成一团，咬牙跺脚原地打转。带黄连的药汤喝过，白瓷碗内壁上勾了薄芡似的挂一层明黄，那黄就是黄连之黄，以后每每看见那种颜色，我都心有余悸，都会想起那撕心裂肺的苦。

苦这个字，爱与"寒"结连理。胆是苦的，也是寒的；黄连是苦的，也是寒的；苦瓜是苦的，也是寒的；带有苦味的蔬菜，比如苦菊，比如香椿，比如莴苣，都是寒的。热情太盛了，日子太甘了，总需要一些苦过来调剂。或者，需要苦来提醒你留心一直的幸福。热性体质的人是适合多吃些苦的，夏天里，把苦瓜切成片，开水焯过凉拌，或者清炒，很败火解暑。苦瓜暑日里我偶尔也吃，先生也吃得津津有味，只是孩子总一筷子也不夹，被逼无奈强吃一片就苦得五官纠结。谁谓荼苦？其甘如荠，苦中的乐趣，小孩子总是领略不到的，要享受这种滋味，需要岁月的历练。

苦与寒、艰、酸辛都是难兄难弟，并常常伴"士"而来。寒士，想必都是瘦的，清苦的，穿一袭洗得泛白的青布长衫，或者还落拓地打着几个补丁，他们面黄肌瘦，神情却清朗，心气也高得很，凿壁偷光囊萤夜读，手里始终不离书卷，就盼着有一天能寒酸尽褪出人头地。赶考的穷秀才，风一程雨一程，山一程水一程，艰辛往赴京师，架不住身子骨寒薄，途中，说不定在哪个客栈就会病倒，如果时运好，碰到哪家经商的客人或者上香的小姐，给了救助，大概就苦尽甘来，春风得意地帽插宫花去赴琼林宴。提醒这样的书生，切记当初苦，且记寻找恩人感谢回报，果能如此，结局自然皆大欢喜，若陈世美那样，我们就统统把他杀死在各种版本的戏文里。

家里的老人常说一句话，"吃得苦中苦，方为人上人"。最近在看《南渡北归》，我对当代史了解不多，也是通过这部巨著才知道，梁思成、傅斯年、陈寅恪那些大师，他们吃过多少苦，日本的弹片尝过，内战的硝烟尝过，老鼠肉吃过，饥忍过饿挨过，耐住了重重苦寒重重困难，在那个特殊的时期拼命地研究学问，拼命地培养治学的种子。他们也都是寒士，在苦海里摸爬滚打的苦寒之士，千秋万岁名的背后，君且记，记住那些我们未曾尝过的辛苦。

尝过种种的苦，读过或者听过种种的苦，生活哪怕只是一杯白开水，我们也能从中品出香甘了，不用吃糠咽草地回忆苦楚，我们也珍惜今天的生活了，开始能从一杯苦茶里喝出甘美来。最初喝茶的时候，总嫌苦，叶子不敢多放，一点一点地尝出其中的甘冽，茶叶就在水杯里占半壁江山了。习惯于喝浓茶的，不会是孩子，也很少会是青年，他们应该吃过生活的苦，那些曾经的苦，在岁月的风里酿出酒一样的陈香，溶解在水杯里，每饮一

口，总是笑对。也于一笑之中，曾经的怨怼、曾经的艰辛、曾经的支离破碎，都于茶的热气里消散和圆满，远远的，有人持利刃来，他举茶相迎：亲爱的，来，咱们喝杯茶吧。

辣

　　不曾吃辣的人，是没有资格描述辣的，辣这种感觉对味蕾的刺激，不是文字可以准确表述的，它是一种疯狂，一种火热，一种感官上的豪放和粗犷，如同骑着烈马在高山上呼啸，俯冲，腾跃，一种浴火的又痛又快的洗礼和宣泄。即使与它分别许多年，想起那种快意，仍然会热血沸腾口水沥沥，想以最快的速度跑到饭店去点一盆毛血旺，大快朵颐。

　　川菜毛血旺辣得有血性，一只白瓷盆端上来，明晃晃地漾着红亮的辣油，鲜艳的尖椒段子通红地密浮于汤汁上，看一眼，胃口就已大开。黄花菜浸着红油，黄豆芽浸着红油，鸭血油亮鲜滑，夹一筷子送到嘴里，辣油淋滴到舌尖，天呐，有被灼烧的痛感，那种麻和疼，那种燃烧的烫，放电般吱啦辐射开去，向头皮、向胸腹、向手梢和脚趾，火辣辣地痛快。同时汗就出来了，额头上一抹一把，一会儿工夫，全身就大汗淋漓了，说不出的欢畅。顾不得舌头着了火似的烫和疼，只想把这种欢畅进行下去……守着这样一盆毛血旺，我可以完全抛却减肥计划，忽拉扒上两大碗米饭。

　　想想那些年，真是无辣不欢。炒菜，不管荤素，红尖椒是少不了的，真喜欢用它炝锅的感觉，冒烟的热油里，呼啦丢进一小把切成细丝的干椒

和生姜，辣味哗地窜出来，呛得人鼻涕眼泪齐流。一辣遮百丑，再赖的厨艺，有了辣椒作帮衬，一定就可以获得点赞。单位发过一种小菜，油炸尖椒段，辅以炸熟的花生米和黑芝麻，一瓶一瓶的装着，那真可以当作零食来吃的。当时发了好像四五瓶，没几天就被我吃完了，辣椒是炸酥了的，焦脆的薄皮入口咯吱化掉，花生和芝麻都是辣油里打滚出来的，那个火辣鲜脆呀，真让人收不住嘴。后来好想再买，竟一直没找到货源，今天想起来，还觉得遗憾，觉得口中涎水漫溢。

近些年，厨房进入无辣时代，实在是由于孩子的缘故，炒菜放个青椒她都嫌辣，有时候先生我俩馋了，就去外面吃一顿，如果要简便，买个面皮也行，卷菜的时候，交代老板多多放辣椒。再或者，去饭店买蒸脊骨回来，把赠送的油炸辣椒粉厚厚地涂上去，过一把瘾。这个油炸辣椒粉常勾起我童年的记忆。小时候，若哪顿没有菜，母亲就会把干辣椒面抓上小半碗，用滚沸的热油呼啦一浇，再倒些酱油、醋，撒一点盐，拌匀，香气直窜鼻孔，用筷子戳了抹在刚出锅的杂面锅饼上，鞋底大的锅饼，我一口气能吃上两三个。现在想来，嗜辣这个习惯，还真是在孩提时代就培养出来的。

不光是辣椒之辣，就是葱之辣蒜之辣，我也一样热爱。"葱辣嘴蒜辣心"，这两种辣，都没有辣椒之辣流派更正宗，更气势磅礴，它之尖利，足可以穿云裂帛。而且，葱蒜味道重，食过之后，呼出的气息总不那么芬芳。所以，每个人或多或少都能吃些辣椒，葱蒜却不是都肯俯就，我的朋友苗小苗，就对葱、蒜深恶痛绝，不仅如此，连韭菜和芫荽也不肯沾染，嫌它们气味不洁。我一直有点不服气，芫荽俗名还叫香菜呢，你闻闻，它多香啊，许多人都认同它是香的，怎么也同葱、蒜并列了呢？可见，口味是不可强求的，如同个性不可强求一样。

我觉得，喜欢吃辣的人，心胸都是宽广的，体型也相应是宽厚的，当有一副热心肠，那心肠还很直，竹筒一样不知弯曲，也是炮筒一样响亮的，豁达轩敞，叱咤风云，来有影去有形，不藏不掖。这样的人双目炯炯，行走江湖，兵器当是关公的大刀或者李逵的板斧，一声"爷来了"，扶危济困，除暴安良。

柴

　　"柴"这个字，从木此声，此木为柴，柴自然具有木的敦厚温暖，忠厚本分，一味奉献，成灰泪始干。"柴米油盐酱醋茶"这些生活必备的俗事里，柴排在第一位，说明它与我们的日常关联最为紧密，巧妇难为无柴之炊。小时候，家家都烧柴，眼看着天变了脸欲雨欲雪，大人们手头再忙，也得停下活儿去抱柴火，垛在门口的那一堆玉米秸，或者一堆干树枝，就是我们温暖生活的基本保障，抱一堆放在厨房里，雨来也不怕了，雪来也不怕了。房中有柴，心中不慌。

　　因为柴性本暖，那些树枝，哪怕是淋湿了，在软柴火的火苗上架着烤一会，也能噼噼啪啪燃烧起来，一端在灶膛里烈火熊熊，一端在灶膛外汗水直冒，它在拼尽力气释放火焰，用化为灰烬的勇气努力释放自己内心的能量，去感化锅里坚硬的大米。树枝被称作硬柴，与麦秸、树叶那些软柴草相比，它的勇气无疑更大，火焰更具烈性，烧起来也更省事，不用老续柴。遥想那时候，我坐在矮凳上，小脸被火苗烤得热烘烘红彤彤，时不时地往灶膛里推推劈柴，在死面饼子南瓜菜的扑鼻香气里，心思游离天外，都想些什么呢？早已记不清了。被几十年的时光深埋着发酵着，那情景，

现在想来，真像做梦。

谁都喜欢硬柴，当初，在几十里外的大泽乡发动起义的陈胜，也喜欢
"摇干棒"，摇干棒何谓也？顾名思义，就是抱着树身使劲摇，把树上死掉
的干树枝摇下来。瘦小的孩子，摇起大树来，真如蚍蜉一样无奈，撼不动
半分，勉强摇下几根来，还都是细枝末节，还可能刚巧砸在脸上。那个陈
胜不同，他远比我们生猛，他根本不顾地主的禁令，直接用一根长铁棍打，
挥舞着一根铁棒，再粗的干棒也能打下来，所以他打的柴总是最多。"王侯
将相宁有种乎"，在他的思维里，王侯将相都可争得，何况小小干棒乎？揣
着鸿鹄之志的他终于揭竿而起，领导了中国历史上第一场农民起义，终于
成王成侯。性格决定思路决定命运，放之四海皆准。

我稍大一点的时候，故乡果树种植渐多，每冬剪枝，家家门口都垛着
小山一样的果树枝条，自此，我们不再需要摇干棒了。铲麦茬却是常做的，
硬柴的火热都深藏在坚硬的表皮里，内心的热情需要软柴来引燃，麦秸、
麦茬、落叶，都是它的引燃媒介，我们一筐一筐地背回家，堆在那里，仅
仅看着，心里就起了暖暖的成就感。很遗憾，如今，这些火种一样珍贵的
柴草，珍贵的麦茬，在这个使用电力使用燃气的时代，都被当作垃圾嫌弃，
不知道该怎样处置了。对于它们曾经给予的那些温暖，我们似乎集体失忆。

篱笆和柴门，作为柴一样温暖的存在，也消失在时光深处了。想当年，
一家一个篱笆小院，篱笆扎得疏疏的，鸡可以钻进钻出，狗也可以钻进钻
出，甚至那些不想走"正路"的调皮孩子，也可以钻进钻出。所谓正路，
也就是一扇或者两扇柴门，毫无防备地虚掩着，串乡的要饭的，都可以推
门进来，向主人讨一碗水喝。柴院里的大白鹅往往很骄傲，它们高高地扬
着长脖子，张开翅膀，嘎嘎嘎嘎，飞奔着碎步一跩一跩地跑过来，用通红
的扁嘴巴揪人的皮肉，可别说，它揪得还真疼呢。主人吆喝着要打，才委
屈地跩着笨重的屁股慢慢蹚开。

柴门里从来没有秘密，谁家锅里煮了什么饭，邻居都一清二楚，那些
篱笆墙，都是两家公用呢，吃饭时端着碗站在那儿，隔着篱笆分享一筷子
萝卜咸菜，偶尔喝个小酒，也隔着篱笆吆喝着干杯。那些攀爬在篱笆上的

丝瓜、眉豆、葫芦，纠缠在一起不分你我，谁要吃，尽管摘就是。哪有什么你我什么私密空间呢？你院子里开了粉红的指甲花，我的孩子从篱笆缝里就伸手摘了一把，欢欢喜喜染指甲去了；我喂的鸡钻到你院子里下了一只蛋，我也不会要回来，你转身就丢进锅里煮熟吃了。篱笆，和篱笆内外的情谊，同灶膛里的柴草一样，是旧时岁月里一处温暖的存在。

我很喜欢壁炉，我一直想要一处林间的大房子，疏疏地夹一个篱笆院子，我劈好多劈柴整齐地码在院子里，下雪了，小鸟在上面留下歌声，松鼠在上面留下爪印，夜晚，我连同那些歌声和爪印一起丢进壁炉，眯着眼倚靠着，就一曲萨克斯，听烈焰噼啪炸响，听它慢慢寂灭下去，成一堆带着陈年旧事的锦灰。

米

　　"巧妇难为无米之炊"，爱抬杠的人听了，大概会说，不做米饭做馒头面条总可以吧，但字典里的米，不仅仅是大米的米，更是"谷类和其他植物的籽食"，是总称和泛指，面粉呀小米呀玉米呀，总脱不开这个范畴，"柴米油盐"中的米也脱不开这个范畴，但提到"米"这个字，跳到我记忆里来的，还是大米之米，小时候的一碗米粥。

　　那时的皖北大米稀罕，光景好的人家才舍得买它吃，不过也是从集市上散称几斤回来，成色不怎么样，碎糟糟的，光泽也不好，跟今天吃的香稻米东北大米不能相提并论。抓一把煮稀饭，煮开花了再勾点面糊水倒里面，就这样的一锅粥，我们已经很满足了，喝一口，大米的清香缭绕齿间，滑溜溜的汤水落进肚子，连肠胃都幸福得翻跟斗。这可常常是病号饭，或者用来奖励考了第一名的孩子，一边喝粥，大人还不会忘记一边现场办公，发表几句励志感言：好好上学，考上大学吃上商品粮，天天都有白米饭！民以食为天，很多人原初所有的努力，都是为了吃上一碗大米饭。饱了暖了才思上层建筑，吃上米饭以后，才知道，还有许多比食物更重要的梦想。

　　古时候发工资，很多时候就是直接发大米，叫作"禄米"。发米虽然麻烦，但想来那场面挺让人兴奋的，大家排着队，说着笑着，一个个车载斗量，拉到家里，直接来一瓢淘洗淘洗煮到锅里，盛到碗里边吃边感恩，要不，怎么现在还管工作叫饭碗呢？金饭碗银饭碗铁饭碗，许多人忙忙碌碌东奔西走，说白了，就是为谋这一碗稻粱而已。当然，君子爱米取之有道，谋稻粱也是有原则的，要不陶渊明的辞职宣言怎么就是"不为五斗米而折腰"呢。东晋的俸禄也是发大米，钱和米各占一定比例，陶渊明这样一个县令，其俸禄仅大米就发五斗，五斗有多少，据专家考证，可以折算成今天的200斤，而且，不是月薪，那时实行的是日薪，一天200斤大米，差不多相当于现在的600块钱，一个月下来，不算现金，只大米就发6000斤，折合人民币近两万块钱，这么好的待遇，陶渊明说不干就不干了，真可称得上任性。可是辞了公职，终究还得吃饭呀，种地又不是个好把式，弄得满田里草盛豆苗稀，收不了几斗米，只能潦倒了，老婆孩子都跟着挨饿，我想他们虽然不敢当面抱怨，背后肯定少不了要腹诽几句：怎么不先吃饱肚子，再来那份清高呀。

我很热爱我的工作，跟自己喜爱的文字打交道，幸福指数挺高，但热爱归热爱，如果说不给我发"禄米"，我肯定也会辞职，经济基础决定上层建筑嘛。我们编辑版面，说白了也是在淘米做饭，编辑都是厨师，煎炒烹炸，一样样端到发稿平台上，等领导们审阅签发，然后一张张带着油墨香的报纸从印刷机上吐出来，送到读者手上。在编辑部，大家说得最多的一句话就是"没米下锅啦"，记者少，生产的大米供应不足，编辑就得"瓜菜代"，下载个新华社稿件，剪辑个周边新闻，实在不行，再搜罗两张摄影图片，总不能开天窗，再艰难也得凑够一桌饭菜。所以，这个岗位对员工的要求就是，人人都得是巧妇，能为无米之炊的巧妇。

我至今喜欢买大米的感觉，抓一把在手里，看那颗颗晶莹，看着它滑滑凉凉地从指缝里漏下来，沙沙如时光游走的声音。我也至今喜欢喝米粥，好米细火慢熬，煮得软软糯糯如胶，香浓入喉的感觉容易让我想起小时候，容易陡然窜出一股幸福感。而那粳米煮的白米饭，不就菜也能扒上一大碗。

我要兢兢业业工作，为了一斗心爱的大米。

油

在"柴米油盐"里，没柴不能煮饭，没米无物下锅，没盐人身体会很快垮掉，唯独油似乎不太重要，少一点无关紧要，空缺一阵子也要不了命，它是新妇陪嫁的红缎被面上那几朵大红牡丹，是添在锦上的花。在旧年，油的多寡决定生活质量的高低，油水丰足的人家，个个面目丰润甚至肥头大耳，少油吃的，则面黄肌瘦甚至瘦骨嶙峋。嘴唇上有没有闪闪油光，牵涉的不光是健康问题，更还有面子问题，所以古时候就有秀才在门框上拴一块猪皮，每次出门前拿来擦擦嘴，就像我们给皮鞋擦油一样，提升一下信心指数。

我印象中，小时候家里油是很丰足的，父亲手脚勤快，每年都种十来亩地的棉花，弹棉之后，剩下来的棉籽就用来炸油，一坛子一罐子，摆得堂屋当门那张桌子下面满满当当。生棉籽油不能吃，据说是很上火，所以父亲常会"过油"，也就是往大铁锅里倒半锅油，炸一锅萝卜丸子，有时也炸麻花或者油条，油这样煮沸过一遍，也凤凰涅槃似的把自己炸熟了，重新灌回坛子里，可以每天做菜调菜了。我们则幸福地吃着那些炸货，吃得小嘴油光光的，根本不用抹猪皮上那点可怜的油脂。

　　不过记忆中猪油倒真的比棉籽油更香，那时人们偶尔到集市上割一刀猪肉，都是要肥的，肥的解馋，烩白菜粉条，粉条白菜上浸了油脂，都变得又香又滑，长了腿似的，来不及细嚼，就自己咕咚一下滚到喉咙里去了。买来的肥肉有时也会用来炼油，切成小块丢到热锅里，滋嗞啦啦，雪白的身子慢慢地变黄，慢慢地缩小，锅底上的一汪油慢慢升高，炼到最后，肥肉块成了丁点大焦黄的"油吱啦"，香气直冲肺腑，母亲把它铲出来，有时剁碎了包包子，有时则加一点盐，让我们吃了解馋。而那些在热铁锅里黑乎乎的猪油，盛到搪瓷缸子里慢慢冷却，慢慢变得洁白莹润，光洁平整得如雪一般。那时候没听过"肤如凝脂"这个词，现在想来，真是再贴切不过的，什么样的好皮肤，会油脂一样光洁白润？其他若"手如柔荑""领如蝤蛴""齿如瓠犀"，这些亲民的亲自然的比喻，其辞藻风神，都得到长大以后才能领略。

　　那时候的猪油还有一种吃法，用筷子戳一点放在碗里，撒点细盐，拿刚出锅的热馍蘸了吃，白色的猪油和盐在热气里与馒头化成一体，啊呜一大口，那种咸香本真的滋味，那种几乎要吞掉舌头的快感，竟是后来多少年再没体味过的了。有些东西无可替代。童年的味蕾，遗失在时光的舌尖上，穷我们后半生也找不回来。芜湖作家唐玉霞写过一篇文章，《猪油的好气色》，当时我看到这个标题，瞬间就想起了童年的这种油盐蘸，这种满足和快乐。

　　现在谁还需要解馋呢，谁还愿意吃猪油呢？排骨上有点肥肉腥儿，还要用刀剔了丢掉，在这个油已经太丰足、丰足得几成祸害的时代，动物油和大油都是人们忌讳的。油太多，汪在肝脏上血管里，吓得人不得不每天开着计步器去走一万步跟它斗争。油和盐一样，都是过犹不及，讲究的是一个度。油有一个作用是润滑，多了，就是油头滑脑油嘴滑舌油腔滑调。人们说一个人不讲良心不开窍，也是"猪油蒙了心"，可见用之不当，是要招骂的。

盐

盐样貌很美，尤其是精盐，细粉一般，晶莹雪白。真的是像雪一样白。雪初落的时候，常常就是以这种形式从天空撒下来的，一小粒一小粒，由疏及密，乱纷纷下坠，故乡人不知道这种雪有个学名叫雪霰，只管它叫盐粒子。"看，下盐粒子啦！"当初谢安让侄子侄女吟雪的那一段公案，都说谢道韫的"未若柳絮因风起"好，可是，谢朗是先吟的，他说"撒盐空中差可拟"，肯定雪初落时是盐粒子，而后飘起了雪花，才开始像柳絮像鹅毛，都评谢朗稍逊一筹，我觉得不公。

雪霰似盐，盐似雪霰，都水晶一般好看。

在"柴米油盐"那些必备俗事里，最不可或缺的应当是盐，一阵子不吃盐，虽然不会像故事中的白毛女一样白了头发，却会没有力气没有精神，会生出很多病来，所以人们形容谁家穷，最严重的不是无米下锅，而是"连盐都买不起"。是呀，盐那么便宜，又不能多吃，如此都买不起，这人家得有多穷？

在调味品家族里，盐当然也是最举足轻重，母亲常说的一句话是"盐不到油不香"，再好的菜，不放盐，味道都好不了，当然，甜品不算在内。

曾经在哪本书上看到过一个故事，说一个小国家从来没有吃过盐，有人拉了一船去，推销不掉，后来那人偷偷往国王的汤里放了一点，国王喝了惊呼"美味"，于是用成车的金银珠宝去换。真不知道之前没盐的日子，那些御膳他是如何下咽的。

我喜欢做千层饼，做的过程，最爱撒盐那道工序，擀好的面饼上撒一层盐，手掌抚上去把它滑搓均匀，细小的颗粒轻轻地硌着手心按摩着手心，那种感觉最是让人心气平和，觉得光阴也似这般颗颗粒粒触之可及。是的，做一张饼的过程，就是用盐一般玲珑剔透的心，敏锐地感知静好岁月。盐是沙漏里时光的流沙。

盐的保鲜作用，不可谓不神奇。冬来了，人们腌鱼，腌火腿，一层层抹上盐，就把鱼肉的呼吸封固在里面了，把鲜香滑嫩都封固在里面了，而且它还会制造出原本没有的味道出来。在风里挂着，在阳光下晒着，如同酿酒一样，在盐的引诱下，它们在沉睡中就有了岁月的陈香，有了梦的味道。就连一堆萝卜头儿，也能在盐的引领下涅槃。记得小时候，冬日刨红萝卜胡萝卜，大的都入窖储藏起来，那些不成才的小不点儿，就搓洗干净了丢进缸里，码紧，码一层撒一层盐，密密实实地腌起半缸。哪天没有菜了，伸手摸一个出来，别看软塌塌的，送嘴里一咬，脆爽劲儿还在，而多出来的那一股韧劲，更是嚼之有味，满口咸鲜。这样一只萝卜，就一碗又甜又烂的红芋稀饭，现在仍然是我所爱。

盐再好，因为咸，也不可多吃，放多了，又苦又涩，齁心，炒一盘菜，放多了盐，这盘菜也要瞎搭了。所以，盐是最需要把握度的一个东西，人吃多少盐是有定数的，少了不行，多了也不行。老年人倚起老来，教训年轻人，常说的一句话是"我吃的盐比你吃的饭还多"，接下来，可能就要打开话匣，大谈人生经验了，且侧耳听着吧，很多时候，言中有道。

盐中有道。盐是沙漏里面堆积的流沙，带着人生况味，森森然下泄。

戏里，戏外

总是替戏里的人揪着心。你看京剧《四郎探母》那一出，从番营到宋营，夜晚出发天亮就得回去交令，那么远的路，那么宝贵的时间，偏偏总还横生枝节，关隘的兵士要盘问，宋营里还准备着绊马索，这边刚刚抓住老太太的手，天哪，你听，四更鼓响了，五更鼓响了，怎么没人能系住时间，让这对分别十五年的母子多说几句体己话？明明已看过许多遍，明明知道结局，总还要替他们悬着心，巴不得跑上台提醒一下，少点曲折吧，赶快拥抱吧，"快马加鞭一夜还"，别误了交令箭才好！

那《空城计》里，诸葛亮抚琴稳坐城楼，城门大开，几个老弱残兵打扫街道，而司马懿黑压压的大部队就在咫尺，旌旗猎猎刀光剑影，行军扬起的灰尘重了琴弦，他还在那儿从容弹奏，"我只有琴童人两个，我是又无有埋伏又无有兵"，竟还如此高唱，如此把家底底朝天兜将出来，我心惊肉跳啊，这司马要是猛张飞，先冲进城打一场，可怎么办才好？再不然，人家搭弓往城楼射上一箭，你的羽扇能抵挡住？

还有林冲家的小娇娘，怎么专挑那个日子上什么香还什么愿？寺里可是会遇上恶少的；那白虎堂，林冲你也千万别进，你手里拿着刀呢……可是，不管我多焦灼，剧情总按原本的排演一步一步发展，我捏着一手心的汗，看他们一个个入了圈套，惊惶惶看了一路，下次再看，手心还是湿着。总恨自己不能阻止那些曲折发生，没有阴谋，没有贪婪，没有灾难，人间尽是懂得和慈悲，多好！可事故总要发生。我在台下哭着，笑着，惋惜着，痛苦着，你别喊我吃饭别喊我睡觉，更别告诉我谁升职了谁发财了谁和谁离婚了，那些都和我无关。这里的英雄末路，这里的佳人有难，我一定要看到结局。知道结局，我也要看到结局。

梅兰芳他说，这世间，唱戏的都是疯子，看戏的都是傻子。为什么会有这么多疯子傻子？还不是因为，那戏，它就是人生？谁的人生，不能提炼几出折子戏？苏三一句"过往的君子听我言"能勾出那么多眼泪，就是因为你也爱过，也那么深的疼过；"当阳桥前一声吼，喝断了桥梁水倒流"那样人听人爱，是因为你也有过英雄情结。戏外的你我，分明就是台上正受着苦难的脉脉青衣，是正扬鞭策马仓皇奔逃的白须老生。

曾经多么喜欢花旦这个角色，她们跳啊转啊，衣裙翻飞，一头的珠翠招摇，多么鲜活伶俐。再后来，觉得青衣好看，沉静端庄，流转的眼波抛送的水袖都努力隐忍着心底的秘密。而今，竟喜欢老生了，或沉郁或嘶哑或高亢嘹亮的唱腔，叙述着八百年前八百年后的风起云涌，感觉他们都是蒋捷呀——少年听雨歌楼上，红烛昏罗帐。壮年听雨客舟中，江阔云低、断雁叫西风。而今听雨僧庐下，鬓已惺惺也。悲欢离合总无情，一任阶前、点滴到天明。经过了，才懂得那白髯口底下汹涌而来的平静和苍凉。他们用多少代的人生多少代的故事，给你讲述生命的曲折和苍凉，每一句都铁马冰河都石破天惊，都是沉寂下来的滔天骇浪。

转身就是千里，抬手就是百年，只有戏台做得到。陋室空堂，当年笏满床，衰草枯杨，曾为歌舞场，今生来不及体验和遇见的，戏台之上，青衣都念与你了，老生都唱与你了。夜半时分，关掉手机屏幕上刚谢幕的一出戏，关掉灯，合眼，听窗外落雪簌簌。立春已过，该是最后一场雪了吧，这个严冷的冬天，终于熬尽了……

燃烧的春天

　　朋友圈里，春天真是火热起来了，你看大家晒出的那些照片，油菜、海棠、牡丹、茶花、樱花、李花，包括野地里的蒲公英和黄花地丁，济济一屏，因为万能的朋友圈消灭了时空的差异，它们在同一个晚上同一个时段刷屏了，五彩斑斓的"花花世界"。晚上泡脚的时候，我坐在沙发上慵懒地刷新着微信，当刷出这满屏花朵时，被惊得打了一个激灵，天啊，春天，它已经燃烧起来了！

　　春天真是燃烧的。被一冬的北风吹着，那些花草树木都似乎被吹干了，干柴一般，憋着内心的一团火，东风是一粒小小的火种，一旦吹起来，就有失控的燎原之势，就把所有的干柴都点燃了，刹那间，天地间花团锦簇，火焰一般轰轰烈烈，即使被高高的围墙挡着，那些花树也春心大动。你看楼下的几株紫玉兰，一朵朵在高楼后开得泼辣肥硕，完全是不管不顾的劲头。——管它有无人赏，管它几时要谢，我先开了再说。

　　我想，燕子的爱情，就如同这火热的春天一样是燃烧的。那年，她十七岁，还在城里读高三，爱上了镇上一个开加油站的大男孩。她每个周末从家返回学校，总坐在他加油站的那条长凳上等车，爱情的怒放不需要理由，那些眉目之间的欲说还休，很快发展成每周一次的约会。四月，故乡的几十万亩梨园正开得雪海一般，燕子的父母才知道她在谈一场不靠谱的恋爱，之所以不靠谱，是因为那个男孩已有婚约，婚期就在秋季。那天，白灼灼的阳光泼在白灼灼的梨花上，我正被满树花朵照得晕头转向，燕子把我从正在授粉的树上扯下来，让我陪她去一趟镇上。

小南门那条清亮的河边，我坐在一片金黄的蒲公英上，等待隐藏在油菜田里的那对恋人。燕子是哭着出来的，他们俩紧牵着手，脸上衣服上尽是金黄的油菜花粉，之后那男孩走了，燕子躺在紫花地丁浓密的紫色花朵上，继续哭，眼睛肿得核桃一般。亮晶晶的河水在她脚下无声地流淌，身边都是暖烘烘的花草的芬芳，她青春的腰肢包裹在一条蓝色紧身牛仔裤里，因为痛哭而不停地扭动，白球鞋把野花搓烂一片。她什么都没有说，我亦什么都没有问。那时候，我对爱情还没有一点知晓，还不懂得她为什么这样伤心。

几个月后那个男孩的婚礼上，新郎逃跑了，这样的八卦新闻长了翅膀一样传到我们村里，当然也传到燕子的耳朵里。也许，春天的那片油菜地里，她们有过什么样的约定和誓言？我想，这应该是燕子盼望的吧。可是，没过几天，剧情又有了突兀的转折，逃跑的新郎又回来了，在叔伯的押送下去了新娘家，与岳父母磕头赔礼，把从婚礼现场上哭着返回娘家的新娘又接了回来。

之后一直没有燕子的消息。后来才知道，一年后，她就出嫁了，就嫁在那个小镇上，与她的情人为邻。是她坚持要嫁到那个镇上去的，因为没有合适的人家，她嫁的这个男人小时候得过脑炎，后来留下了后遗症，家人都不同意，但她铁了心，以死相逼。听说拜堂的时候，她脸板得寒霜一般，一点笑容也看不见。

而今，十几年过去了，她还在那个镇上生活，与丈夫生了两个孩子，她的那个初恋，仍在原地开原来的那个加油站，与她一墙之隔。一墙之隔，互不往来。我天天看着你，却与你老死不相往来，现在想来，她的心里怀的是什么样的爱和恨？燃烧的青春里燃烧的爱情，是一个多么大的油锅，

她一直做油锅里被反复煎熬的青蛙。不知道在这漫长的时光里，她有没有后悔过当初的鲁莽和坚持？有没有想过要逃离和改变？她当年青春的腰肢，有没有被暗自吞咽的眼泪涨满？

这个春天，故乡的梨花依然雪海般怒放，青春的油菜田依然如画家的大写意，粉白黄金泼得漫无边际。还是做植物好，春风吹又生，春风吹又开，年年岁岁花相似，总有一茬又一茬燃烧不尽的青春。

夜　行

　　霓虹一直亮着，路灯彻夜不熄，城市没有夜，更没有美丽的夜。也许正因如此，城里人才那么渴望夜色，婚礼的舞台上，也要扯一块黑色幕布出来，藏些小灯扮星星。渴望星空，却又不敢走进夜色，他们害怕与之相关的那些东西，比如月黑风高，比如夜幕无知。而我记忆中的儿时的夜，天作幕布地为舞台的夜，却是真正的良夜，纯净美好，毫无杂念。

　　读初中的时候，有早自习和晚自习，常常要披星戴月。晴朗的夜空，如果没有月亮，星星就格外得多，天空深蓝，厚重深邃，清晰干净，雨水淘洗过一般，北斗星、牵牛织女星、天狼星，还有粼粼闪闪的银色天河，众星倾巢出动，或大或小或明或暗，都不停地眨着纯洁的眼，似乎在提醒，它们赶了几年的路，就是为了给我们举一盏灯。唐寨通往文庄的那条石子路，在星辉下像一条灰白的带子，两岸的梨园都是黑黢黢的影子，小南门那条清亮的河里盛满星的倒影，风吹过，也是斑斓的天河。刚放学的我们骑着自行车在这条熟悉的路上飞奔，笑闹声打破寂静的夜空，几颗凑热闹的流星倏地滑下来，大家欢叫着，有的打起了唿哨，有的双手离开车把鼓掌庆贺。

有月亮的夜色更美。月色特别明亮的时候，把多数星星都吞没了，乳白的月光像浓稠的河水，决堤似地从月宫里倾泻下来，淹了房子，淹了树，淹了一个又一个宁静的村庄。这样的明亮惊扰了枣树上的大红公鸡，它扯着脖子高唱一声，继而众鸡响应，村庄啼声一片，狗们因此惊惶起来，此起彼伏地吠。那时没有钟表，起床都是听鸡啼看月影，这样的夜就常常害我早起。披了一身拂都拂不掉的月色上路，到学校，可能只是凌晨三点多钟。

看校门的那个老人姓唐，六十来岁，背驼得厉害，我们都叫他唐老头，他的梦常被这样早到的学生搅扰。记得有一次，深秋凌晨，满地繁霜的白映着月色的白，夜色皎如寒冰，我到学校时，脸上手上都是凉津津的霜痕。唐老头打开铁门，告诉我三点刚过，教室锁着，他怕我冷，就点了罩子灯，让我在他的小屋里看书。那一盏煤油灯光的温暖，不知就这样留在了多少学生的记忆里。在那民风淳朴的年月，大家都觉得再平常不过，不像如今，一个无知少女与一个孤身男子独处一室，不知要引起社会的多少猜测和担心。同样，那时我们每天夜行，家长也没有担心过。夜路之上，我们怕的是鬼，远远看见一个人影就无比安慰，现在我们怕的却是人。我们早已明白世上没有鬼，鬼都住在人心里。

读初三的时候，有一个晚自习后，天欲雪，夜漆黑，是那种伸手不见五指的盲人的黑，所有的东西都变成黑色，隐在四野无尽的黑中，就连那条回家的公路，也看不到一点白光了。更可恶的是自行车坏了，骑快了就掉链子。公路寂静，没有一个人一辆车经过，唯有我骑行的哗啦啦声响。骑一会，下来摸索着挂链子，冷汗把衣服都浸湿了，我很害怕有鬼出没，怕它把青面獠牙和血盆大口忽地伸到我跟前来，紧张得快要晕厥了。终于有了人声，一个骑自行车的人从我后面很快过去，大概猜到了我的境况，走到前面停了下来，等我跟上，他再骑一段，如此反复，直到我拐进村头的那条小路。他一直没有说话，但我知道他一直陪着我。在那样漆黑的夜，那个人，是亮在头顶的一颗星星。

有了这样一颗星星，有了那样一盏煤油灯，我记忆里的夜就有了永恒之美，我对那片夜空无限感念和留恋。

十年河西

　　小时候，妈妈最常唠叨的一句话就是"十年河东转河西"，常常是和别人聊天时说起，有时候伴着笑，有时候伴着叹，有时候几个人又哭得眼圈通红。那个年纪，何曾懂得这几个字的分量？世事难料，河东河西位置一换，沧海就变成了良田，或者良田就变成了沧海，天地换了，可能是洪福至门，也可能是灾难突降，总之，大悲大喜的风云变幻，就在几年之间偷偷地酿成了，呼啦一下大旗高竖。

　　朋友的同事李，恕我不能说出她的名字，虽然她的名字在这个城市并非广为人知，但她的老公名声却是惊雷般响亮的。夫妻俩是大学同学，她是一个光荣的人民医生，他则由一名小公务员做到处级干部。在她的医院，同事都用羡慕的眼光看着她，赞美者有之，讨好者有之，求其办事者有之。女儿品学兼优，夫妻相敬如宾，神仙生活不过如此。而几年后，他调任至另外一个更重要的部门，到任不久，即遭一年轻女子色诱，掉进桃色陷阱，被人要挟着。而后东窗事发，顶戴花翎被缴，他灰溜溜回到家里，积郁成癌，两年后一命呜呼。而她，当初赌气与他离婚后，也陷入深渊之中，叛逆的孩子成绩下滑，引以为傲的他栽在女人的石榴裙下，这些都令她不能

释怀，强忍着伺候他离世后，没停多久，她也自杀了，据说是患了抑郁症。

金陵玉殿莺啼晓，秦淮水榭花开早，谁知道容易冰消。她死得很决绝，朋友说，在一个大雨滂沱的夜晚，她跑到城外空荡荡的河边，服了一瓶剧毒的百草枯。曾经一个热闹的欢笑的家土崩瓦解，剩下的那一个女孩儿，我一直想知道，她在跟谁生活？河东那样烟柳繁华，河西这般凄苦苍凉，要她如何面对这突如其来的变故？

故乡的一个邻居，村霸，一家兄弟几个都是又壮又黑的汉子，他们今天砍东家的树，明天夺西家的田产，小孩子言差语错起一点点争端，不仅仅他们要大打出手，还让家里的女人搬个小板凳坐人家门口骂三天。他们家日子过得也好，第一个盖起楼房，第一个买大卡车，跑运输贩卖煤炭。一家人常常请来各处高朋，在院子里杀猪宰羊办酒席，猜拳行令之声响彻村庄。可没过多少年，弟兄三个一个车祸致残，一个因为打架蹲了班房，还有一个患了中风。上次回乡，我看到中风的那个坐在轮椅里，轮椅被拴在路边的一棵树上，椅中人目光呆滞骨瘦如柴，口水在前襟上拖得老长。而他们的两层小楼，早在一排排崭新的楼房里变得灰头土脸不堪入目了。

许多时候就是这样，眼看他起朱楼，眼看他宴宾客，又眼见他楼塌了。祸兮福兮，谁能预料？有宿命论者，要将之归罪为命运。一度，故乡风水先生大行其道，甚至在城里、在官场上，也流行观风水行事，为之换房者有之，迁祖坟者有之，贴"照妖镜"者亦有之。我的一个远方亲戚，最初在老家给人看阴宅，这几年，跑到南方去了，包装成了响当当的"大师"，专门给别人更前程改命运。一次亲戚们聚会喝酒，他醉了，吐出了"真经"，说，什么风水呀，你看那当官的，如果他勤勉谨慎，就是不升迁也能保太平，那经商的，只要仁厚勤劳，就容易发家致富，一般情况下，踏实忠厚的人，到哪里都跟着好风水！

通往单位的第一个路口，东北角栽了几株紫薇，当初栽的时候，那苗儿指头般细，如今两三年过去，已经长得胳膊般粗了，一夏一秋都繁花如锦。我经过时常常慨叹，我楼下的几株紫薇，已经种上了十一年，依然那么瘦小，原因显而易见：在十字路口，那么豁亮的地方，天天迎着风沐着光，风水充足，还不一天窜一大截？而我屋后，因为是阴暗的角落，借不到风势水势，于是落得如此孱弱。那么什么是风水？与树来说，是阳光和风，与人来说，就应该是性情和修养了吧。

楼塌了不怕，怕的是从此一蹶不振。我常为那个家破人亡的幸福之家遗憾，此路不通，生活如此广阔，难道就不能另寻他路？我也为那三兄弟悲哀，太强势太莽撞太恶劣，命运能好到哪里去？

让河东变成了河西的，是时光，更是修为。

童年的麦秸垛

　　小时候，打完场，麦子收进家里，打下来的麦秸，就会垛成垛，就地垛在打麦场里，通常垛成圆形，一人多高，有馒头一样的圆顶，顶上抹一层麦糠泥，以防漏雨。合格的麦秸垛，雨再大，也只是表皮湿润，内里四季都是干燥的。打麦场里，一个个胖墩墩的麦秸垛踞在那里，庄严又安详，夕阳西下时，金黄的阳光照着金黄的垛影，线条宁静柔和，是乡村特有的风景。

　　乡居生活里，每隔几天，小孩子就会被差遣去"拽麦穰"，吾乡称"麦秸"为"麦穰"，它干燥柔软易燃，是家家必备的引火材料。因为垛得太结实，麦穰要使些力气才能拽下来，一缕一缕，拽一草箕子背回家，倒在灶门口，可供几天使用。不光当柴烧，那时家家都养着耕牛，几垛麦穰还是牛一冬的粮食。记得祖父总和父亲一起，每天用一把大铡刀铡草，老包铡陈世美的那种铡刀，很锋利，巨大的刀口雪亮，祖父往刀口下续麦穰，父亲按刀，咔嚓嚓咔嚓嚓，一下下切碎，拌上饲料倒在牛槽里，牛咯吱咯吱嚼得很香，边嚼边吐一嘴角儿白沫子，很可爱。

　　乡下的冬天寒冷，许多人家便不睡床了，用麦穰打地铺，结结实实铺半米多高，上面再铺褥子，躺在上面，鼻息里全是麦秸的温香，一翻身窸窸窣窣响，非常暖和。即便外面冰冻三尺大雪纷飞，有个麦秸床睡着，身上也不觉得冷。

拽麦穰拽出的一个大洞穴，是麦秸垛温暖的怀抱，谁家的孩子挨了打，天黑夜寒的找不见了，到麦秸垛那里，一准找得到。那时的孩子皮实，揍得再狠，跑到麦秸垛的怀抱里哭一场，麦秸用它温暖的体香安抚一番，天大的委屈也消失了。麦秸垛就像饱经世事的宽厚长者，包容一切，奉献一切。有恋人找不到地方约会，也去找它庇护，那时洞穴是个多情的摇篮，摇着情人间的窃窃私语，并且永远保守秘密。即便是无家可归的流浪者，麦秸垛照样关照。有一年，村里的老人在那儿捡到一个精神失常的年轻女子，大家想尽办法也没能帮她找到家，就撮合给了东头的一个穷光棍，光棍待她很好，她给光棍生了3个孩子，个个聪明漂亮。听说后来，她的精神恢复了正常，并且选择永远地留下来。

于我们小孩子来说，打麦场简直就是天堂。晴好的晚上，星星一眨一眨的，月亮高悬夜空，一个个麦秸垛影影绰绰立在皎白的月光里，这里是大家捉迷藏的圣地。捉迷藏有"活迷藏"和"死迷藏"之分，活的就是追逐，被追上者认输，死的就是藏着不动，等待对方找到。大伙儿绕着麦秸垛，在月光下奔跑着，呼喊笑闹，快乐的声音在垛顶盘旋。而躲进麦秸垛洞穴里的，通常会拽些麦秸把自己盖起来，有时候掩护得太好，藏得太久，就在温柔的麦草间睡着了，伙伴们放弃寻找各自回家，藏起来的那一个，只好在睡梦中被父亲的手电筒唤醒。

乡下的孩子最不缺乏的就是运动，那样的夜晚，有的在场上跳绳，有的在麦秸垛上玩倒立。许多孩子都会"打车毂辘"，也就是连续侧手翻，围绕着麦秸垛，双手和双脚轮流着地，像车轮那样骨骨碌碌，一圈又一圈翻滚，不知疲倦。我姐就有这样的绝活，大家谁都没有她翻得时间长。而我的孩子，5岁开始我就送她上舞蹈培训班，3年后也没学会这个侧手翻。

而今，乡下已经很难再见到麦秸垛了，甚至连打麦场都没有了。麦秸们被联合收割机直接粉碎到地里，都化作春泥护佑庄稼去了。机器耕作普

及，也没有谁家再养牛。没有了牛的哞哞声，没有了麦秸火升起的炊烟，没有了一个个温柔喷香的麦秸垛，乡村已经越来越接近城市。那些从小在麦秸垛间长大的人，会觉得有些失落，毕竟，童年回不去，故乡也回不去了。

合欢树下

最近步行上下班，每天路过运粮河畔，看到那些合欢树在初冬的冷风里舞着干枯的枝条，总容易想起它们叶繁花盛的样子，想起二十年前的夏天，那棵故乡的合欢树下，一个消逝的、灿若夏花的生命。

那是村里唯一的一棵合欢树，应该有些年头了，很粗壮很高大，每到初夏，便开满浮云一样稠密的合欢花，一簇簇一丛丛，毛茸茸的，粉粉嫩嫩，宛若少女细密柔软的心事。树下的篱笆院落里，有一个合欢花一样寡言的新娘，她有着花一样幽静的气质，花一样粉白细嫩的肌肤，终日劳作却美丽不改。常常，我和小伙伴们去摘合欢花，就是想偷偷看她一眼，看她不停地从破草房里进进出出，铡草、喂牛、劈柴、洗衣、做饭。有时，还可以看到她取开发髻濯洗长发，那丛长发油黑光亮，像最好的绸缎，惹得我们对那样的青春充满向往。

那棵树下，我们也常看到一些不愉快的事，比如争吵和打闹。有时候是婆婆，有时候是丈夫，会吵骂她，内容无非是干活偷懒了，鸡食撒多了，油丰了盐淡了之类的琐事。那年头，这样的吵闹在乡下太过寻常，不寻常的只是，新娘很少反驳，即便被丈夫扇了耳光，被婆婆用棍棒乱打，她也

只是捂着头脸嘤嘤啜泣，不跑，不像别的女人那样鬼哭狼嚎。听母亲和邻人说，这女子身世可怜，自小没娘，她和妹妹都是嫂子拉扯大的，父亲年纪大了，哥哥非常老实，所以受欺侮。由此我心里更生出一些同情来，感觉她的命运，多像一丝细若藕线的合欢花！

一天上午，放学后，我和伙伴们又去摘花，远远却看见树下有一大片人，还有一大片凄凉的悲声。树下有两个女子在伏地痛哭，她们的手叭叭地拍打着地面，头不停地触向地面，发出撕心裂肺的、绝望的声声悲啸，一旁聚集的邻人，也都纷纷掩面抽泣。她俩在痛哭中一次次晕厥，醒来后，还是痛哭。

我幼小的心被攥住了，难过得透不过气来。原来，合欢树下那个美丽的新娘，她上午已经死去了，喝了整整一瓶农药。连同她一起去的，还有她腹中四个多月的胎儿。我们想挤到篱笆墙里去看一看，看一看她离开的样子，却被还没有散尽的难闻的农药味吓退了。我们尽管小，也知道农药的毒性，几乎每年，村里都会有大姑娘或小媳妇服这种毒自杀的，喝得少了，赶紧送到镇卫生院洗胃，或许有命在，喝得多了，医院也来不及送，呼吸便停了。

趴在地上痛哭的那两个女子，一个是新娘的嫂子，另一个是她妹妹。她们身上的的确良衬衣非常旧，几乎要风化了，所以她们哭得那样绝望，却没人敢去拉，大家怕把她们的衣服扯破了。听说她们的日子非常穷，比合欢树下的篱笆院落还穷，穷到置办不起一件像样的褂子。但即便这样，新娘出嫁时，嫂子仍然给打了四样家具，添了四床被子，礼数周全，一点不逊于当时的中等人家。嫂子说，小姑是她一手拉扯的，比闺女还亲，不想让她一进婆家门就低人一头……

我呆呆地立在合欢树下，被无尽的悲痛和伤感折磨着，眼睛里泪花闪烁，母亲看我神情异样，怕有传说中的鬼魂附体，把我扯回家，再不准去看。后来听说，次日，新娘已过七旬的老父亲才得知消息，几十里路一路奔跑着过来，把他尽是白发的头使劲地往地上撞，往停尸床上撞，撞得满头满脸都是鲜血。他抱着僵硬的女儿，怎么也不让下葬，手被抠出血来也不肯松开。

可终究是要葬的，天热，人去了，很快就会有异味。好像是拖到第三天，终于葬了，一副光秃秃的薄棺，连棺衣都没有，没有花圈纸幡，也没有唢呐，亲人中，只有新娘那哭得眼神呆滞的哥哥，另外的人都倒下了。邻居们纷纷叹息，说如果娘家人强势，总得让这恶婆婆娘俩摔盆打幡，总得让他们买了金首饰好衣裳，砌上墓穴才能罢休。我听了，恨恨地赞同。现在想来，只觉得可叹——即便有始皇帝一样的陵墓和兵阵，又能换得回命吗？

也是后来才知道新娘服毒的原因。婆婆嫌她头发太长，梳起来耽误干活，洗起来浪费洗发水，烧热水还浪费柴火，要她剪掉，剪掉能卖钱，而她不愿意。逆来顺受的媳妇竟敢违抗命令，婆婆喊来儿子一起把她痛打了一顿……

多年以后，在这个遍植合欢的宿城，每每花开，我都会想起那个因为贫穷，因为养不起长发而死的抑郁新娘。我想，那时，每天，她抚着长长的青丝，望着合欢花儿绵柔地开满枝头，望着羽状复叶在黄昏里温情地合拢，心中肯定是有过梦想的。她的梦想是什么呢？她决绝地喝下一整瓶农药时，心里想的是什么？想过选择离开吗？想到老父亲的血泪吗？

这甚至成了一个我无法摆脱的梦魇。这个梦魇每年与合欢花一起，蓬勃地开在树上。

那天，朋友怀念已故的父亲，她说父亲在的时候，每逢秋季，都会成车成车地买菊花回家，把偌大的庭院摆得满满当当，只为使她心生欢喜。她说那些菊花从西风乍起一直开到雪落满地，她说她童年少年的记忆，尽是鲜花着锦的温馨和幸福。我听后，竟毫无来由地想起那个新娘，那个因为一头长发而服毒自杀的新娘。也是在那天，睡前闲翻贾平凹的《五十大话》，无意中看到一句话——穷人容易残忍，富人常常温柔。我心中忽地惊悚起来。

一曲林忆莲，双泪落君前

林花谢了春红，太匆匆。"想当年"这三个字，当年挂在嘴边的口头禅，如今再拿出来用，滋味早已不同了。时光总是这样，走着走着，就弄假成真。

想当年，全校园都在听林忆莲、李宗盛，那个长着一双眯眯眼的女子，那个胡子拉碴的男人，怎么就那么迷人呢？"春风再美也比不上你的笑，没见过你的人不会明了"，"我们的爱若是错误，愿你我没有白白受苦"……那样软的年纪，那样软的心思，被这些水汽淋漓的情歌鼓荡得波澜起伏，好想好想谈一场恋爱，却又不敢，好学生就该努力学习争第一，哪能如此想入非非？那时候，十五六岁，我们努力掐着摁着内心里"罪恶"的念头，把头埋在书本中，天天向上。人这一生，都在跟自己内心的欲念作斗争，合宜的，不合宜的，林林总总。

隔壁班那个女生，我一直都清楚地记得她的名字。从什么时候开始的呢，初夏的傍晚，周末或者晚自习前，她常常梳洗好，在寝室门框上斜倚着，擦很厚的粉，涂很艳的口红，长发烫卷了披在肩上，连衣裙紧裹着青春的腰肢。我们抱着厚厚的书从图书馆回来，路过她身边，极力忍住不去看她，一个坏学生，我们不要向她学习，却又被她身上的桂花香水吸引着，忍不住扭头。她好美，她好骄傲，像上海十里洋场的当红交际花，她哼着李宗盛那首《当爱已成往事》，不屑地把脸往上扬着，不屑于与我们这群三绺梳头两截穿衣的书呆子交流眼神。她在等约会，常有不同的高年级男生，也或者是社会青年，领走她。当然，后来的结局是，她多门挂科，留级了，再后来，她卸去红妆发奋图强，又成了优等生。青春容许犯错。但多少女生像我一样，记住的不是后来，却是她叛逆的眼神，她修长的白指头上猩红的指甲，我们曾经对那种妖娆，鄙夷又艳羡。

"你说你爱了不该爱的人，你的心中满是伤痕，你说你犯了不该犯的错，心中满是悔恨……"这首《梦醒时分》红透校园，是因为另一个女生。那是一台毕业晚会，彼时我上二年级，她水工四年级。音乐响起，帷幕后，一个温柔的忧伤的声音穿透全场，黑压压的小剧场遭电击般一下子鸦雀无声，继而，猛响起疯狂的掌声和吆喝声，可幕后的人却迟迟不肯出来，只有歌声在继续。是林忆莲她亲自到场了吗？真好听呀，好听得让人直想哭。我与我的同伴愣在那里，黑暗中指头交缠紧扣，喉头哽噎，泪花闪闪。终于，曲将终，她出来了，同歌声一样令人震撼——她好丑好丑，非常非常难看。她说："我叫唐某某，我很丑，可是我很温柔。"声音真好听，销魂蚀骨。人生的意外，有时候就这样离题千里。接下来，她真的用男声唱了一曲《我很丑，可是我很温柔》。

我相信，她一定很温柔，春水一样温柔。她成了校园的传奇，我们心目中的传奇。听说，她也恋爱了，男生是同班，阳光帅气，六月里他们一起离开校园。我想知道，一直都想知道，后来，她和他，有没有松开彼此的手？

桃李春风一杯酒，江湖夜雨十年灯。人生路上，朝来寒雨晚来风，每个人历着不同的劫，忙着乱着，就渐近中年，渐渐不听情歌，响在耳边的都换了轻音乐，甚至是戏曲。妾心古井水，波澜誓不起，似乎，也早已不再那么容易被打动。都知道，这个做减法的年龄，一打动，会要命，却又可能，忽然之间，一不小心，深陷其中。"曾经真的以为人生就是这

样了，平静的心拒绝再有浪潮，斩了千次的情丝却断不了，百转千折它将我围绕……"那天，无意中听到这首《鬼迷心窍》，恍惚间感慨无限——这样的歌，这样的李宗盛，我们当年，如何能懂?

有些歌，就是要几十年后听的，有些句子，在口里噙了几十年，突然间才咂摸出味道。

一曲李宗盛，一曲林忆莲，双泪忽忽落君前。

纺织路

八年前，我搬到城南的这个小区时，旁边这条纺织路刚修好，很宽很阔，光秃秃地东西延伸，连着朝阳和落日。慢慢地，路逐步完善，修了绿化隔离带，栽了行道树，装了标志牌和红绿灯。路两旁的民房，也被越来越高的楼房渐渐取代，路上的车多了，人多了，昔日清净的城郊，有了闹市的派头和热闹。

报社就在这条路的东头。每天，我沿着它去上班，二三里路，来回四趟，多步行。现在是初夏，日头有些晒，但人行道两侧的国槐，已从当年的擀杖粗长到碗口粗了，它擎起的绿荫一树接着一树传递，几乎成了长长的绿廊。落叶乔木就是这点好，最知人冷暖，冬天的时候，它把温暖的阳光全交给你，夏天又给你撑起荫凉。

我总走在路的北侧，走在盲道上，常是那种闲散地走，东看看西瞅瞅，想一些闲散的事。九中对面的一段路，盲道走不通了，整个人行道，都被学生的自行车和停车位上的汽车占据，只好下到非机动车道上，迎着车流走。学校放学时，这里聚集许多家长，他们踮起脚尖，在涌出来的一群比他们个头还高的孩子里搜寻目标，那种占满道路的拥挤，让人有些微微的

不快，但越过这段路，其余的就畅通开阔了。

往东的那片老民房，是我每次经过都会留意的。那么三两户人家，低矮的老屋，门几乎就贴到了人行道地砖的边缘，就在边缘的那一点土地上，紧挨着屋墙，却种了石榴、杏、花椒、柿子，还有一棵老紫藤，春天里在破败的屋顶开出淡紫的繁花。此时石榴花正红得照眼，杏树枝头累累的果实灿如金阳。它们的主人，一个七十来岁的老妪，常领着一只黄狗，搬个马扎子在人行道上坐着发愣，也不知在想些什么，大概头顶的几棵树，脚边花盆里的韭菜白菜，以及秋天结了一墙的丝瓜眉豆，都是她农耕生活里的美好回忆。

再往东走，撞上南北走向的淮海路，是很大一个十字路口，路口东北角有个超市，生意好像一直不错，冬春季常在人行道边摆一堆特价甘蔗，很便宜，但要自己动手削皮。便有很多主妇和老人聚在那里，挂着粗大的广东甘蔗排队，等削皮刀。有一阵子，超市爱放轻音乐，一些钢琴曲和古筝曲，轻灵舒缓的音乐里，她们弯着身子，一刀一刀削甘蔗，很费力很认真，像在打磨岁月的硬痂。紧挨着甘蔗摊子的是一个很大的馍房，馒头的香味随白雾似的蒸气飘出来，空气里飘扬的音乐，也染上了五月里麦穗的体息。

有一次上班，初冬，微雨，行人稀少，超市的音响里，应景似地飘出了钢琴曲 *kiss the rain*，敞亮的十字路口湿漉漉地辽阔，我一步一步地走，顶着雨丝，踩着琴键，慢慢地走，感觉茫茫人世中，我就是一粒微小的草芥，正自由地随雨飘扬，举着尘世烟火淋不灭的暖。

带着这种暖，走过运粮河大桥，走进报社的办公大楼，一颗心也是满足和感恩的，这里有我的一台电脑，有我喜欢的文字，有俯瞰纺织路的一扇窗。一张书桌，一个键盘，一条路，充实着我大半的人生。

春过唐河

　　海棠花落，又匆匆过了，清明时节。清明之后的春天，花事半了，绿就是世界的主宰了，4月7日，我们驾的车一驶进通往唐河的乡村公路，感觉到的就是满眼新绿，窄窄的公路两旁全是遮天的意杨，放眼望去，野地里开始拔节的麦苗绵延如巨毯，再往前，行到九孔桥边，公路尽了，沿唐河的一条泥土路高低起伏，被无尽的翠色严严围裹，真正的村庄和田野到了。

　　诗人王玉林栖居在唐河岸边，在外人看来，他的栖居是诗意的。每年春天，他都会邀约城里的文朋诗友来看桃花，尝野菜和鲜鱼，来感受他令许多文友羡慕的诗意。今年来得晚，桃花、梨花都谢了，油菜田也新绿一片，只有梢头还残着最后一层金黄的碎花。要到诗人家里，有一段距离是得步行的，那条细蛇一般的小路在清明的雨水里将干未干，要小心翼翼避开泥泞前行。几个人一边走，一边停下来掐着小径边上竞相争发的枸杞头，成片的野枸杞密密丛生，新嫩的茎秆箭一样射出来，这东西，清炒和凉拌都很可口。

　　穿过长长一道刚长出嫩叶的葡萄架和蔷薇架，王玉林的家就到了，竹

林为篱，花木作院，三间小小的房子枕在唐河岸上，刚从河里捞出来的几尾鱼，在厨房的水盆里跳跃着。王玉林的夫人张小波女士，正在一个大锅灶上挥锅铲炒菜，灶膛里，劈柴通红的火焰热烈地舔着锅底。帮厨的王玉林出来迎接我们——他一直是有着诗人气质的农民，长发过耳，两撇鲁迅一样的胡子向上翘着，身材细瘦如竹竿。好客是他的特点，有朋自城中来，他笑得眼角菊花灿烂。

连续两天的清明雨后，今天风特别大，呼啸着吹过竹林，长长有浩荡之势。几个诗人在院子里一棵洋槐树下神侃，兴奋处拊掌击节，哈哈大笑。那棵洋槐树不高，但树冠颇大，新叶初生，槐花缀下了一串串淡青的花蕾，花蕾在他们的笑声里欢快地舞蹈。午饭也是在树下吃的，凉拌香椿、蒜苗炒土鸡蛋、蒸楮树花、清炒枸杞头、红烧鲤鱼、草鱼汤……吃的都是春天，几乎是一桌啃春宴了。酒更奇绝，有白酒，更有王玉林自己酿的葡萄酒和杏酒，要做司机的我没敢品尝，听芳龄她们赞叹，那滋味酸酸甜甜，果香浓郁，实非凡间之物也。女士们喝酒，浅尝辄止，几个男士就不同了，我们吃罢到屋里坐了许久，看了王小波女士练的书法，又看了他们夫妻收藏的书和石头，半下午了，出来看，他们还在槐花下拼酒，史红山喝得面赛桃花，架着二郎腿坐在一株几乎凋谢的西府海棠跟前，头往后仰，指头上夹着香烟，他在唱歌，"山丹丹那个开花哟，红艳艳……"嘹亮的歌声跟着大风越过田野，跑得老远。而看上去端庄稳重的老诗人刘致富，唱的却是热闹的民间小调《摘石榴》——"姐在南园摘石榴，哪一个讨债鬼他隔墙砸砖头……"裹着青竹落叶的大风里，大家拊掌击节、吆喝点赞……

王玉林屋里的茶几上，几块灵璧石是他所爱，他用小木槌轻轻敲击，石头们发出叮叮脆响，他端起一块来与我们细品："你看，这样横着放，是一只展翅飞翔的鸟，这样竖着放，像一个怀胎十月的孕妇……"显然，这不是他第一次演示那块石头了，诗人高红艳曾经为他的解说过程写过一首诗，诗里好像有——"我没有女儿，我喜欢女儿，我希望她怀的是女孩"，在他手抚着那块石头隆起的"腹部"时，我想起了红艳的那首诗，一个活在他对石头的想象中的女儿。他没有孩子。这个生活在乡村却嗜读《红楼梦》的男子，长着一颗贾宝玉的心。他也没有工作，庄稼和鱼塘收入甚微，他执着守住的，是一堆书，一窗竹和一段唐河。

浩荡长风里，唐河涌动着一层粼粼碧波，枕着波声入眠，应该很适合做梦。

人生中，有的梦会很长，但愿是好梦，永远不要醒来。

春燕的火车

　　有时，没有什么来由，突然地就想起了春燕，翻翻她的微信，还在，更新的日期停留在2017年的9月1日，开学第一天。——她是语文老师，那个学期教初中地理。那天，她在微信里发了几张自拍的照片，处理得很可爱，戴上了亮黄的大框眼镜，旁边还添了一只耳朵很夸张的小兔子。照片里她笑得很开心。再往前翻，是她晒的一束红玫瑰，那天是七夕，她老公送的，她留言道："生活之中总是有好多惊喜，意料之外亦意料之中。春山堆黛，泼茶读书。"她和她老公很是相契，她说他像宠孩子一样一直宠她。爱妻如女，这是女人对另一半的最高期待了吧，可遇而不可求。可春燕得到了。一直，她很满足于自己的生活。

　　每次想起她，我都这样翻看她的微信，幸好，她的老公和女儿一直留着她的微信，也没有把她退出我们共同的文化沙龙群。春燕很喜欢晒微信，一只蝴蝶，一朵小花，一滴露珠，都兴致勃勃地拍了发到朋友圈，生命中的任何一个细节，于她来说都是美好的。再往前翻，是她暑假里到处游玩的照片和零零碎碎的记事，以及她发表的诗歌、文章。我很喜欢她在查济古镇拍的一张照片，全家一起出去旅游时拍的，穿着几乎要拖地的粉色长裙，松松的白衬衫，脚蹬一双粉色的绣花布鞋，前脚尖正落向小溪上的一块青石板，那些青石间隔着排列整齐，白花花的溪水从中间涌过。她低顺着眉眼看着脚下，长发披肩，裙袂飘飘，宛如仙子，怎么看都不像四十二岁的女人。热爱生活的女子，心地单纯的女子，写诗的女子，大概都永远这样青春无敌。

　　去年有一阵子，她心脏有点问题，多次往北京看病，吃了好一阵子药，她说她很担心，生怕自己一觉睡过去，再也不能醒来，这么美好的世界，她舍不得。从那个时候，她开始思索死亡，在一首诗里她这样写道：

> 从来没有梦到自己死去
>
> 有人说，人不会死去
>
> 只是肉体归为尘土
>
> 那会不会，天空中到处
>
> 飘荡着尘埃一样密集的人
>
> 翻一个身，好多人飘起来
>
> 我占据他们的领地
>
> 还是他们占据了我的领地
>
> 一个上午，一个人
>
> 纠结几处
>
> 我想用文字的打开方式
>
> 探一探虚实
>
> 过去的人，未来的人
>
> 他们在我们的另一个世界存在着
>
> 我试图扒开一个缝隙

　　在她思索死亡的时候，死亡真的朝她逼近了，但夺走她生命的，却不是她一直忧虑的心脏问题，而是颇为意外的脑出血。刚过四十岁，不烟不酒不胖不"三高"，怎么会得这种病呢？我一遍一遍地唠叨和叹息。开了颅，在重症监护室里关着，这一帮文朋诗友，谁也没有见着，只见她的家

人们一个个红着眼圈，在监护室外守着。春燕的闺女长得很像她妈妈，瓷白的皮肤，艳红的小嘴，一双大眼里噙着泪珠。这孩子刚上研一。我过去抱了抱她，无言相慰。

春燕的"新家"在几百里外的她老公的故乡，也是她的故乡，那天，我们驱车两个多小时，去了她的墓地。我带了一束雪白清香的玫瑰，阿尔带了刊载着她遗作的杂志。春燕的"新家"很阔绰，四周油绿的麦地放眼辽阔，南边不远处，一条新修的高速铁路横贯东西，春燕喜欢旅行，她随时可以从房子里走出来，登上一列高铁往远方去。这是独属于她的高铁，有独属于她的车站。从另一个世界，她扒开一条缝隙走出来，蝴蝶一样张开翅膀，忽闪两下就上了高铁。如同她在诗里说的一样，只是肉体化为尘土，灵魂翻一个身，就可以飘起来，飘到意念所及的地方。不想旅游的时候，她可以坐在她的房子里，读书或者写诗。阿尔带去的《诗歌月刊》烧给她了，像这样大雪纷飞的晚上，她大概倚着壁炉，燃着烛火，正在读，边读边笑。——她一直很喜欢笑，只是笑的时候，喜欢拿纤细雪白的小手捂一下嘴角，不愿意把她的虎牙暴露出来。温婉的她，一直如此样温婉地笑。她燃烛读书，也并非是没有电灯，一个有点小资有点浪漫的小女子，只是喜欢烛光摇曳的样子罢了。

这几天雪大，她的"新家"一定很美很壮观，四野披银裹玉，一望无际，茫茫白雪里火车呼啸着驶往远方，春燕大概已经坐不住了，说不定又要出门旅行，去哪儿呢？可能要去北方滑一场雪，也可能去云南看茶花新开。对，春燕那么喜欢花，等春天到来，我们给她送许许多多花的种子吧，凤仙花月季花迎春花腊梅花，多多种植，另外还别忘了种菊花，她喜欢菊花，她的笔名就叫"矢车菊的眼神"。在春燕的房子和春燕的火车上，我们都看到了矢车菊那纯真的带着笑意的眼神……

大花园

　　大花园是宿州城区的一个地标。与外地人引路，常常会以此为中心辐射开去，诸如"在大花园的南边多远多远"，"看到大花园就快到了"，等等。说是花园，其实是一个大转盘，西昌路和淮河路交叉形成的交通枢纽。砖石砌就的圆台中间，栖着一块巨大的灵璧石，那石形态若凤，翅羽粼粼，正仰头作"嗜嗜"状。石周围黄杨、冬青等灌木环绕，最外层点缀的是四时草本花朵，有时是蝴蝶兰，有时是一串红，随季节常常换栽。我家的小区就在大花园西南角，单位亦不远，作为日常活动半径不过二三里路的宅人，此处自然是我的常往之所了。

　　十几年前我刚来报社的时候，城区还没有拓展得如此之大，大花园算是宿城的最南端了。记得那年，故乡的一个小兄弟来宿开会，请我在花园西北拐角的一处大排档吃羊脊骨，那时我租住在城里，对这么遥远的周边尚且陌生。记忆中，夏风拂拂，放眼南望，一片暗淡灯火，远不似今天的辉煌耀眼。晚风中的羊脊骨鲜香麻辣，小兄弟一派少年老成，殷勤地与姐姐添水加菜。后一年他大婚，我托一位同学捎去贺礼，之后就再没有联系过。听说，他的父亲在当地官场赫赫有名，不久后犯事坐了监房，不知他

的生活，是否还如从前般春风得意，也不知他是否在悬梁刺股，重振往年家风。

于大花园来说，西北拐角是它的亮点，因为那儿坐落着一家叫"皖北煤电集团"的单位。作为一个利润丰厚的大企业，它挨着街角的那个院落轩阔敞亮，透过一人高的黑色铁栅栏，可见院内花木森森，就连栅栏上也攀缠着满满的蔷薇，每个夏初都挂满朱红的花朵。占尽风光春来早，栅栏里的白玉兰紫玉兰，总是先开的，一朵朵在高高的枝梢上招摇着，人还在转盘的另一端，就被它吸引得要引颈张望了。

栅栏外那条铺着花砖的干净的人行道上，常有一个老人扶着一个青年学走路似的在那蹒跚，老人六七十岁，习惯了此事似的眼神平静，青年膘肥体壮，满脸络腮胡须，只是貌似痴傻，半个身子也不灵活，要老人搀着才能走路。从样貌年龄来看，他们应是一对父子。那条路上，他扶着他，来来回回地走，花开也是，雪飞也是，寒来暑往，怎么说也有十年之久了。我一直想知道，那壮年是先天痴呆，还是后天患病？但怕惹人伤情，一直没敢动问。后来偶然听在煤电集团工作的一个朋友说，那孩子不到二十岁就这样了，下井时被煤块砸伤了脑袋，怎么也治不好了。真可惜！如若不是那该死的一块煤，那个命运的偶然，他还当是生龙活虎，他也可安享晚年。

而今的大花园，早不再是郊区所在，往南又开通了纺织路、迎宾大道，沿路高楼耸立，变成热闹的城区，这个转盘承载的交通压力，较之前要大得多了。每次我开车从这儿绕过，四个方向汇入驶出的滚滚车流，都会把我绕得晕头转向，所以，这里常常就会发生一些车辆剐蹭事故，甚至也发生过好几起车祸。那年春节，先生的几个同事唱卡拉OK返回，就迎面撞在花园的石阶上，一个断了鼻骨，一个折了胸椎，石阶也被撞烂一大片。当然，事故现场很快就被收拾停当，石阶修砌如初，后来者没谁知道这里曾发生过什么。

大花园西北角有个宿州市第九小学，随着周边人口的增加，学校的学生自然也多了，这么多孩子来来回回，都要走凤凰石旁经过，对于那儿的滚滚车流，家长们终日悬吊着一颗心。也许，不久，这个转盘将会顺应发展被拆除，一个红绿灯路口或者一座天桥取而代之。不过，即使它从眼前消失，若干年后，"大花园"这个名称将仍是宿州的地标。

活在情怀里

　　小时候，非常喜欢去隔壁的大娘家玩，觉得她家总有与众不同的气场。那时的农村，家家光景都差不多，无非是土房子，土院墙，可不同的是，她的家总是那么整洁清幽，有限的几样家具都干干净净不染纤尘，仿佛黄河故道的沙土从来就没向这个门户吹过，院子里的泥土地踩得结实锃亮，鸡似乎就从来不把粪便落在那里，土墙上密密种满的"死不了"花，一春一夏开得粉嘟嘟明艳照眼。大娘自己收拾得也干净，头发用发卡别得整整齐齐，抹了油似的光溜溜发亮。

　　她也下地干活，也穿补丁衣服，但总不像别的女人那样灰头土脸，从不见她打狗骂鸡，也不见她歇斯底里地教训孩子，按说，她的四个儿子，可是一个比一个调皮呢。大娘手巧，常坐在院子里绣花，绣当时小孩必穿的虎头鞋，绣花肚兜，还有虎头帽子，我进过她的卧室，床上并排放的两个枕头，也绣着莲花和鸳鸯呢。冬日农闲，她常端个笸箩子，安静地坐在门口的墙根下剪各种花样，张着花绷子一针一线地绣啊绣，那些五颜六色的丝线，慢慢变成一朵缠枝莲，或者一只蝎子、蜈蚣。她总是那么安静，即使风雨欲来抢收粮食，也不似别人大呼小叫狼狈的样子。我总觉得她是有仙气的，她的岁月一直是静好的。为什么会这样呢？现在想来，她身上有一种村人没有的东西，这种东西叫情怀。"这个世界不止眼前的苟且，还有诗和远方"，所谓的诗和远方，就是拒绝一地鸡毛的大度从容，是让鸡不再飞狗不再跳的镇定优雅。

我很喜欢的一个朋友小君，就总把日子过得诗意淋漓。她进门的鞋柜上一年四季都花草不断，不只是水仙、兰草之类，一棵白菜根、一块萝卜头她都能用白瓷盆养出花来，就是用清水栽一盆蒜苗，也会拿细铁丝把蒜瓣穿成一圈圈齐整整的心形。那年，说起理想生活，我们都想要一个有大院子的房子，搭一个紫藤架，花开的时候坐在下面看书、择菜，用钩针慢慢地钩织一张桌布，或者什么都不做，就坐在椅子上，看阳光从一穗穗紫花间漏下来，月光把叶子的影子投射在身体上。可有院子的房子价太高、又离孩子学校和自己单位太远，这种种理由让我一直没有下定决心换房。小君却做到了，她抵押了正住的房子贷了首付，又用住房公积金贷款，在汴河岸边买了一套有着一百平方米院子的大房子，并且果真种了紫藤，种了牡丹和月季，栅栏外还栽了两株腊梅。她说院子里阳光很好，晴天时她天天把被子抱出来晒，晚上便可拥着带棉花香和太阳香的暖……这个周末我去的时候，她院子里的月季蓬蓬勃勃开得正盛，她安静地坐在那里，正对着自己的一张照片给自己画素描。她洒脱地说，多跑些路多欠些债算什么，理想生活，总是要付出一些代价的。

算是为情怀买单吧。说是买单，而情怀又是多少金银也买不来的。一位我尊敬的老师常说一句话，"凡是能用钱解决的问题，都是小问题"，这句话如果放在二十年前听来，我肯定会嗤之以鼻，以为是玩深沉假清高，而现在，我早已笃信，钱可以让人不苟且，但绝不能让人诗意，钱能买到大房子，但绝不能买到大襟怀。至于生命、至于时间、至于爱情，自然更不必说了。

岁月是生命的量，情怀是生命的质。有情怀的生命，一直都是百花盛开的春天。

街 角

在这座城市的正南方向，西昌路和纺织路迎面撞上，撞出一个很大的十字路口，刀口般劈出四个拐角，我家就在西北拐角的旁边。单位在纺织东路，所以每天，我从家步行出来，从西北拐角的一个大杨树下向东，走过斑马线，然后一路向东。

那棵大杨树应该有些年头了，腰身水桶那般粗，树冠巨伞一样撑着。前几年，这浓荫底下，一直有个修鞋的老人，六十多岁年纪，生得又瘦又小又黑，感觉整个人就皱缩在一起似的。一个小马扎、一个补鞋机、一辆脚踏三轮车，是他就业的全部家当，只是很奇怪，他三轮车里总坐着一个五六岁的小女孩，孩子虽然衣衫破旧，却是很水灵和机灵的样子。有一次我给包修拉链，忍不住动问："这孩子该上学了吧，是你孙女吧，长得可真俊哎。"这个问题估计他不是第一次面对，憨厚地一笑，答："这是我闺女呢。"接下来不用你问，他自己全说了。因为家贫娶不上媳妇，五十岁时捡了一个流浪女，给生了这个闺女。"她娘长得可俊咧！就是有病，不能干活。"老人说的时候，脸上有一闪而过的骄傲，彼时杨絮如雪，飘摇摇片片乱飞，他一边拂去脸上的落絮，一边转头对闺女充满爱意地张望一眼。几年后，杨树下的小摊位被一座流动岗亭取代，那对父女就再也没出现过。我时常惦记。

杨树后面，那家面馆十来年未曾改变，"无锡阿啦面"，招牌上的这几个大字，我每每看来，总觉得是"无锡啊，拉面"。有时候身子懒，不想做饭，我便坐进去，坐在落地玻璃窗前吃一碗面，一边把碗里的香菇牛肉酱和面条拌着，一边望着面前的老杨树和十字路口亮闪闪呼啸而过的车流，晴光迷离的日子，车玻璃车灯都银光闪闪，照得人眼花缭乱，老杨树满树碧叶在风里翻卷，也闪着银白的哑光。

从树下向东，越过斑马线，那个街角，在这个十字路口算是最豪华的。那儿原是一片杂乱的空地，后来建成了一座街角花园，植了许多桂树、木槿、海棠，还有栾树、翠竹等，安放了几样健身器具，便常有一些买菜的、遛狗的、上班的、送孩子上学的行人，在那儿流连一会，吊吊单杠，压压腿，扭扭腰肢，更还有一个练太极剑的老太太，白衣白鞋，玉树临风的，在录音机的轻音乐里舞动长剑。

那儿的花木喜人，几乎可以说，在这座城市里，我没有见过比它们更"见长"的树，就说人行道边的那几株紫薇吧，栽的时候也不过指头粗细，几年下来，已有碗口粗了，枝干都脱净了皮，光溜溜一派成年气象。花开时更喜人，紫艳艳粉嘟嘟，一团团一簇簇，直压得枝条打在行人肩上，一夏又一秋。身处在十字路口的东北拐，太阳从东升到西落，每一寸光线都照在身上，风就更不必说了。风光风光，风和光，它都占尽先机，又怎么能不如此"风光"呢？

因为马路的南对面就是九中，这个街角自烟火繁盛，放学的时候，不光接孩子的家长聚到此处，那些卖炸糕的、卖卷馍的、卖烤红薯和烤梨的，都在这里争相揽客。孩子们校服里包裹的青春的身躯，还有他们粉嫩娇艳的面庞，都让我这个中年人羡慕又欢喜。一放学，他们小雀子似的，有的踊跃着去等公交，有的打着唿哨骑上自行车，呼啸而去。紫薇树下那个修车摊点，是为他们而设的，每天，总有三两个孩子，电动车坏了，或者自行车没气了，师傅不紧不慢地修车，他们则嘟着红艳的小嘴，蹲在跟前等

着，风来，紫薇碎碎的花瓣飘飘扬扬，洒了他们一头一脸。

　　看惯了这样的热闹，街角一旦安静下来，还真有陌生的错觉。去年夏天，我总凌晨出来跑步，天色将亮未亮，路灯似睡非睡，我站在那棵惺忪的大杨树下，突然发现，这个十字路口竟然广场般空阔敞亮，一弯残月高悬天空，照着九中，照着紫薇，照着"无锡啊，拉面"，树下的我半梦半醒，似不知身在何处……

这锭银子三两三

喜欢听戏的人，没有不知道《武家坡》这一折的，它可是频频出现在戏曲舞台上的经典剧目，之所以大受欢迎，不仅唱腔唱词好，更重要的还有一个，那就是热闹，戏曲冲突好，再说得具体点，就是王宝钏她骂得好，真好，"这锭银子我不要，与你娘做个安家的钱，买绫罗做衣衫，买白纸糊白幡，打首饰置妆奁，落个孝子的名儿天下传！"她一忍再忍，一退再退，那个人还是戏谑调笑，最后，还从腰里取出了一锭银子扔在地上，要宝钏拿去，要与她少年的夫妻过几年，她终于就忍不住了，含着气冲斗牛的满腔愤慨，声声不迭地连连骂开！

《武家坡》唱到此处，就是《红鬃烈马》整出戏的高潮了，台下会跟着群情激愤掌声迭起，薛平贵也会在这里惹人恨得牙痒痒，要啐一口唾沫跺跺脚，大骂一声对方才过瘾。

王宝钏苦守寒窑十八载的故事，相信大家都听说过，版本种种，大致情节是这样的：相府千金抛绣球招亲，一贫如洗的薛平贵中了彩，做宰相的父亲王允坚决不同意，可闺女却坚持信守承诺嫁鸡随鸡，因此父女决裂。宝钏跟着薛平贵成婚于武家坡上一口别人遗弃的破窑洞，不久薛平贵参军

出征，而且一走就是十八年，走时唯留下老米八斗干柴十担，也或者什么都没有留下，除了离愁别苦和寂寞更鼓。一个只会弹琴绣花的相府千金，如何度过无依无靠一无所有的这一十八载？只好自己打柴，只好自己提着篮子去剜野菜，跟邻家所有的贫困妇女一样。

而薛平贵呢？种种周折后，人家发达了，并且攀龙附凤做了驸马，又机缘巧合做了一个小国——西凉国的国王。功成名就的那些年，他和他的新欢代战公主卿卿我我享尽荣华，如果不是王宝钏托大雁寄去一封血书，他都已经记不起这个女人的存在。"那一日驾坐在银安殿，宾鸿大雁吐人言，手持金弓银弹打，打下了半幅血罗衫。打开罗衫从头看，才想起寒窑受苦的王宝钏……"你看看，连打鸟的弹弓弹子都是金银做的，人家的生活已经奢华到什么程度？看客看到这里，姑且就不骂他了无情义了，因为好歹，他想起她来，并且快马奔回去找她了。这十几载的遗忘，姑且原谅。

错就错在武家坡外那一场试探。面对破衣烂衫提着篮子挖野菜的王宝钏，他要测一测她的贞洁程度，谎称自己是薛平贵的同事给她捎了家书来，然后百般调戏。一别十八载，王宝钏根本认不出来，这个胡子老长锦衣华服的中年男人就是当初那个年轻的穷叫花子。一个在明处，一个在暗处，一个浪言调戏，一个义正词严，最后，他索性扔出一锭银子来，要与她"少年的夫妻就过几年"。这下王宝钏恼了，观众和我也彻底恼了，没听王宝钏说嘛，人家娘家"家人小子千千万"，"府下的金银堆成山"，要不是守着对爱情的理想和忠诚，到相府去跟父亲认个错赔个软，还不立马改嫁王孙公子？谁稀罕你那一锭银子三两三？

薛平贵穷可以原谅，十八年没有音讯也可以原谅，唯独这个"试妻"不可原谅，这一试，就显出了他格局的小，透出了他出身的卑微，再是衣锦还乡，草根男人的劣根性还是让他现了原形，原本在他的内心深处，钱是可以收买一切的，三两三钱银子，可以买到一颗忠诚的少女心，可以换人家三年的贞洁。

所以，王宝钏她那一段骂，真是解了观众的气——这锭银子我不要，与你娘做个安家的钱！瞧，多么的畅快淋漓，如果她不是相府千金，再泼皮点，我们支持她劈脸扇他，指甲挠他！当然，千金就是千金，她的电脑里没有这一程序，面对泼皮般的纠缠，她朝他脸上扬了一把黄土，借机赶紧逃回寒窑去了。

这样的"试妻"，我们身旁也有，故乡就有这么一个打工男，不放心在家带孩子并照顾瘫痪婆婆的妻子，每次回家都是半夜里悄悄地进村，翻墙越院，先到窗前听一会儿再敲门，起初妻子还以为是要给她一个惊喜，后来他在一次在酒桌上炫耀时泄露机关，被妻子知道了，这女子可不像王宝钏那样好修养，听说又是跺脸又是跪洗衣板，被收拾得可惨了。也难怪，人家伺候着老老小小苦头吃尽，你月下窗前揣的不是满腔思念而是种种猜疑，揍你，活该！

王宝钏后来的故事就不用说了，人尽皆知，武家坡的破窑里，薛平贵苦苦赔情获得原谅，把她接走去西凉国做正宫娘娘了。只可惜，只做了十八天，十八年的等待，只换来十八天的团聚，她就死了。我一直以为，她的死很蹊跷很悬疑，寒窑的生存环境那样恶劣都熬过来了，怎么到宫里十八天就一命归西了？究竟中了什么样的"美人心计"？

宫廷里的事不好说，姑且长叹一声吧。如果这出戏有人要改写，建议来个最通俗的大团圆结局，省得大家堵心。

白发三寸长

早几年，就看到我姐常常揪白发，趴在镜子跟前，手里拿个眉毛夹子，一根一根拔那些刚刚发芽的白头发，恨恨地丢在垃圾桶里，今年，她已经不拔了，鬓角都快拔秃了，几乎要露出头皮来，认老吧，白头发总比没头发好。她要去染，我们都拦着不让，谁不知道染发剂用多了不好，白就白吧，四十出头的人，白了才正常。

可终是不服白的居多，一个个跑到理发店去，拿棕的黑的化学药剂把白发遮住，似乎年轻了几岁出来，连走路都轻盈着，可不过十天半月，贴着头皮那一层白，又雨后春笋尖儿一般齐齐地冒将出来，教你奈何不了。朋友看网上有卖口红样的染发魔棒，买了来，对着前额的刘海根部涂擦，别说，还真立竿见影，立即盖住了，可架不住抚摸，几番摆弄，就沾了一手黑，头皮上还是白霜丛生。假的，终究真不了。

看那小姑娘小伙子，尤其是理发店里工作的小青年，喜欢把黑发染白了，骑在摩托车上，白发长长地飘扬起来，很酷的样子，别说，这标新立异还真是有异常的美艳。青春怎么折腾都行，就像武侠小说里的白发魔女，她顶着一头如雪的白发，却那么迷人心魂，那是因为还有着青春的娇艳，面是粉的唇是红的，眼光是秋波般盈盈的，待皮松了脸皱了腰粗了，腿脚也迟缓了，你再顶一头白发试试？要不戏文里怎么说，刘备到孙权处相亲时，乔国老也教他把花白的胡子染黑了呢，孙尚香青春年少，如若不被看上，这白胡子老头说不定就有去无回了，君不见，甘露寺廊下的刀斧手，森森然埋伏了好大一片呢。

我自负一直头发还好，又密又黑，前年夏天还曾与那人不无骄傲地说，我梦见自己头发全白了，醒来对镜扒拉着找，竟没找出一根白的。可打脸的是，今年，白发已经历历在目了。沿鬓随手一拨，竟然就捉住几根，下面大段仍旧是黑的，新生出来的那一截，两三寸的白。拔还是不拔，正迟疑间，先生手起发脱，已经拽掉了许多，剩下额前两根，我忙吆喝，别动了，我要养着！养几根白发，作个见证。见证什么呢？怎的这一年我就齐整整地生出了恁多白发，且不提了。不提也罢。是头发，谁都要白的，迟早而已。岁月是霜，岁月是雪，谁的发须，都会被染白的。

十年前，纺织路新修，单位由市内搬到这条路上，我沿着人行道上新栽的小树苗，天天步行去上班。如今，那些小树都已经长成了，不能说华盖参天，一株株倒也早就密不透光浓荫相接了，树干都粗瓷碗口那么粗了。桓温北伐途中，看到昔年种植的一株柳，已经十围粗，已经老了，忍不住叹出八个字："木犹如此，人何以堪！"那个英武勇猛的将军，抚着一株老柳悲伤不已，泫然泪下。

再盖世的英雄，也不得不在时光面前俯首称臣，老之至，就上不得马了，就拉不满弓了。再绝色的佳人，也不得不在时光面前枯萎，你看看老去的陆小曼，牙齿几乎掉光，嘴唇瘪进去，稀疏的白发挽一个小得可怜的髻，眼神再无半点光华，那个惊艳的美女，让徐志摩神魂颠倒的民国美才女，她到哪里去了呢？

时光走，我也走，母亲镜中悲白发，恍惚还是昨天的事，一转眼就轮到我了。朝如青丝暮成雪，说着说着就老了，活着活着就老了。好在我不悲，只是感慨而已。老去的英雄，只要别再想着建功立业，醉里挑灯看的就不是剑，而是山水；迟暮的女人，只要心若止水，就可以静对沙漏，笑看白头。

细节之趣

少年时代看书，总受不住悬念之苦，急吼吼奔情节而去，要尽快知道结局，而今年近不惑，果然就"不惑"了，做什么都没那么大心劲，出去玩不肯跟团跑，处世上也懒得跟圈子逐潮流，做什么都散散淡淡的，书也可以沉下来慢慢看了。因为不急，因为安静，那些以往常常遗落的不起眼的趣味，都冒起了五光十色的泡泡，颗颗惹人兴致。

晚上看书，喜欢躺着，一边看一边听先生哗啦啦的键盘响，时而分享一下小说里的细节。这阵子看《源氏物语》，源氏每次追求美女，首先要写诗，写情诗，当然，他们不叫诗，叫歌，和歌，大和民族的歌，诗人也不叫诗人，叫歌人，为什么呢？我念几首给先生听听，他故作高深地摇头叹息：实在不能叫诗啊，顺口溜而已。一千年前的平安王朝极其推崇汉文化，学我们写诗，五言七言的都有，画虎不成，只好另起别名了。男子写了情诗送去，女子不管想不想接招都得回诗，不然就很失礼，感觉有点不公平吧。当然，集贵、帅、富于一身的光一般的皇子源氏，失手的时候不多，一旦求欢不成或者人家热度不够，他总是说："你如此不解风情，我好恨啊！"这句话我都读腻歪了，是作者紫式部不知道换换样，还是译者丰子恺老夫子图省事？

原来喜欢看西方文学读物，也看了不少，但总觉得隔着什么，有囫囵吞枣消化不良的感觉，毕竟历史文化背景大不同，光人名就够难记住的，读着费劲。日本小说没有这种感觉，日本人太尊崇我们了，处处有我们汉唐文学的痕迹，我对良人说，你看，日本模仿我们的文化！他二郎腿一架——谬也，不是模仿，是照搬！

也确是照搬。咱们小女孩的成人仪式定在十四五岁，叫"及笄"，笄就是发簪，用簪子把头发束起来，表示可以嫁人了。日本改了个名字搬过去，叫"着裳"，十二三岁小女孩基本发育的时候，郑重地来个换装仪式，找一个贵人给"结腰"，即把裳上的带子象征性地系一下。这个仪式，亲戚朋友要来道贺并送礼，三公主着裳好像是在十三岁，王公大臣都去了，宴会办得很热闹，送去的礼品珍奇丰厚，尤其是那些有中国元素的，屏风啦丝绸啦化妆箱啦，被人羡慕得要死。

他们的贵族也喜欢熏香，香装在精美的盒子里放进衣柜，把里里外外的衣服熏得透透的，穿着它出门，香飘数十米。竟然还有竞香会，比试着谁做得好，若有来自中国的香，那一定被奉为极品珍惜着。源氏身上的衣香高雅别致芬芳迷人，但三公主给他生下的私生子更胜一筹，那孩子叫薰，与生俱来一种非常个性化的奇异香气，成年后的他与为人妻的二女公子会面，把坐垫都染香了，因为拉了一下女公子的小手，把人家的衣服也弄香了，女公子吓得把衣裳从里到外换了个遍，香气还是散不掉，当家的一回来就给怀疑上了。这个情节也有点抄袭，是"韩寿偷香"的味道。那西域进贡的奇香，皇帝只赐给了贾充和另外一个大臣，贾充的女儿偷出来讨好情人韩寿，韩寿把衣服弄得那么招鼻子，同僚们就讥笑贾充了，幽会于是穿帮。当然，也不算完全抄袭，毕竟结局不一样，人家韩寿最终光明正大地把情人领回了家。

一千年前的日本，对白居易的崇拜无以复加。贵族必学汉文化，学汉文化必学白诗，作者紫式部就是被白诗熏着长大的。主人公源氏流放须磨时，行李简而又简，但紫式部一定让他带了本白的诗集。白诗的意境白诗

的引用无处不在，仅一首《长恨歌》就被直接间接地用了许多次，印象最深的，源氏的母亲死去时，桐壶帝就抱怨做不成比翼鸟连理枝，紫姬死去时，源氏也想找临邛道士来招魂。

和尚道士也和白诗一样，成了宫廷里的一种流行，谁只要身体不好心情不快，就念叨着要出家，完全像叛逆期的孩子闹离家出走，也果真很多人就出家了，从皇帝到皇后，从公主到源氏，一个个削发披缁入空门去了。入了空门的，心里却不空，那些惦记儿女的，还要趁夜跑回来看一眼。因为佛教文化盛行，书里但凡有人生病，唯一要做的就是赶快请"法力高强"的和尚来做法事，彻夜不休地念经、祈祷，很奇怪他们怎么没学走一点中医的皮毛，熬点参汤补药喝喝也好啊，大概望闻问切那一套太玄妙了吧。是不是没有医生的缘故，紫式部笔下的人物都很容易死，只要有点小心事，很快便茶饭不思，便会死去，那个和三公主偷情的柏木大将，多么壮实的一条大汉，竟因为抑郁也死掉了。

看日本文学还有一个亲切之处，那就是四季物候都很熟悉，春天到柳发芽，秋天来枫叶红，冬天也有皑皑白雪，那些幽微的花呀树呀苔藓呀，都和身边差不多，带着疑问查一下地图，果真，这个岛国竟和安徽在同一纬度。我如同在看故乡风物啊。如果不是马上就到9月3号，我差点把埋藏的仇恨给忘了，亲切如同邻居的日本人，怎么没学会我们的友好亲善，怎么有那样凶残的攻击性呢？

还有一点有些陌生，那拖着七尺长发的美女们，为什么要把眉毛剃掉，然后在额头上画两道假眉？为什么要把牙齿涂成黑色？这是什么样的审美观？夜半时分，我在卫生间的镜子前往额头上涂了两道墨汁，牙齿上咬了黑布，长头发散下来，悄悄往卧室一站，差点把那人吓掉了魂，回过神来满屋子追着要揍我。——我可是平安时代的绝色美女，这厮"如此不解风情，我好恨啊！"

｜ 飘逝的炊烟

　　昨夜做了一个梦，村头的一片河坡上，我的几只羊正孜孜不倦地啃食野花和青草，我坐在堤上看着它们，它们身后是清亮的小河，岸那边梨园绵延，梨花开得跟雪海一样，一个巨大的夕阳红彤彤沉甸甸地正从小河的拐弯处掉下去，夕阳下面我的家里，一缕炊烟从房顶上袅袅升起……

　　梦中这个场景，是记忆中故乡最寻常的画面。儿时的故乡，都是土灶，都烧柴禾，家家厨房上都垒着烟囱，做饭的时候，炊烟从每家的房顶上升起来，袅袅向上飘着，又轻又薄又柔软，一缕一缕，飘向天空，一直融化到白云里去。遇上大风，它们就贴着屋檐小跑，朝一个方向突突地赛跑，跑不多远，就都被吹散了架，消失得无影无踪。树林掩映的村庄，一座座瓦房或者麦草房上，一天一天，炊烟闹铃似地准时升起来，在熹微的晨光里，在晌午的阳光下，在橘红的落日里。黄昏的炊烟尤其让人印象深刻，夕阳西坠，晚霞燃烧，炊烟被鲜艳的霞光所染，有失真的梦幻感，地里干活的农人看到它，就准备收工了，扛着锄头，赶着牛羊，驱着鹅、鸭，咩咩、哞哞、嘎嘎咕咕，闹嚷嚷打破村庄的宁静。回到家里，晚饭刚好端到案上，饭毕，暮色围合，鸡也上架了，猪、羊也入圈了，接下来，就是安

宁无比的夜晚了。

记忆中我家的柴灶，一直是祖父在烧。祖父二十多岁时痛失他美丽的妻子，一个人，他把我的父亲和姑妈抚养长大，而后，又帮忙抚育我们兄妹5人，直到73岁那年离世。锅灶前的祖父总是眼神平静，慢吞吞地点燃灶膛里的麦秸，慢慢地加豆秸，加枯枝加劈柴，从来不急不忙，哪怕灶头上的母亲催得再紧。他一下一下地拉着风箱，咕嗒咕嗒，通红的火苗舔着锅底，舔着灶沿，映红他那张沧桑的脸。有时候，祖父也会望着火苗发呆，无知的年少时光里，我从来没有想过，发呆的祖父在想什么？思念炊烟一样消逝在天空的祖母吗？思索人生的意义吗？

那贫寒的年代，锅里也没什么好吃食，煮红芋，下杂粮面条，炖南瓜、茄子或者冬瓜，蒸杂粮饼子配辣椒糊。如果有贵客来，可能会杀一只公鸡，小鸡炖南瓜，再丢一把自家做的宽粉条，溜锅沿贴一圈雪白的死面锅饼，这样一顿饭，可要香透半个村庄的。锅饼炕得里面金黄酥脆，嚼起来满口生香，南瓜绵烂，鸡肉香韧，粉条泡透了汤汁，至今想来仍让人口中生涎。祖父牙口不好，嫌馍硬，总掰碎了泡进汤里，默默地，一点一点细细地掰，从不抱怨一句。多年以后，当母亲也牙齿松动脱落的时候，常常忏悔，说当年爱吃死面锅贴，没有考虑到祖父的牙齿根本没法吃。姐姐也总是遗憾，说如果祖父能活到现在，会天天给他买面包吃。姐姐这样说的时候，眼眶里汪着一包泪。

作为几代人对故乡的回忆，炊烟是一个温馨的存在，它让我们忆及童年，忆及彼时的人和事，勾起味蕾上暗藏的乡愁。炊烟是轻的，是软的，是旧而又老的，是贫而又温的，同故乡一个质地。它第一次让我觉得惊艳，还是前年的那个春天。

那年春天，自驾去皖南，夜宿在一个古村落，早晨起来赏景，气喘吁吁爬到半山腰时，太阳刚从一片霞光里升起来，满耳鸟声婉转，空气清新湿润，带着愉悦的心情回头一看，山脚下，金黄灿烂的油菜田绵延铺展，这一片那一片的桃花，如粉红的云锦，白墙黑瓦马头墙高耸的村落里，一柱柱晨炊的轻烟正从房顶上袅袅升起……那一刻，真把我震慑住了，原来，我记忆中暖老温贫的炊烟，竟这样的静美、安宁、惊艳！一时间竟然喉头哽咽，隔着几千里路，隔着几十年的旧时光，我第一次从故乡的炊烟里，从司空见惯的熟稔里，读到了美，读到了震撼。从此，我那已经不再有炊烟的故乡，那频频出现在我梦里的依依轻烟，有了别样的风情，别样的滋味。

低 眉

人们会把美女称作"美眉"，可见眉毛的地位不可小觑。古代最流行的眉毛款式应该是远山眉，也叫小山眉，《西京杂记》里形容卓文君容颜姣好，说的就是"眉色如望远山"，其他诸如"远山眉黛横""眉是远山横"之流，总脱不开这个窠臼。远山是什么样子？国画的山水里常看得到：黛青的、隐隐的、弯弯的，所以远山眉也自然要具备这几个要素：细、淡、弯。想一想，与蚕蛾触须那样细长而弯的所谓蛾眉，与中间弯两头尖的所谓柳叶眉，也没有多大区别吧？女子要秀美，眉毛大致脱不开这个形状，如果生了一双吊梢眉八字眉扫帚眉在脸上，估计颜值也高不到哪儿去。

日本的平安时代，贵族阶层流行的眉很奇特，要把原生的眉毛全部剃了去，在额头上去画两道眉，额上生眉，有吊睛猛虎的感觉，怎么会好看呢？平安时代相当于我们的大唐朝，那时他们对汉文化正崇拜入骨，什么都刻意模仿，我们从诗经时代就喜欢螓首蛾眉，美女的标准要额广而眉弯，美丽的大唐朝，怎么干了一件这样破坏风水的事？

古代女子化妆，眉毛是很重要的一个环节，懒起画蛾眉，弄妆梳洗迟，反正不用上班不用签到，慢慢画吧，妆成了，娇滴滴地去问问郎君，画眉深浅入时无？得到肯定的回答后，再跑回闺房去，照花前后镜，花面交相映，顾影自怜半天，时间也就打发过去了。碰到温柔的相公，做老婆的就不用自己画眉了。汉朝的那个大臣张敞因为给老婆画眉这个业余爱好，还被实名举报了，朝堂之上皇帝责问，他以"闺房之私"辩解，皇帝遂未深究。当然，《汉书》记载这个故事时，还说了句很关键的话，"上爱其能，弗备责也"，看他工作能力不错，就饶他了，言外之意当然就是，如果不是工作干得好，肯定要追究。若真因此惹来降职罚俸之祸，那娘子估计此生不敢对镜了。

外甥女今年十八九岁，天天起床后的第一件事就是化妆，涂涂抹抹在镜子前一呆半天，明明是桃腮粉面蛾眉杏眼，偏偏要抹来描去，我总说不如素面好看，但她在航空公司工作，不化妆不准上岗，早已经习惯了。不化妆不准上岗？不是有句"却嫌脂粉污颜色"吗，有的时候？脂粉确实是污颜色的。青春不自知，美就美在自己熟视无睹。青春只是老来感叹和回忆的。

化妆是件费时的事，被快节奏的生活催着撵着，纹眉绣眉就流行起来。昨天同事新纹了眉毛，上面还糊着厚厚一层透明的药膏，细看过去，一针一针，密密麻麻。天，挨了那么多针刺，不疼吗？那疼还没过去，她就戴上宽边帽遮住阳光，急急奔赴菜场买菜奔赴学校接孩子去了，低着新月一样的两道眉。女子的心，一旦被那个人收割了，便从此低顺了眉眼，俯下了身段，在尘埃里安心地开狗尾巴花了。余生都埋进凡尘烟火里，更多的，是再也不在镜子跟前浪费工夫，那两道眉弯，不纹也不画了，日子早把他变成亲人，你知道，他会爱你疏眉不扫枯萎如老妪，会爱你黄恹恹的脸上皱纹丛生。

以 酒 为 名

　　舅父的两颗门牙掉了，舅妈说起来，又是一声长叹：醉汉脚下无平路啊！那平平整整的路，他自己喝高了，弄得乾坤倒悬天旋地转，一脚跌倒，鼻青脸肿，当场损失了两颗门牙。舅父已经年逾七旬，两颗牙劳苦相伴了大半生，到底还是没能与他白头偕老。

　　提起舅父的酗酒，母亲也常叹息，我们也常劝解，可舅父那边就是没有一点余地，似乎通透得很，他会说："我是医生，我什么不知道啊，我都七十多了，孩子也都大了，就让我喝吧，喝死了，你们就把我埋了。""喝死就埋"，是舅父对付劝诫的经典回答，说起来颇有几分魏晋时期刘伶的味道。刘伶不就是这样吗？坐个鹿车，带着酒壶，边游玩边喝酒，让老仆扛个铁锹在车后跟着，说："我要是醉死了，就把我埋了！"

　　刘伶与舅父，同是酒精中毒者，一天不喝，浑身难受，非得半斤下去才周身舒泰。当然，半斤是指舅父的，刘伶他老人家可都是论缸喝的，起码要像现代人喝啤酒那样狂饮。作为一个不识酒滋味的人，我一直不能理解，那如刷锅水味道的啤酒，怎么入口啊，灌下去那么多，不撑得难受吗？当然，刘伶那个时代没有啤酒，喝的都是低度纯粮酒，高粱小米发酵的，也还没有蒸馏技术和成熟的过滤技术，两百年后还是"绿蚁新醅酒"呢，酒里飘着绿蚁似的酒渣和浮沫，但其滋味都是甜的，应该比啤酒好喝。

刘伶那时乘鹿车行走山林间，酒喝得晃晃荡荡，弄得衣襟淋漓，醉了就狂歌，歌过就痛哭。他醉酒的故事多得很，比如裸奔，尽管他那行为艺术是故意做给人看的，是拒绝出仕的手段，但勇气实在可嘉。试想，即使搁在今天，即使给你放在一个陌生的乡野，你可敢裸奔一圈回来？他还有个很经典的段子：喝醉酒了在家里全裸，有人来了，责之，他却振振有词：我以天地为房屋，以房屋为衣裤，诸君为何入我裤中！

同一种行为，名士为之，谓之"风流"，俗人为之，大概就要谓之"疯子""流氓"了。

我舅父每天至少要饮半斤白酒，劝了许多年，如今我们和他的孩子们都不劝了，酒一旦喝到成瘾的程度，也难戒，再说，这么大年纪，何必让他承受那些痛苦。我们开始主动给他送酒，表妹常常买那种大桶装的二锅头，大城市超市里买的，起码质量可靠，比他在乡村买了假酒好。

我父亲也喝酒，但不多，一天不超过二两，有时候就就着一碟花生米或者萝卜丝，自个儿慢悠悠地喝，喝得滋滋有声，每每微醺，看他眉梢眼角都是含着笑意的。前几年患了高血压，我们要求他戒酒，父亲很识劝，就不喝了，不喝酒的日子总感觉他有些落寞，若有所失的样子。如此，我们又开始送酒给他了，只是叮嘱，就少点吧，一两，一天一两。如是，每天，我们又可以看到父亲快乐地小酌了。

父亲和舅父偶尔相聚，他俩一聚，我们就惊心。舅父和他的亲妹妹感情没觉得多深刻，和他这个妹夫倒是特别投缘，他俩一聚，至少是一瓶酒对半干，喝着聊着，把说过多少遍的陈年旧事再翻出来喜滋嗞地咀嚼，迷离着醉眼，从中午喝到天黑，聊到天黑，直到东倒西歪地睡去。

两个七十多岁的老头，一起喝成这样的时候不多，我们也姑且宽容了。

刘伶那时还年轻，成天烂醉如此，家人肯定会劝诫的。有一回，他老婆砸了酒缸泼了酒水，一把鼻涕一把泪地哭诉道，喝酒不是养生之道，你看你天天醉醺醺的，落了一身毛病，还是赶快戒掉吧，以后我天天给你做

营养餐补身子。刘伶听了认真地回答，我也想戒啊老婆大人，只是这酒瘾太大我抗拒不过，得借助神灵的力量才行，你快弄一桌供品来，让我在神前发誓！他老婆以为胜利在望，高兴地张罗了一桌酒菜，哪道刘伶立即大吃大喝起来，边喝边扯着嗓子发誓："天生刘伶，以酒为名。一饮一斛，五斗解酲。妇儿之言，慎不可听！"……

你瞧，你瞧瞧，没辙吧。还是别劝了，让他继续喝吧。

老去不优雅

"优雅地老去"这个想法，我想一定出自年轻人，出自不识何谓"老"的青壮年。"老"怎么会优雅呢？它本身就与"衰"相伴而来，衰老是活力的衰减，是脏器的衰弱，伴之而来的常常是疾病，是满脸的皱褶和老人斑，是行动迟缓力不从心，是关节、内脏等器官的功能障碍。老了，你将支配不了你的肉体了，心脏不按原来的节奏跳动了，肝脏不正常代谢了。你想要拉拉琴，记不得谱了，指头也颤抖得抚不得弦了；你想到外面看秋海棠，偏偏咳嗽得直不起腰；你想要看本书，眼花得瞅几行字就累了；你想享受一会儿睡眠，偏偏在床上辗转反侧。说到底，人到老年，身体已经不与你配合。

那种八九十岁还耳不聋眼不花健步如飞思维敏捷、吃一大碗饭睡下而天明后就被儿女发现鼻息全无的老法，虽则有，却稀罕得几乎是传说。我看到的许多老年人，吃饭前都要从口袋里摸出个满是机关的药盒子，降压药一格子，降糖药一格子，心脏支架排异反应的又一格子，饭前饭中饭后拿出来吃，一项一项程序严谨。而再过一些年，可能就更不行了，出门时

扣错扣子穿错鞋，前襟上沾着牙膏沫子挂着米饭粒子，都是常事了，更有甚者，门也不能出了，要躺在床上或者坐在轮椅里。

我认识的一位老师的父亲，还不到七十岁，是赫赫有名的儿童文学作家，写童话，写儿歌，笔下尽是诗意和幻想，可他的老境，竟全无他书里的浪漫和优雅。他患了老年痴呆，这种谁也没有回天之力的老年疾病，让他把亲人忘得一干二净。他管老伴叫姐，管儿子叫胡县长，管女儿叫大嫂，他把小便解在厨房里，出门找不回家，你喂他他就吃，不喂就不要，涎水流得到处都是。在他的青春年华里，在他写着那些诗意的美丽的童话的时候，他一定不能想到自己会如此老去，作品中的白胡子老爷爷，那些仙人一样睿智敏捷的老者，都有一个优雅的老境。可那毕竟是童话，那般的老境，几乎都存活于童话。

张爱玲那么一个个性鲜明独立自尊的人，她的老境呢？晚年虽不是重病缠身，但仅一个皮肤病就让她无法优雅了。应该是过敏吧，南美洲的虱子，那些可恶的虫子让她痒得狼狈不堪，想必抓挠得体无完肤，她频繁地进出于各大医院，买各种药物与之斗争，以至于把所有家当全装进纸袋里，随时准备搬家躲避。忍着浑身瘙痒，试想，她还能像当年在上海一样，穿着一道皱褶也没有的真丝旗袍，用兰花指捏一杯咖啡安静品味？

而那个最有名的民国美女陆小曼，小楷和工笔画都那般清雅，模样儿更不用说了，不然哪会让才子徐志摩神魂颠倒，不惜背上弃妻遗子、与父母决裂的罪名与之成姻呢？可她六十岁的时候，就已经不堪入目了。不是说容颜衰老得不堪入目，我们这样的中年人，早已没有那等样浅薄，早已把容颜看得不值一提，年老色衰，都是正常的谁也逃不开的自然现象。关键是，她的哮喘病常常发作，每次发作起来都憋得要死，气管里像拉风箱一样呼噜呼噜，要赶紧送到医院急救。一个连呼吸都不顺畅连痰都咳不出来的人，就是再貌美如花，你觉得，她还能优雅得了吗？还能娇花照水一般恬淡地坐在案前画一张工笔牡丹吗？

衰老，从来就不会优雅，我们也从来就不该把优雅寄期望于老境，还是做到珍惜当下吧。每一个当下，都是我们一生中最年轻的最该珍视的时刻，都该是我们最优雅的一刻。解放那颗好高骛远的心，让它平静，让它从容，让它优雅。珍惜头顶的每一道光线，珍视每一声鸟的翠鸣和每一朵正在开放的花，享受当下的每一寸优雅。

从贝壳到支付宝

　　这真是一个美好的时代。要买袋大米，我不用先上山砍一担柴，要买一只鸡，也不用赶只鸭子上街，是从什么时候开始，市场交易不再需要"以物易物"的呢？屈指一算，商朝用贝壳作为货币，并慢慢进入金属铸币时代，中华民族的货币史，少说也有五千年了吧。后来，铜钱也嫌沉重，我们就用纸币，用票证，用银行卡，而今天，连钱包都不带了，大家都用微信和支付宝了。你看菜场上，就连卖一包蒲公英的乡下大妈，手边都摆上二维码了……

　　我突然有此番感慨，是因为今天上午，一同事需要两百元现金，跑了几个办公室，竟然没有借到。"钱，咱不差，就是都在手机里呢，现金，谁还带？"不管你承不承认，这已经是一个扫码支付的时代，连喝喜酒的礼金也微信转账了，谁还老土得装一个大钱包？要不怎么会流行一则"小偷失业"的笑话，钱在手机里，手机在手上，主人正在刷屏，小偷从何下手？即使侥幸得手，不知道密码，也白搭！

　　中国使用铜币的时间最长，那种外圆内方的铜钱，即所谓的"孔方兄"，小时候家里还能找到一些，大人把"乾隆通宝"挑出来，给小孩缝帽子用，拿黑线编一串铜钱作帽辫子，孩子戴了，据说可以辟邪消灾，大概是想沾沾乾隆他老人家盛世里福寿双全的光。上小学的时候，我们踢的毽子，还是铜钱做的。从抽屉里翻一个铜钱出来，按住院子里的一只大白鹅，从它翅膀上拔一根羽毛，剪一截羽根插在钱孔里，再在羽根孔里插几根鲜艳的大公鸡翎毛，就是一个漂亮的鸡毛毽子了，小孩子们人手必备。现在那些通宝已经不得见了，都被小贩们收去卖给收藏家了。

铸币通行的时代，人们的钱袋子最鼓，那时钱包可大得很，叫褡裢，系在腰上或者挎在肩膀上。如果钱太多褡裢容纳不下，就用马驮，用车拉，你想想，那目标多大啊，沉甸甸的，老远就看见了。所以旧时的小说里，歹人一眼瞅见你褡裢或者行李沉重，就盯上了，等月黑风高，等你野店宿眠，立马下手，一偷一个准。所以那时行路艰难，刚看完的"三言二拍"里，商人为了安全返家，真是奇思用尽，有的把银子藏在棺木里，有的裹进成捆的竹竿里，如此，防得了小偷小摸，却防不住江湖强人明抢劫掠。

铸币太沉，那些离任的古代官员，行李一上船，人们就看出来了，你是清官吗？瞧瞧船吃水多深啊。根本不必动用高科技调查手段，你廉政与否，行李会说话。铸币运输不便，实在没办法。那个进京赶考的年轻人，想要"腰缠十万贯，骑鹤下扬州"，想想多么不切实际，十万贯得是多大一堆？还要骑鹤，什么仙鹤能驮得动？法力无边的神仙老爷爷，还是别考验本秀才了，你要真心报恩，干脆，把这十万贯打俺支付宝里吧。

铸币时代，男人要藏个私房钱，难度也挺大。枕头底下席子底下藏不住，相框后面也藏不住，只好装到坛子里，三更半夜大兴土木，在李子树下挖一深坑埋起来。当然，那个时代男尊女卑，好像女人藏钱的时候居多，印象中"三言"还是"二拍"里就有一个从良的妓女，为挽救败家的老公，把一箱子钱寄放到朋友家，还埋了一罐子在纺车下面。搁现在可就省事多了，直接存到马云那里，设个密码就行了。

因为懒，我微信里的钱一向都是先生转给我，花完了再问他要。那天

突然发现，同事们的微信或者支付宝，都是跟工资卡绑定的，原来，用手机可以直接支配工资呀，于是，我也花了半分钟时间把它们绑到一块，从此，正式进入美好的扫码时代！

我口吃，我表达

朋友潘女士请客，席上，有她的朋友大昌先生。这位大昌先生从前也见过，他在学校门口开着一家小店，经营笔墨纸砚之类，我是他店里的主顾，但主客交谈，仅限问价，并没发现他有什么语言表达障碍，饭桌上交流多了，才发现他有口吃的毛病，言多时，必期期艾艾，不甚顺畅。朋友说，别看他说话口吃，朗诵可是专业播音员的水平呢。借着三分酒意，大昌先生自信地站起来，清清嗓子，昂首挺胸，朗诵起东坡词《念奴娇·赤壁怀古》来，"大江东去，浪淘尽，千古风流人物……"但闻其声朗朗，气势磅礴，雄浑有力，抑扬顿挫，嗓音磁性十足，大家纷纷鼓起雷动掌声。换过一种表达方式，就完全是另一番天地！

想起初中一位同学，男生，口吃严重，记得一次课间，他跟同学聊天，说他在省城火车站工作的父亲回来了，给他带来了礼物，表达时比较激动，"我爸爸给……给我……买了个火车头……"大伙惊呆，买个火车头，得多大手笔呀，再说要搁哪儿呀，但听他又往下讲，"火车头……帽子！"喔，原来是个帽子！火车头帽子！同学们齐声大笑，把他羞得面皮紫红。火车头帽子，现在的孩子可能不知其为何物，它可是当年冬季的流行物品呢，

是一款非常暖和的棉帽，军绿色，两个大护耳可放下来系在颈下，也可折上去系在帽顶。雷锋同志的画像，头上戴的就是当年的"火车头"。我那个同学，出人意料的是，他唱起歌来一点也不口吃，而且很有音乐天赋，嗓音动人极了，据说后来，他追一个女孩，就天天到人家窗后唱歌，唱林林总总的情歌，直唱得女孩子情思萌动，不顾家人的反对跟了他去。

说起来，这算现代版的"琴挑"——不，是"歌挑"。当年，司马相如有意于卓文君，用的也是这种方法。相如诗酒风流，相貌堂堂，又写得一手好赋，可惜一是穷，二是口吃。在文君心里，穷可以忽略，毕竟她家是大富豪，不稀罕金银，但口吃可是影响形象的。相如知己知彼，避开短板，就用琴声示好。深夜里，他深情款款地弹起《凤求凰》来。《凤求凰》这支琴曲，如今你我听来，依然是那样丝丝缕缕缠缠绵绵，一曲下来，不由得人心思婉转，何况那时孀居深闺的卓文君？还有记载说，相如当初不光是弹琴，还配有唱词呢，就是那有名的"凤兮凤兮归故乡，遨游四海求其凰……"如果属实，说明相如唱歌也是没有障碍的，"琴挑"加"歌挑"，胜算就更大了。果然，文君动之悦之，与之夜奔。奔后才发现，原来这男的口吃！唉，生米已经煮成熟饭，咬咬牙，就认了吧，毕竟，人家也好相貌好才华，也算佳人才子天作之合了。后来日子也过得不错，就是寻常生活里惹文君生气了，人家不光可以"琴挑""歌挑"陪情，还可以"诗挑"，可以"赋挑"，作文章也是相如的拿手好戏嘛。

纵是没有琴歌诗赋取代，我口吃，我也要挺起胸来朗朗表达，我胸中正气浩荡脑中思维流畅，气势也可以压你三分。汉代大臣周昌，不就是如此口中吃吃地坦荡进言吗？当初，刘邦爱屋及乌，喜欢戚夫人生的如意，要把太子刘盈废掉，改立小儿如意，他朝堂上刚提出这个方案，素来口吃的周昌就急了，他脱下官帽，趋步向前，疾声说："臣口不能言，然臣期期知其不可。陛下欲废太子，臣期期不奉诏。"耿介老臣急得红头绛脸，口中期期吃吃，不由地就把刘邦逗笑了，一场废立大事，由此作罢。吕雉得知此信，感激得下跪谢恩，这是后话。

口吃却又荣立朝堂的，晋司马昭时期还有一个，他就是邓艾，他介绍自己的名字时，总是"艾⋯⋯艾⋯⋯"地停不下来。有一回，司马昭打趣他，说："卿云'艾艾'，定是几艾?"邓艾向来以思维敏捷著称，嘴巴上不灵敏，思路上可没沟没坎，脑海立马出现《论语》里的一句话，"凤兮凤兮，何而德之衰也!"于是从容答对，曰："'凤兮凤兮'，故是一凤。"机智如此，不可多得。只可惜，这么一个博学有趣的臣子，后来由于政敌钟会的陷害，被司马昭杀掉了。朝堂上少了这个口中艾艾的人，想来该是多么无趣。

我们当下形容口吃的成语"期期艾艾"，其典故就出自周昌和邓艾这两个名臣，从他们的故事里我们知道，智慧和才华，永远大于口吃，口吃和成功，并没有必然关联。我口吃，我也要勇敢地表达。

何以消夏

一到暑天，这天地就跟一个大蒸锅似的，人在其中，连宵达晨，大汗盈巾，一个个叫苦不迭，怎么办呢？又不能像米芾那样，写一张《逃暑帖》丢在那儿，携一家老小逃到深山里去，就各显其能，想办法消磨这漫漫长夏吧。——所谓"消夏"，可以理解为消除、摆脱夏天的暑热，也可以说"用消遣的方式度过夏天"。

史上有名的小资男青年李渔特别喜欢荷，他在《闲情偶寄》里说：荷叶之清香，荷花之异馥，"避暑而暑为之退，纳凉而凉逐之生"。我的朋友侯君，就是他这一论调的拥趸者，最喜欢暑天里去荷塘垂钓。拣一片浓树荫坐下来，对一池荷花抛下钓钩，那天，他钓了几条戈丫鱼，金黄金黄的，看着可诱人了，可在朋友圈里秀了一秀，又都给放水里了，馋得我直想骂他一顿，要知道，野生的戈丫，肉质可细可嫩了。无奈，人家渔翁之意不在鱼。

P君每到夏天，都要和他老婆为晚饭争执，老婆说，喝绿豆百合汤能解暑，他偏说，红豆薏米汤能除湿，盛夏更需要除湿。争执的结果每年都一样，一顿绿豆百合一顿红豆薏米。那快退休的两口子，就在呼喽呼喽喝一碗汤的时候，达成和解，开始展望起退休生活来。老P说："退休了咱回老家，我要像老王那样，在门口的那棵大柳树叉上放一张竹床，天天晚上躺到树上凉快去。"老王的树床，P君已经不止一次念叨了，他对那鸟人一样的夏日生活，对拂过树梢的凉风，无限向往。

母亲吹不得空调，每年夏天，都要回农村老家去，老宅屋后有一条小河，河岸上是一排茂盛的杨树，母亲在树下放张凉床，天天坐那儿跟几个老姐妹拉呱，一边说，一边摇着手里的芭蕉扇。母亲的那把扇子可有年头了，边缘用布镶着，手柄被她年复一年的汗水浸成了绛红色，有古董一样的幽幽宝光。摇着扇子，吹着溜河风，母亲爱给她从未进过城的老姐妹讲城里的生活，鸽子笼似的15楼，吹得人心口疼的空调，人家啧啧叹息着，薄薄的一层同情底下，裹的是满满一包羡慕。我知道，那一包羡慕，才是母亲真正想要的。

父亲的夏天，几乎都在棋盘上度过，在河沿上摆开阵势，每天和前村的老张后村的老李，杀得天昏地暗，母亲把饭端到跟前都顾不上吃。"对弈林荫下，存亡楚汉争。茗甘何晓味，烟灼哪知疼？"沉浸在生死战场里，烟灼都不疼，哪还有工夫顾及身边的炎暑，头顶的蝉嘶？父亲下棋太敬业，以至于得了颈椎病，每每说起来，母亲都对棋盘恨得咬牙切齿。

"头伏日头二伏火，三伏无处躲"，去年刚进伏天，气温就蹿到了39度，一出空调屋，立马汗如雨下，头脑迷糊，怎么办？请公休假！请了十五天公休假，我们一家人，开车直奔青海，渐渐地，穿长袖，穿外套，到岗什卡雪峰底下，就把羽绒袄也穿上了。雪白的山峰下，融化的雪水一路奔涌着跳下来，激起的每一簇浪花都带着森森寒意，和女儿一起捞溪底圆润的石子，水的那个凉哟，真的就是直刺骨髓。忍不住发了个朋友圈，只叫了一声"冷哇"，就招来一浪浪声讨，"有本事你别回来！""有这样晒幸福的吗！"只有一个朋友比较人性化，她温柔地说："回来吧，亲爱的，家乡39度的温暖等你归来……"

是啊，躲得了头伏，躲不了二伏三伏，家总要回的，班也总归要上的。干脆，这个暑天，哪儿也不去了，我把空调打得凉凉的，下了班就抱只西

瓜，窝在沙发里看电视去。这个夏天，我打算把京剧那些音配像、像音像全部看上一遍，从余叔言到王佩瑜，从王瑶卿到张火丁，一个也不放过。

有人问我，何以消炎暑？我对曰：吃瓜看京戏！